U0154261

2011 不求人文化

2009 懶鬼子英日語

I'm 我識出版集團
I'm Publishing Group
www.17buy.com.tw

2005 意識文化

2005 易富文化

2003 我識地球村

2001 我識出版社

2011 不求人文化

2009 懶鬼子英日語

I'm 識出版集團
I'm Publishing Group
www.17buy.com.tw

2005 意識文化

2005 易富文化

2003 我識地球村

2001 我識出版社

全彩、全圖解、全實景

地表最狂 日語

會話王

使用說明 使い方 (つか かた)

使用時機

❶ 放在包包或口袋裡，隨手翻閱
❷ 需要消磨時間的時候，翻到哪就讀哪
❸ 突然需要某句日語會話時，即時查
❹ 想紮實地讀會話時，也能照順序讀

〔最鉅細靡遺的情境分類〕

生活中會遇到的各式場景這裡都有，舉目所及的一切人、事、物，都能用日語會話表達，邊學邊用，學習效果最好！

Chapter 1 日常招呼 毎日の挨拶 (まいにち あいさつ)

Unit 1 | 自我介紹

【 場合 情境 】

中川先生主到餐廳進用餐，由正在看菜單，邀服務生來到桌邊準備點餐時，會說到哪些日文呢？

情境會話

♪056-01 Ⓐ いらっしゃいませ。注文はお決まりですか。
歡迎光臨。決定好餐點了嗎？

♪056-02 Ⓑ ええ。ラーメン一つと寿司の盛合せ一つ下さい。
是的。請給我一碗拉麵及綜合壽司。

♪056-03 Ⓐ はい、かしこまりました。
好的，我知道了。

♪056-04 Ⓑ あ、寿司はワサビ抜きでお願いします。
啊，壽司麻煩不要放芥末。

♪056-05 Ⓐ かしこまりました。ラーメンは少し辛子が入っておりますが、宜しいでしょうか。
好的。拉麵會有點小辣，可以嗎？

056

〔 這些句型還可以這樣用 〕

① ～決まった。 ～決定了。

♪057-01 何を注文するか決まった？
你決定好點什麼了嗎？

♪057-02 今度の旅行先が決まったよ。沖縄へ行くよ。
這次旅行的目的地決定了，我要去沖繩。

♪057-03 今日の晩ご飯はピザに決まった。
今天晚餐決定吃披薩。

♪057-04 服の色がお決まりになったら、お呼び下さい。
衣服的顏色決定好的話，請再叫我。

② ～を抜く／～抜き 去除～

♪057-05 魚の骨を抜くのは大変です。
去除魚骨很麻煩。

♪057-06 パクチーが苦手です、抜いて下さい。
我討厭香菜，請幫我去掉。

♪057-07 子供が食べるので辛子抜きでお願いします。
是小朋友要吃的，請幫我去掉辣椒。

057

〔 這些句型還可以這樣用 〕

學完了情境會話之後，只要記下關鍵句型就能舉一反三！每個情境會話皆有兩個關鍵句型，讓你學完會話就能馬上用！

002

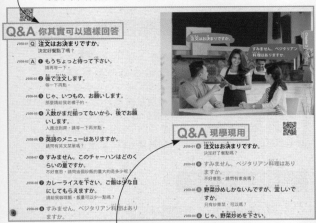

Q&A 你其實可以這樣回答

J058-01 **Q** 注文はお決まりですか。
決定好了餐點嗎？

J058-02 **A** ❶ もうちょっと待って下さい。
請再等一下。

J058-03 ❷ 後で注文します。
等一下再點。

J058-04 ❸ じゃ、いつもの、お願いします。
那麼請給我老樣子的。

J058-05 ❹ 人数がまだ揃ってないから、後でお願いします。
人還沒到齊，請等一下再來點。

J058-06 ❺ 英語のメニューはありますか。
請問有英文菜單嗎？

J058-07 ❻ すみません。このチャーハンはどのくらいの量ですか。
不好意思，請問這個炒飯的量大約是多少呢？

J058-08 ❼ カレーライスを下さい。ご飯は少な自にしてもらえますか。
請給我咖哩飯，飯量可以少一點嗎？

J058-09 ❽ すみません。ベジタリアン料理はありますか。

Q&A 現學現用

J059-01 **Q** 注文はお決まりですか。
決定好了餐點嗎？

J059-02 **A** すみません。ベジタリアン料理はありますか。
不好意思。請問有素食嗎？

J059-03 **Q** 野菜炒めしかないんですが、宜しいですか。
只有炒青菜，可以嗎？

J059-04 **A** じゃ、野菜炒めを下さい。

〔 **Q&A 現學現用**〕 學完了會話當然就要馬上用！將 **Q&A** 的句子再次延伸，組成更完整的四至六句對話，現學現用！

〔 想多學一點點 〕

01 ラストオーダー 最終點餐

在日本，大部分餐廳的最終點餐時間為關門前的半小時；速食店的話，因為調理時間短，所以最終點餐時間大概是關門前的十五分鐘。有些個人經營的壽司店等等，則大多是拉下門簾就不再接客，但已經在裡面的客人可以繼續點餐，並無最終點餐的限制。要注意，已拉下門簾的店家就盡量不要打擾了哦。

A: すみません。そろそろラストオーダーの時間になります。ご注文は宜しいですか。
抱歉，我們要到最終點餐的時間了。請問還要點餐嗎？

〔 **想多學一點點** 〕

每個章節皆根據不同主題，收錄四個日本人最常用的單字或句子，讓你徹底融入日本人生活，一看就懂！

〔 日籍老師親錄 MP3 〕

特邀日籍老師親自錄音，跟讀學習，學完會話馬上就能開口說！

★本書附贈 CD 片內容音檔為 MP3 格式。
★本書收錄 MP3 為日語會話句。

線上下載「虛擬點讀筆 App」

為了幫助讀者更方便使用本書,特別領先全世界開發「VRP (Virtual Reading Pen) 虛擬點讀筆」App,安裝此 App 後,將可以更有效率地利用本書學習。讀者只要將本書結合已安裝「虛擬點讀筆 App」的手機,就能馬上利用手機隨時掃描書中的 QR Code 立即聽取本書的日語會話句。就像是使用「點讀筆」一樣方便,但卻不用再花錢另外購買「點讀筆」和「點讀書」。

虛擬點讀筆介紹

「虛擬點讀筆 App」就是這麼方便!

① 讀者只要掃描右側的 QR Code 連結,就能立即免費下載「虛擬點讀筆 App」。(僅限 iPhone 和 Android 兩種系統手機)或是在 App Store 及 Google Play 搜尋「VRP 虛擬點讀筆」即可下載。

虛擬點讀筆
APP 下載位置

★ 若一開始沒有安裝「VRP虛擬點讀筆App」,掃描書中的QR Code 將會導引至App Store或Google Play商店,請點選下載App後即可使用。

② 打開「VRP 虛擬點讀筆」後登入,若無帳號請先點選「加入會員」,完成註冊會員後即可登入。

❸「虛擬點讀筆 App」下載完成後，可至 App 目錄中搜尋需要的書籍音檔或直接掃描內頁 QR Code 一次下載至手機使用。（若以正常網速下載，所需時間約八至十二分鐘）。

從目錄搜尋

掃描每頁的QR Code下載音檔

❹ 當音檔已完成下載後，讀者只要拿出手機並開啟「虛擬點讀筆 App」，就能隨時掃描書中頁面的 QR Code 立即播放音檔（平均 1 秒內）且不需要開啟上網功能。

調整播放速度
0.8-1.2倍速

掃描每頁QR Code播放音檔

長按CD封面出現 ✕ 可刪除音檔

❺「虛擬點讀筆 App」就像是點讀筆一樣好用，還可以調整播放速度（0.8-1.2 倍速），加強聽力練習。

❻ 如果讀者擔心音檔下載後太佔手機空間，也可以隨時刪除音檔，下次需要使用時再下載。購買本公司書籍的讀者等於有一個雲端的 CD 櫃可隨時使用。

★「VRP虛擬點讀筆」App僅支援Android 6以上、iOS 9以上版本。

★ 雖然我們努力做到完美，但也有可能因為手機的系統版本和「虛擬點讀筆App」不相容導致無法安裝，在此必須和讀者說聲抱歉，若有此情形，需要麻煩讀者使用隨書附贈的CD。

編輯室的話 序文 (じょぶん)

　　語言學習與生活是息息相關的，若想要學好日語、考取日檢的理想分數，不能只靠死背單字或會話。學習日語必須要追求能夠活學活用的目標，而「工欲善其事，必先利其器」，只要找到適合自己的學習方式，相信就能達到良好的學習效果。

　　《全彩、全圖解、全實景地表最狂日語會話王》收錄了各式各樣的情境主題，從日常生活到學校生活、再從工作職場到節慶活動，內容皆為日本人天天在用的會話句，大大增加了學習的實用性。本書更獨家運用「分類圖像記憶法」，搭配「全腦學習」，讓你學完會話後不再馬上忘光，而且能記得更長久。

　　「快樂學習，輕鬆記憶」是現代人對於學習語言的理想，希望在忙碌的生活中，也能利用瑣碎時間充實自己。藉由本書中最貼近生活的會話，以及豐富多樣的實景圖片來輔助學習，可說是事半功倍。希望本書能順利幫助讀者活學活用，祝大家學習愉快！

不求人文化編輯群
2018. 05

Chapter 3

購物血拼 買い物（か）（もの）

||Chapter 4||

交通運輸 交通機関

||Chapter 5||

居家生活 家庭生活

Chapter 6

學校生活 学校生活 がっこうせいかつ

Chapter 9

娛樂休閒 レクリエーション

Chapter 1
日常招呼
あいさつ

あいさつ

日常招呼

Unit 1 | 自我介紹

[場合 情境]
ば あい

不管在任何場合，都可能會遇到初次見面的人，並且可能需要自我介紹。初次見面時要怎麼用日文自我介紹呢？

情境會話

♪016-01 **A 初めまして。鈴木と申します。** ①
はじ　　　　　すず き　　　もう

初次見面，我姓鈴木。

♪016-02 **B あ、初めまして、李と申します。**
はじ　　　　　　り　もう

啊，初次見面，我姓李。

♪016-03 **A 李さんは台湾人ですか。** ②
り　　　　　たい わん じん

李先生是台灣人嗎？

♪016-04 **B はい、私は台湾人です。どうぞ宜しくお願いします。**
わたし　たい わん じん　　　　　　　　　よろ　　　　ねが

是的，我是台灣人。請多多指教。

♪016-05 **A 李さんは台湾のどこ出身ですか。**
り　　　　　たい わん　　　　　しゅっしん

李先生是台灣哪裡人呢？

♪016-06 **B 台南出身ですが。**
たい なん しゅっしん

我是台南人。

[這些句型還可以這樣用]

① ～と申します。　敝姓～。

♪017-01　私は王と申します、どうぞ宜しくお願い致します。

敝姓王，請多多指教

♪017-02　私は佐藤と申します。小学校の教師です。

敝姓佐藤，是小學老師。

♪017-03　私は半沢と申します。銀行員です。

敝姓半澤，是銀行員。

♪017-04　私は安室奈美恵と申します。歌手をしています。

我名叫安室奈美恵，是個歌手。

② ～は～ですか。　是～嗎？

♪017-05　江という人は男の人ですか。女の人ですか。

這個姓江的是男人還是女人？

♪017-06　坂本さんは日本人ですか。

坂本先生是日本人嗎？

♪017-07　これはお湯ですか。

這是熱水嗎？

Q&A 你其實可以這樣回答

♪018-01 **Q** あなたは台湾人ですか。

你是台灣人嗎？

♪018-02 **A** ❶ はい、私は台湾人です。

是，我是台灣人。

♪018-03 ❷ いいえ、私は台湾人ではありません。

不，我不是台灣人。

♪018-04 ❸ いいえ、私は台湾生まれですがアメリカ人です。

不，我是在台灣出生的美國人。

♪018-05 ❹ はい、私は台湾人です。今日本に住んでいます。

是，我是台灣人。現在住在日本。

♪018-06 ❺ いいえ、母は台湾人ですが、私は日本人です。

不，雖然我母親是台灣人，但我是日本人。

♪018-07 ❻ はい、私は台湾人です。そちらも台湾人ですか。

是，我是台灣人。你也是台灣人嗎？

♪018-08 ❼ いいえ、私は台湾人じゃありません。あの方が台湾人です。

不，我不是台灣人。那位先生才是台灣人。

あなたは台湾人_{たいわんじん}ですか。

はい、私_{わたし}は台湾人_{たいわんじん}です。

Q&A 現學現用

♪019-01 **A** **あなたは台湾人_{たい わん じん}ですか。**

你是台灣人嗎？

♪019-02 **B** **はい、私_{わたし}は台湾人_{たい わん じん}です。黄_{こう}さんも台湾_{たい わん}人_{じん}ですか。**

是，我是台灣人。黃先生也是台灣人嗎？

♪019-03 **A** **いいえ、私_{わたし}は香港人_{ほん こん じん}です。**

不，我是香港人。

♪019-04 **B** **そうですか、よろしくお願_{ねが}いします。**

這樣啊，請多指教。

Unit 2 | 日常問候

[**場合 情境**]
ば あい

早上出門時或晚上回家
時遇到鄰居，又或是
走在路上遇到認識的人
時，要怎麼用日文打招
呼呢？

情境會話

♪020-01 Ⓐ **おはよう。朝早いね。**
あさ はや
早安，那麼早出門呀。

♪020-02 Ⓑ **おはよう。うん、後で病院に行く**
あと びょういん い
ので①。
早安。是啊，因為等一下要去醫院。

♪020-03 Ⓐ **病院？どうしたの？**
びょういん
醫院？怎麼了嗎？

♪020-04 Ⓑ **ちょっと熱があって。風邪かな②。**
ねつ かぜ
有點發燒，可能是感冒吧？

♪020-05 Ⓐ **仕事で疲れてたせいかな。**
し ごと つか
大概是工作太累的關係吧。

♪020-06 Ⓑ **そうかもしれない。それで免疫力低**
めん えきりょくてい
下してるね。
か
可能吧，所以才免疫力下降。

[這些句型還可以這樣用]

① ～ので 因為～

♪021-01 ダイエットしているので、夕飯は食べません。
因為在減肥，所以不吃晚餐。

♪021-02 学生なので、早寝早起きしています。
因為是學生，所以早睡早起。

♪021-03 男なので、重い物は任せてください。
因為我是男人，所以重物就交給我吧。

♪021-04 女の子なので、甘えん坊です。
因為是小女孩，所以很會撒嬌。

② ～かな ～嗎／吧？（自問自答或懷疑語氣）

♪021-05 お金を持ってきたかな。
我有帶錢嗎？

♪021-06 電気代、払ったかな。
我付電費了嗎？

♪021-07 腕時計は持ったのかな。
我有帶手錶嗎？

♪021-08 携帯は家に忘れたかな。
手機是不是忘在家裡了呢？

Q&A 你其實可以這樣回答

♪022-01 **Q** なんで病院へ行くの？

為何要去醫院？

♪022-02 **A** ❶ ちょっと熱があって。

有點發燒。

♪022-03 ❷ 咳が酷くて。

咳個不停。

♪022-04 ❸ 喉が痛いので。

因為喉嚨痛。

♪022-05 ❹ この前の健康診断の結果を取りに。

要去看前幾天的體檢報告。

♪022-06 ❺ 人間ドックなんだ。

因為是綜合健康檢查。

♪022-07 ❻ 友だちの見舞いに。

去給朋友探病。

♪022-08 ❼ 歯の治療に行くんです。

要去治療牙齒。

♪022-09 ❽ 足をけがしてしまって。

因為腳受傷了。

♪022-10 ❾ リハビリのため。

要去做復健。

Q&A 現學現用

♪023-01 **A** なんで病院へ行くの？
為何要去醫院？

♪023-02 **B** この前の健康診断の結果を取りに。
要去看前幾天的體檢報告。

♪023-03 **A** 自費でですか。
是自費的嗎？

♪023-04 **B** そうです、自費です。
對啊，是自費的。

♪023-05 **A** 自費でも定期的にやったほうがいいよね。
就算要自費，還是定期檢查比較安心呢。

Unit 3 | 提出邀約

[場合 情境]
ば あい

大野小姐問增田先生要
不要去看電影，增田先
生說她喜歡恐怖電影。
邀約他人時會說到哪些
日文呢？

情境會話

♪024-01 **A** 映画を見に行きませんか。
えい が み い
要不要去看電影？

♪024-02 **B** いいけど①、来週の金曜日でもいい
らいしゅう きんようび
ですか。
好是好，下週五可以嗎？

♪024-03 **A** いいですよ。どんな映画が好きです
えい が す
か。
好啊。你喜歡什麼類型的電影？

♪024-04 **B** ホラー映画が好きなんです。 ②
えい が す
我喜歡恐怖片。

♪024-05 **A** ホラー好きなんて、見えませんね。
す み
你喜歡恐怖片啊？看不出來耶。

♪024-06 **B** 大野さんはいかがですか。
おお の
大野小姐喜歡看嗎？

[這些句型還可以這樣用]

① 〜けど 〜但是／可是

♪025-01 紅茶（こうちゃ）もいいけど、コーヒーはもっと好（す）き
です。
紅茶也不錯，但我更喜歡咖啡。

♪025-02 ご飯（はん）もいいけど、今日（きょう）はラーメンが食（た）べ
たいです。
吃飯也好，不過我今天想吃拉麵。

♪025-03 山（やま）もいいけど、せっかくの休（やす）みですから
海（うみ）に行（い）きたいなあ。
山上也不賴，但難得的休假我想去海邊。

♪025-04 ケーキもいいけど、和菓子（わがし）もおいしいで
すよ。
蛋糕也不錯，但日式甜點也滿好吃的喔。

② 〜が好（す）きです。 喜歡〜。

♪025-05 イケメンが好（す）きです。
喜歡帥哥。

♪025-06 中華料理（ちゅうかりょうり）が好（す）きです。
喜歡中式料理。

♪025-07 服（ふく）を作（つく）るのが好（す）きです。
喜歡做衣服。

Q&A 你其實可以這樣回答

♪026-01 **Q** あなたはどんな映画が好きですか。
你喜歡什麼樣的電影呢？

♪026-02 **A** ❶ 最近はインドの映画にはまってるんです。
最近迷上了印度電影。

♪026-03 ❷ 黒沢明の映画は全部見ました。
黑澤明的電影我全都看過了。

♪026-04 ❸ コメディ映画が好きです。
喜歡喜劇電影。

♪026-05 ❹ SFに決まってますよ。
當然是科幻片。

♪026-06 ❺ ドキュメンタリー映画が一番好きです。
最喜歡紀錄片。

♪026-07 ❻ アクション映画です。ジャッキー・チェンは格好いいですよ。
動作片。成龍好帥喔。

♪026-08 ❼ 戦国物が好きです。歴史に興味があるんです。
我喜歡戰國片。我對歷史有興趣。

♪026-09 ❽ ミュージカルが大好きなんです。
我超喜歡歌舞片。

あなたはどんな映画が好きですか。

SFに決まってますよ。

Q&A 現學現用

♪027-01 **Ⓐ** あなたはどんな映画が好きですか。
你喜歡什麼樣的電影呢？

♪027-02 **Ⓑ** SFに決まってますよ。田中さんはどんな映画が好きですか。
當然是科幻片。田中你喜歡什麼電影？

♪027-03 **Ⓐ** 私もSFが好きです。一番好きな映画はスター・ウォーズです。
我也喜歡科幻片，我最喜歡的電影是《星際大戰》。

♪027-04 **Ⓑ** ええっ、私もスター・ウォーズは大好きですよ。DVD、全部持っています。
哦！我也是最愛《星際大戰》。我有全套 DVD。

027

Unit 4 | 尋求幫助

［ 場合 情境 ］

高橋小姐的錢包似乎不見了，於是詢問中島先生是否知道咖啡廳的電話號碼。向他人尋求幫助時會說到哪些日文呢？

情境會話

♪028-01 **Ⓐ あ、財布がない。**
啊，錢包不見了！

♪028-02 **Ⓑ さっきの喫茶店で落とした①のかな。**
是不是掉在剛剛的咖啡廳了？

♪028-03 **Ⓐ 喫茶店の電話番号がわかりますか。** ②
你知道咖啡廳的電話號碼嗎？

♪028-04 **Ⓑ わかりません。ちょっと調べます。**
不知道。我查一下。

♪028-05 **Ⓐ 頼みますよ。**
拜託你了。

♪028-06 **Ⓑ あ、出てきました。はい、どうぞ。**
啊，找到了。來，在這裡。

♪028-07 **Ⓐ ありがとう。さっそくかけてみます。**
謝謝，我馬上來打看看。

[這些句型還可以這樣用]

① ～落とした。 ～掉了。

♪029-01 **家の鍵をどこかで落とした。**
家裡的鑰匙不知道掉在哪裡了。

♪029-02 **コンビニでSuicaカードを落としたようだ。**
Suica 卡好像掉在超商了。

♪029-03 **スマホをタクシーに乗る時に落としたらしい。**
智慧型手機好像在要搭計程車的時候掉了。

♪029-04 **イヤリングをホテルで落とした。**
耳環掉在飯店了。

② ～がわかりますか。 你知道～嗎？

♪029-05 **駅へ行く道がわかりますか。**
你知道去車站的路嗎？

♪029-06 **あの店の名前がわかりますか。**
你知道那間店的店名嗎？

♪029-07 **先生の誕生日がわかりますか。**
你知道老師的生日嗎？

♪029-08 **自分の星座がわかりますか。**
你知道自己的星座嗎？

Q&A 你其實可以這樣回答

♪030-01 Q あの喫茶店の電話番号を教えて下さい。

請告訴我那間咖啡廳的電話號碼。

♪030-02 A ❶ うろ覚えなので、確認してからでいいですか。

因為我只是模模糊糊地記得，確認後再跟你說可以嗎？

♪030-03 ❷ すみません、電話番号は分かりません。

抱歉，我不知道電話號碼。

♪030-04 ❸ 電話番号は分からないので、LINEでもいいですか。

我不知道電話號碼，LINE 可以嗎？

♪030-05 ❹ 電話番号は1234-5678です。

電話號碼是 1234-5678。

♪030-06 ❺ 携帯でもよければ、わかりますよ。

如果手機號碼也可以的話，我知道哦。

♪030-07 ❻ 電話番号は忘れました。

我忘了那家店的電話號碼。

♪030-08 ❼ いま思い出せないなあ。

現在想不起來耶。

あの喫茶店（きっさてん）の電話番号（でんわばんごう）を教（おし）えて下（くだ）さい。

Q&A 現學現用

♪031-01 **A** **あの喫茶店（きっさてん）の電話番号（でんわばんごう）を教（おし）えて下（くだ）さい。**
請告訴我那間咖啡廳的電話號碼。

♪031-02 **B** **ちょっと待（ま）って。いま思（おも）い出（だ）せないなあ。**
等一下哦。我現在想不起來耶。

♪031-03 **A** **そうですか。実（じつ）は財布（さいふ）を喫茶店（きっさてん）で落（お）としたらしいんです。**
這樣啊，其實我的錢包好像掉在咖啡廳了。

♪031-04 **B** **そうですか。じゃ、ちょっとネットで調（しら）べますよ。**
是喔，那我在網路上查一下。

Unit 5 | 休閒嗜好

[場合 情境]
ば あい

長谷川小姐詢問佐佐木
先生的休閒嗜好是什
麼,佐佐木先生説他有
空時喜歡去爬山。詢問
他人嗜好時會説到哪些
日文呢?

情境會話

♪032-01 Ⓐ 佐々木さんは休みの時にいつも何を
　　　　　ささき　　　　やす　　とき　　　　　　なに
　　　　　していますか。

佐佐木先生休假時都做些什麼呢?

♪032-02 Ⓑ そうですね、山登りが好きで、暇が
　　　　　　　　　　　やまのぼ　　す　　　　ひま
　　　　　あれば①行きます。
　　　　　　　　　い

這個嘛,我喜歡爬山。有空時就會去。

♪032-03 Ⓐ 山登りですか、なんか面白そうです
　　　　　やまのぼ　　　　　　　　　おもしろ
　　　　　ね。

爬山啊,似乎很有趣耶。

♪032-04 Ⓑ 今度②一緒に行きませんか。
　　　　　こんど　いっしょ　い

下次要不要一起去?

♪032-05 Ⓐ ええ、ぜひ誘ってください。
　　　　　　　　　　さそ

好,請一定要找我喔。

[這些句型還可以這樣用]

① 〜あれば　有〜的話

♪033-01 ○ 時間(じかん)があれば買(か)い物(もの)に行(い)きたい。
有時間的話，想去購物。

♪033-02 ○ 休(やす)みがあれば映画(えいが)を見(み)に行(い)こう。
有休假的話，去看電影吧。

♪033-03 ○ お金(かね)があれば海外旅行(かいがいりょこう)へ行(い)きたい。
有錢的話，想去國外旅遊。

♪033-04 ○ チャンスがあればバンジージャンプを
やってみたい。
有機會的話，想嘗試高空彈跳。

② 今度(こんど)〜　下次〜

♪033-05 ○ 今度(こんど)一緒(いっしょ)に食事(しょくじ)しましょう。
下次一起吃飯吧。

♪033-06 ○ ハイキングに行(い)きたいので、今度(こんど)誘(さそ)って
下(くだ)さい。
我想去健行，下次請邀我。

♪033-07 ○ 明日(あした)のカラオケはちょうど用事(ようじ)があって
行(い)けないんです。また今度(こんど)誘(さそ)って下(くだ)さい。
明天唱歌剛好有點事無法過去，下次請再邀我。

033

Q&A 你其實可以這樣回答

♪034-01 **Q** 今度一緒に山登りに行きませんか。
下次要不要一起去爬山？

♪034-02 **A** ❶ 誘ってくれてありがとう。一緒に行きたいですね。
謝謝你的邀請。我想一起去。

♪034-03 ❷ 最近、足腰が弱いので。すみません。
我最近腳力變差了，抱歉。

♪034-04 ❸ 行きたいです。どの山に登るんですか。
我想去。要爬哪座山呢？

♪034-05 ❹ 仕事が忙しいから、今回は厳しいなあ。また次の時、誘って。
因為工作很忙，所以這次不方便。下次再邀我吧。

♪034-06 ❺ 是非一緒に登りましょう。
請務必讓我一同登山吧。

♪034-07 ❻ 他の友だちも誘っていいですか。
可以邀其他朋友嗎？

♪034-08 ❼ ちょっと体力に自信がないなあ。ごめんなさい。
我對體力沒什麼信心。抱歉。

♪034-09 ❽ 低い山だったら行きたいです。
如果是低海拔的山的話，我想去。

今度一緒に山登りに
行きませんか。

ちょっと体力に自信がな
いなあ。ごめんなさい。

Q&A 現學現用

♪035-01 Ⓐ **今度一緒に山登りに行きませんか。**
下次要不要一起去爬山？

♪035-02 Ⓑ **えっ、山登りですか。ちょっと体力に
自信がないなあ。ごめんなさい。**
咦，爬山嗎？我對體力沒什麼信心。抱歉。

♪035-03 Ⓐ **近くの低い山だから、大丈夫ですよ。**
因為是附近低海拔的山，沒問題的啦。

♪035-04 Ⓑ **そうですか。じゃ、行きましょう。**
這樣啊，那麼走吧。

Unit 6 | 興趣喜好

[場合 情境]
ば あい

宮崎小姐詢問長野先生的興趣是什麼，長野先生説是音樂。用日文詢問他人的興趣喜好時要怎麼説呢？

情境會話

♪036-01 Ⓐ **長野さんの趣味①はなんですか。**
なが の　　　　しゅ み

長野先生的嗜好是什麼？

♪036-02 Ⓑ **私の趣味は音楽です。**
わたし　しゅ み　おん がく

我的嗜好是音樂。

♪036-03 Ⓐ **楽器を演奏するんですか。**
がっ き　えん そう

是演奏樂器嗎？

♪036-04 Ⓑ **楽器には興味②がありますが、演奏**
がっ き　　　きょう み　　　　　　　えん そう
はできません。音楽を聞くだけです。
おん がく　き

我對樂器也有興趣，但不會演奏。只有聽音樂而已。

♪036-05 Ⓐ **ジャンルはどの辺りですか。**
あた

是聽哪方面的呢？

♪036-06 Ⓑ **クラシックが特にお気に入りです。**
とく　き　い

我特別喜歡古典樂。

036

［這些句型還可以這樣用］

① ～趣味～　～嗜好～

♪037-01　**父の趣味はマージャンです。**
父親的嗜好是打麻將。

♪037-02　**姉は写真を撮るのが趣味です。**
攝影是姊姊的嗜好。

♪037-03　**料理を作るのが趣味です。**
嗜好是做菜。

♪037-04　**彼女の趣味は旅行です。**
她的嗜好是旅行。

② ～興味～　～興趣～

♪037-05　**楽器の演奏に興味があります。**
對演奏樂器有興趣。

♪037-06　**料理を作ることに興味はありません。**
對做菜沒興趣。

♪037-07　**アラビア語に興味を持っています。**
對阿拉伯語有興趣。

♪037-08　**宇宙人に興味はありません。**
對外星人不感興趣。

Q&A 你其實可以這樣回答

♪038-01 **Q** あなたの趣味はなんですか。
你的嗜好是什麼？

♪038-02 **A** ❶ 本を読むことです。
嗜好是看書。

♪038-03 ❷ 料理を作ることです。
做料理。

♪038-04 ❸ ワインを飲むことと音楽を聞くことです。
品嘗紅酒和聽音樂。

♪038-05 ❹ 特にないです。
沒有什麼嗜好。

♪038-06 ❺ 私の趣味は映画鑑賞です。
我的嗜好是觀賞電影。

♪038-07 ❻ テレビを見ることが趣味です。
看電視是我的嗜好。

♪038-08 ❼ 財テクが趣味です。
嗜好是理財。

♪038-09 ❽ 趣味は食べることです。
嗜好是吃東西。

♪038-10 ❾ 野球の試合を見ることです。
看棒球比賽。

Q&A 現學現用

♪039-01 **A** あなたの趣味はなんですか。

你的嗜好是什麼？

♪039-02 **B** ワインを飲むことと音楽を聞くことです。

品嘗紅酒和聽音樂。

♪039-03 **A** え、面白いの？

嗯？有趣嗎？

♪039-04 **B** まあ、暇潰しになりますよ。

嗯，就可以打發時間呀。

♪039-05 **A** 全く興味ないですね。

完全沒興趣耶。

039

Unit 7 | 天氣話題

[場合 情境]

遠藤先生和青木小姐在
談論最近寒冷的天氣。
與他人聊到天氣話題時
會說到哪些日文呢？

情境會話

♪040-01 **A** 最近は寒いですね。
最近好冷哦。

♪040-02 **B** そうですね、毎朝布団から出るのが
つらい①です。
就是啊，每天早上從被窩裡出來都好痛苦。

♪040-03 **A** そうそう。こたつからもなかなか②
出られませんね。
對啊沒錯。也很難從暖桌出來呢。

♪040-04 **B** 本当に冬はつらいね。
冬天真是辛苦啊。

♪040-05 **A** 早く夏が来てほしいな。
希望夏天快點來啊。

♪040-06 **B** まあ、夏がきたらまた冬が恋しくな
るだろうな。
哎呀，到了夏天大概又會想念冬天了吧。

[這些句型還可以這樣用]

① ～つらい～　～痛苦／辛苦～

♪041-01 ° 長時間の残業はつらいです。
長時間的加班很痛苦。

♪041-02 ° 二日酔いがつらいです。
宿醉很痛苦。

♪041-03 ° 高校時代の失恋はつらい思い出だ。
我高中時的失戀是很痛苦的回憶。

♪041-04 ° 夜更かしすると朝起きるのがつらいです。
熬夜的話，早上起床很痛苦。

② なかなか～　相當～／怎麼也不～

♪041-05 ° 仕事が忙しくて、旅行に行くのはなかなか難しいです。
工作很忙碌，去旅行是相當難的。

♪041-06 ° 授業が始まる時間なのに、なかなか先生が来ません。
明明已經到了要上課的時間，老師卻還沒來。

♪041-07 ° バスがなかなか来ない。遅刻してしまいそうだ。
公車怎麼還不來，快遲到了啦。

Q&A 你其實可以這樣回答

♪042-01 **Q** 冬の朝、布団から出るのがつらくないですか。

冬天早上從被窩出來不覺得很痛苦嗎？

♪042-02 **A** ❶ とてもつらいです。なかなか出られません。

很痛苦，一直出不來。

♪042-03 ❷ そんなにつらくないよ。

沒那麼痛苦哦。

♪042-04 ❸ 平気です。

還好。

♪042-05 ❹ つらいなんて大げさですよ。

說什麼痛苦，太誇張了啦。

♪042-06 ❺ それはつらいよ。いつも寝坊してしまいます。

那真的很痛苦啊。我老是睡過頭。

♪042-07 ❻ そう？何も感じないですけど。

是嗎？我沒什麼感覺。

♪042-08 ❼ 別につらくないよ。

不覺得痛苦耶。

♪042-09 ❽ このくらいの寒さ、大したことないよ。

這麼一點點的寒冷算不了什麼。

冬の朝、布団から出るの
がつらくないですか。

別につらくないですよ。

Q&A 現學現用

♪043-01 Ⓐ **冬の朝、布団から出るのがつらくない
ですか。**
冬天早上從被窩出來不覺得很痛苦嗎？

♪043-02 Ⓑ **いいえ、別につらくないですよ。**
不會，不覺得痛苦耶。

♪043-03 Ⓐ **そうですか。つらく感じるのは私だけ
ですか。**
是哦。只有我覺得痛苦嗎？

♪043-04 Ⓑ **そうですよ。つらいなんて大げさです
よ。**
對啊。說什麼痛苦，太誇張了啦。

Unit 8 | 表達思念

[場合 情境]

森田先生和新井小姐正在談論課長要退休的事情。表達思念某人時會説到哪些日文呢？

情境會話

♪044-01 **A** 課長は定年退職するから、明日が最後の出勤日だそうです。

課長要退休了，明天好像是最後一天上班。

♪044-02 **B** ええっ、そうなんですか。なんか寂しい①ね。

咦，這樣啊。感覺有些寂寞耶。

♪044-03 **A** そうですね。とても部下思いの人で、私は大変お世話になったんです。

就是啊，他是非常為屬下著想的上司，我也受到他許多照顧。

♪044-04 **B** 記念に花束を用意しましょう②。

我們來準備作為紀念的花束吧。

♪044-05 **A** それはいいですね。そうしよう。

好主意，就那麼辦吧。

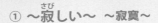

[這些句型還可以這樣用]

① 〜寂しい〜　〜寂寞〜

♪045-01 **母と離れて、寂しく感じます。**
跟媽媽分開後感到寂寞。

♪045-02 **一人ぼっちになって寂しいです。**
孤伶伶的一個人覺得寂寞。

♪045-03 **一人の時、なんとなく寂しく感じます。**
一個人的時候總感到寂寞。

♪045-04 **寂しい時は電話してね。**
寂寞的時候打電話給我吧。

② 用意／〜を用意する　準備〜

♪045-05 **会議の資料を用意しました。**
會議的資料準備好了。

♪045-06 **取引先への手土産を用意しました。**
要送給交易方的伴手禮準備好了

♪045-07 **食事の用意が整いました。**
用餐的準備已經好了。

♪045-08 **旅行の用意ができた。**
旅行的準備已經完成了。

Q&A 你其實可以這樣回答

♪046-01 **Q** 花束の用意はできましたか。
花束準備好了嗎？

♪046-02 **A** ❶ 明日午前中に届きます。
明天中午會送到。

♪046-03 ❷ 花束は赤と白の組み合わせで宜しいですか。
花束用紅色和白色的組合可以嗎？

♪046-04 ❸ あっ、注文するのを忘れた。
啊，我忘記訂了。

♪046-05 ❹ もう届いています。
已經送到了。

♪046-06 ❺ まだ色の組み合わせを悩んでいるんです。
還在煩惱怎麼配色。

♪046-07 ❻ 予算をオーバーしてしまった。
超過預算了。

♪046-08 ❼ 森田さんは花アレルギーらしいです。
森田先生好像對花過敏。

♪046-09 ❽ 彼は花が好きじゃないんです。
他不喜歡花。

♪046-10 ❾ まだ見積もりを待っているんです。
還在等估價。

046

Q&A 現學現用

♪047-01 A **花束の用意はできましたか。**
花束準備好了嗎？

♪047-02 B **まだ色の組み合わせを悩んでいるんです。**
還在煩惱怎麼配色。

♪047-03 A **白と赤でいいじゃないですか。**
用白色和紅色就好了吧。

♪047-04 B **はい、分かりました。注文します。**
好的，我知道了。我去下訂。

Unit 9 | 祝賀成就

[場合 情境]

福田小姐正在恭喜小野前輩考試合格。不論是恭賀成就、升遷、生日、結婚，祝賀他人時會説到哪些日文呢？

情境會話

♪048-01 **A** **先輩、試験合格おめでとうございます。** ①

前輩，恭喜你考試合格。

♪048-02 **B** **ありがとう。**

謝謝。

♪048-03 **A** **試験勉強は大変**② **だったですか。**

準備考試很辛苦吧？

♪048-04 **B** **そうだね。思ったより何倍も大変だったよ。**

是啊，比想像中還要辛苦好幾倍。

♪048-05 **A** **でもさすがに先輩。精神力が強いですね。**

不過不愧是前輩，精神力超強的。

[這些句型還可以這樣用]

① おめでとうございます。 恭喜~

♪049-01
昇進、おめでとうございます。
恭喜你昇職了。

♪049-02
ご結婚、おめでとうございます。
恭賀你們結婚。

♪049-03
お誕生日、おめでとうございます。
生日快樂。

♪049-04
合格、おめでとうございます。
恭喜你合格。

② 大変 非常~；辛苦／慘~

♪049-05
大変お待たせしました、どうぞ中に入って下さい。
非常抱歉讓您久候了，請進。

♪049-06
論文を書くのが大変です。
寫論文很辛苦。

♪049-07
雨に濡れて大変です。
被雨淋濕很慘。

♪049-08
大変だ。カギを家において来た。
慘了！把鑰匙放在家裡就出門了。

Q&A 你其實可以這樣回答

♪050-01 **Q** 試験の準備は大変だったですか。
準備考試很辛苦嗎?

♪050-02 **A** ❶ そうでもなかった。
還好。

♪050-03 ❷ いいえ、楽ちんだった。
不會,滿輕鬆的。

♪050-04 ❸ まあまあです。
還算可以。

♪050-05 ❹ いや、そこまでじゃなかった。
不,沒有那麼辛苦啦。

♪050-06 ❺ おかげさまで、大丈夫だった。
托您的福,沒有問題。

♪050-07 ❻ そうだね。毎日時間に追われているような感じだった。
對啊,每天都感覺被時間追著跑。

♪050-08 ❼ ものすごく大変だった。もう二度としたくない。
非常辛苦,不想再來一次。

♪050-09 ❽ 意外と苦にならなかった。
意外地,不覺得辛苦。

♪050-10 ❾ 思ったより大変じゃなかったよ。
沒有想像中那麼辛苦。

試験の準備は
大変だった？

思ったより大変じゃ
なかったよ。

Q&A 現學現用

♪051-01 **A** 試験の準備は大変だった？
準備考試很辛苦嗎？

♪051-02 **B** 思ったより大変じゃなかったよ。
沒有想像中那麼辛苦。

♪051-03 **A** そうだったんだ。
這樣啊。

♪051-04 **B** 日頃の勉強のお蔭だね。
平常有念書真是有很大的幫助。

♪051-05 **A** 私も見習わないと。
我也要學習才是。

[想多學一點點]

01 失礼（しつれい）な人（ひと） 沒禮貌／冒失的人

無論是在台灣或是在日本，詢問女性年齡一般來説是
沒有禮貌的事情。説出讓人反感，或是做出讓人不愉
悦的行為，都可以説行為者是個沒禮貌、冒失的人。
用日文來表達就是「失礼（しつれい）な人」。全球化如此發達的
現在，我們的言行舉止都應該想想看是否有合乎各種
文化禮儀。

例句

A: 菜々子（ななこ）さんはおいくつですか。
菜菜子小姐，請問妳今年貴庚？

B: 女性（じょせい）の年（とし）聞（き）くなんて本当（ほんとう）に失礼（しつれい）な人（ひと）ね。
問女生的年齡什麼的，真是個冒失的人。

---

02 大学（だいがく）を卒業（そつぎょう）して何年（なんねん）ですか。
大學畢業幾年了？

詢問年齡有時會被認為是很失禮的行為，那難道就沒
有其他方法了嗎？其實還是有的，在日本，比起直接
問年齡，我們可以透過詢問從大學畢業多久了，來推
算對方的年齡。如此一來比較不會顯得那麼沒禮貌，
對方也會和顏悦色地回答。有時候轉個彎一樣可以獲
得想要的資訊哦！

例句

A: ちなみに、大学（だいがく）を卒業（そつぎょう）して何年（なんねん）ですか。
順道請問一下，你大學畢業幾年了呢？

B: ええと、もう五年（ごねん）になります。
嗯，已經畢業五年了。

03 Lineを交換しませんか。
要不要加個 Line 好友？

現在是個社交軟體發達的時代，以前去聯誼或是認識新朋友時，大家都還會交換電話號碼，但是現在愈來愈少聽到有人在交換電話號碼了。大部分的人都是直接使用時下流行的社交軟體，來保持日後的聯繫。

中文是説「加 Line」或「加好友」，但日文是説「交換」，語言是不是很有趣呢？

A: Lineを交換しませんか。
要不要加個 Line 好友？

B: はい、しましょう。
好啊，來加一下吧。

----

04 FBの友だち申請してもいいですか。
可以加 FB 好友嗎？

除了社交軟體，社交網站也是現在的趨勢主流。但是，其實日本人使用臉書的人數僅有 2,500 萬人，而日本人最常使用的社交軟體是 Twitter，使用人數高達 4,500 萬人，是世界排名第三名。

同樣是加好友，使用 Line 時日文是説「交換」，但使用 FB 時日文是説「申請」，要特別注意哦！

A: せっかくのご縁ですから、FBの友だち申請してもいいですか。
難得的緣分，可以加你 FB 好友嗎？

B: あ、是非是非申請して下さい。
啊，好啊好啊，請加我好友。

Chapter 2
飲食吃喝
飲食について
いんしょく

飲食について
いんしょく

飲食吃喝

Unit 1 | 點餐 — 服務生點餐

[場合 情境]

中川先生到餐廳裡用餐,他正在看菜單。當服務生來到桌邊準備點餐時,會説到哪些日文呢?

情境會話

♪056-01 **A** いらっしゃいませ。注文はお決まりです①か。

歡迎光臨。決定好餐點了嗎?

♪056-02 **B** ええ。ラーメン一つと寿司の盛合せ一つ下さい。

是的。請給我一碗拉麵及綜合壽司。

♪056-03 **A** はい、かしこまりました。

好的,我知道了。

♪056-04 **B** あ、寿司はワサビ抜き②でお願いします。

啊,壽司麻煩不要加芥末。

♪056-05 **A** かしこまりました。ラーメンは少し辛子が入っておりますが、宜しいでしょうか。

好的。拉麵會有點小辣,可以嗎?

［這些句型還可以這樣用］

① ～決まった。 ～決定了。

♪057-01 ○ 何を注文するか決まった？

你決定好點什麼了嗎？

♪057-02 ○ 今度の旅行先が決まったよ。沖縄へ行く
よ。

這次旅行的目的地決定了，我要去沖縄。

♪057-03 ○ 今日の晩ご飯はピザに決まった。

今天晚餐決定吃披薩。

♪057-04 ○ 服の色がお決まりになったら、お呼び下
さい。

衣服的顏色決定好的話，請再叫我。

② ～を抜く／～抜き 去除～

♪057-05 ○ 魚の骨を抜くのは大変です。

去除魚骨很麻煩。

♪057-06 ○ パクチーが苦手です、抜いて下さい。

我討厭香菜，請幫我去掉。

♪057-07 ○ 子供が食べるので辛子抜きでお願いしま
す。

是小朋友要吃的，請幫我去掉辣椒。

Q&A 你其實可以這樣回答

♪058-01 **Q** 注文はお決まりですか。
決定好餐點了嗎？

♪058-02 **A** ❶ もうちょっと待って下さい。
請再等一下。

♪058-03 ❷ 後で注文します。
等一下再點。

♪058-04 ❸ じゃ、いつもの、お願いします。
那麼請給我老樣子的。

♪058-05 ❹ 人数がまだ揃ってないから、後でお願いします。
人還沒到齊，請等一下再來點。

♪058-06 ❺ 英語のメニューはありますか。
請問有英文菜單嗎？

♪058-07 ❻ すみません。このチャーハンはどのくらいの量ですか。
不好意思。請問這個炒飯的量大約是多少呢？

♪058-08 ❼ カレーライスを下さい。ご飯は少な目にしてもらえますか。
請給我咖哩飯。飯量可以少一點嗎？

♪058-09 ❽ すみません。ベジタリアン料理はありますか。
不好意思。請問有素食嗎？

Q&A 現學現用

♪059-01 **A** 注文はお決まりですか。
決定好了餐點嗎？

♪059-02 **B** すみません。ベジタリアン料理はありますか。
不好意思。請問有素食嗎？

♪059-03 **A** 野菜炒めしかないんですが、宜しいですか。
只有炒青菜，可以嗎？

♪059-04 **B** じゃ、野菜炒めを下さい。
那麼，請給我炒青菜。

Unit 2 │ 點餐 — 排隊點餐

[場合 情境]

田中先生到速食店用餐，他正準備排隊點餐。在需要排隊自行點餐的餐廳裡，會說到哪些日文呢？

情境會話

♪060-01 **A** 注文、お願いします。
麻煩你，我要點餐。

♪060-02 **B** すみません。注文は並んで①下さい。
抱歉，點餐請排隊。

♪060-03 **A** どこに並べばいいですか。
要在哪裡排隊呢？

♪060-04 **B** こちら②の列に並んで下さい。
請排在這個隊伍後面。

♪060-05 **A** なるほど。気づきませんでした。
原來如此，我沒注意到。

♪060-06 **B** 順番がきましたらレジまでお願いします。
輪到您的時候再到收銀檯點餐。

[這些句型還可以這樣用]

① ～並ぶ～ ～排列～

♪061-01 ○ このラーメン屋、いつも人がたくさん並んでいる。

這家拉麵店總是有很多人在排隊。

♪061-02 ○ 人気のスイーツを買う為に 90 分も並んだのに私の前で完売した。

為了要買現在很受歡迎的甜點，我排了九十分鐘，結果竟然在我面前賣完了。

♪061-03 ○ 行列に並ばなくてはいけない店には、あまり興味がないです。

我對必須要排隊的店家沒什麼興趣。

② こちら～ 這裡～／這邊～（禮貌語氣）

♪061-04 ○ お席にご案内します。こちらへどうぞ。

我來為您帶位，這邊請。

♪061-05 ○ こちらは国産のりんごです。

這邊的是國產的蘋果。

♪061-06 ○ 観覧車に乗る人は、こちらに集合して下さい。

要搭乘摩天輪的人請在這邊集合。

Q&A 你其實可以這樣回答

♪062-01 **Q** どこに並べばいいですか。
要在哪裡排隊呢？

♪062-02 **A** ❶ ここに並んで下さい。
請排在這裡。

♪062-03 ❷ 標示にしたがって並んで下さい。
請依標示排隊。

♪062-04 ❸ 他の人に迷惑を掛けないように並んで下さい。
排隊時請勿造成他人困擾。

♪062-05 ❹ ここから一列に並んで下さい。
請從這裡開始排成一列。

♪062-06 ❺ 並ばなくても大丈夫ですよ、空いている席に座って下さい。
不用排隊也沒關係喔，請直接入座空位。

♪062-07 ❻ 商品を持って直接レジへ行けば大丈夫です。
商品直接拿到收銀台就可以了。

♪062-08 ❼ この道に沿って並んで下さい。
請沿著這條路排隊。

♪062-09 ❽ 二列にならないように並んで下さい。
隊伍請不要排成兩列。

並ばなくても大丈夫ですよ、
空いている席に座って下さい。

Q&A 現學現用

♪063-01 **A** すみません、どこに並べばいいです
か。
不好意思，要在哪裡排隊呢？

♪063-02 **B** 並ばなくても大丈夫ですよ、空いてい
る席に座って下さい。
不用排隊也沒關係喔，請直接入座空位。

♪063-03 **A** そうですか、ありがとうございます。
這樣啊，謝謝。

♪063-04 **B** どうぞ中に入って下さい。
裡面請。

Unit 3 | 用餐

[**場合 情境**]

在餐廳用餐時，發現桌上缺少需要的餐具或餐巾紙等物品，這時候會說到哪些日文呢？

情境會話

♪064-01 **A** すみません。私、箸はちょっと……。

不好意思。筷子的話，我有點……。

♪064-02 **B** どうかしましたか。

怎麼了嗎？

♪064-03 **A** 私、外国人なので箸が使えないんです。フォークはありませんか。①

因為我是外國人，所以不會用筷子。請問有沒有叉子？

♪064-04 **B** わかりました。ちょっと、フォークを探してみます②ね。

我知道了。我找找看叉子喔。

♪064-05 **A** どうも。助かります。

謝謝你的幫忙。

[這些句型還可以這樣用]

① 〜ありませんか。　有沒有〜？

♪065-01　この服の大きいサイズはありませんか。
這件衣服有沒有大尺碼的？

♪065-02　安い靴下はありませんか。
有沒有便宜的襪子？

♪065-03　赤いバンドの腕時計はありませんか。
有沒有紅色錶帶的手錶？

♪065-04　Sサイズのズボンはありませんか。
有沒有 S 尺寸的褲子？

② 〜てみる　試著〜看看

♪065-05　一番辛いカレーを食べてみる。
試吃看看最辣的咖哩。

♪065-06　オムライスを作ってみる。
試做看看蛋包飯。

♪065-07　日本酒を飲んでみる。
試喝看看日本酒。

♪065-08　縄跳びをやってみる。
試玩看看跳繩。

Q&A 你其實可以這樣回答

♪066-01 **Q** すみません、フォークはありませんか。
不好意思，有沒有叉子？

♪066-02 **A** ❶ はい、こちらにございます。
有的，在這邊。

♪066-03 ❷ 申し訳ございません、フォークはないんですが、スプーンはあります。
非常抱歉，我們沒有叉子，只有湯匙。

♪066-04 ❸ 前のテーブルに置いてあります。
放在前面的桌子上。

♪066-05 ❹ 幾ついりますか。
需要幾支呢？

♪066-06 ❺ すみません。ちょうど今、フォークを洗っているんです。すぐ持って行きます。
抱歉，剛剛正好在洗叉子，我馬上拿過去。

♪066-07 ❻ すみません、フォークはないんですが、箸でも宜しいですか。
抱歉，沒有叉子，筷子可以嗎？

♪066-08 ❼ フォークですか。少々お待ち下さい。
叉子嗎？請稍等一下。

フォークですか。
少々お待ち下さい。

すみません、フォーク
はありませんか。

Q&A 現學現用

♪067-01 **A** **すみません、フォークはありませんか。**
不好意思，有沒有叉子？

♪067-02 **B** **フォークですか。少々お待ち下さい。**
叉子嗎？請稍等一下。

♪067-03 **A** **お願いします。**
麻煩你了。

♪067-04 **B** **はい、こちらフォークになります、どうぞ。**
來，這是您要的叉子。

Unit 4 | 訂位

[場合 情境]

想要打電話到餐廳預約
訂位時該怎麼說呢？若
是客滿了，要如何詢問
是否有其他位子呢？

情境會話

♪068-01 **A** すみません、来週水曜日夜７時に
大人二人と子供一人の予約、できま
すか。①

不好意思，可以預約下週三晚間七點，兩位大
人、一位小孩嗎？

♪068-02 **B** 来週水曜日の夜７時に３名様です
ね。はい、大丈夫です。お名前をお
願いいたします。

下週三晚上七點，三位是嗎？沒問題哦。請問
貴姓？

♪068-03 **A** 下谷と申します。あ、子供椅子も宜
しくお願いします。

敝姓下谷。啊，兒童椅也要麻煩您準備。

♪068-04 **B** 子供椅子ですね。かしこまりまし
た。②

兒童椅是嗎？我知道了。

[這些句型還可以這樣用]

① ～できますか。　可以～嗎？

♪069-01 **このラーメンをテイクアウトできますか。**
這個拉麵可以外帶嗎？

♪069-02 **バスの中でものを食べることができますか。**
公車上可以吃東西嗎？

♪069-03 **この靴は試着できますか。**
這雙鞋可以試穿嗎？

② かしこまりました。　我知道了。（尊敬説法）

♪069-04 **寿司はワサビ抜きですね。かしこまりました。**
壽司要去掉芥末是嗎？我知道了。

♪069-05 **小さいサイズのズボンですね。かしこまりました。**
小尺寸的褲子是嗎？我知道了。

♪069-06 **赤い花束ですね。かしこまりました。**
紅色花束是嗎？我知道了。

Q&A 你其實可以這樣回答

♪070-01 **Q** いつの御予約になさいますか。
請問要預約何時？

♪070-02 **A** ❶ 明日夜でお願いします。
麻煩幫我預約明天晚上。

♪070-03 ❷ 来月の十日に予約したいんですが、
店を貸し切りできますか。
想預約下個月十號，請問可以包場嗎？

♪070-04 ❸ 今晩予約できますか。
今晚可以預約嗎？

♪070-05 ❹ 今月の15日に予約したいんですが、
ベビーチェアはありますか。
我想預約本月十五號，請問有兒童座椅嗎？

♪070-06 ❺ 今週の土曜日に10人でお願いします。
麻煩幫我預約本週六十個人。

♪070-07 ❻ 来年の大晦日に予約したいです。
想預約明年的除夕夜。

♪070-08 ❼ 再来週の日曜日に個室を予約したいん
ですが。
想預約下下週日的包廂。

♪070-09 ❽ 今晩 7 時に個室を予約したいんです
が……。
我想預約今晚七點的包廂……。

今晩7時に個室を予約したいんですが……。

Q&A 現學現用

♪071-01 **A** **いつの御予約になさいますか。**
請問要預約何時？

♪071-02 **B** **今晩7時に個室を予約したいんですが……。**
我想預約今晚七點的包廂……。

♪071-03 **A** **個室は予約いっぱいです。カウンター席ならできますが。**
包廂的預約已經滿了。吧檯的話還有位子。

♪071-04 **B** **そうですか。じゃ、カウンター席でお願いします。**
這樣啊，那麼請給我吧檯的位置。

Unit 5 │ 詢問餐點

[場合 (ばあい) 情境]

在餐廳用餐時，想詢問餐點該怎麼說呢？像是將份量加大、調味相關等等，會說到哪些日文呢？

情境會話

♪072-01 Ⓐ **おまちどおさま。こちら、ラーメン大盛り (おおも) り①です。**
讓您久等了。這是大碗拉麵。

♪072-02 Ⓑ **えっ。ラーメン大盛り (おおも) りなんて、頼 (たの) んでないですよ。**
咦？我沒點大碗拉麵喔。

♪072-03 Ⓐ **すみません。ちょっと確認 (かくにん) させて下 (くだ) さい。②**
抱歉。請讓我確認一下。

♪072-04 Ⓑ **私 (わたし) が頼 (たの) んだのはチャーハンと餃子 (ぎょうざ) セットですよ。**
我點的是炒飯煎餃套餐。

♪072-05 Ⓐ **申 (もう) し訳 (わけ) ありません。作 (つく) っておりますので、もう少々 (しょうしょう) お待 (ま) ちください。**
非常抱歉，現在在做了，請您再稍等一下。

[這些句型還可以這樣用]

① ～大盛り 大份～

♪073-01 お腹ぺこぺこだから、チャーハンを大盛りでお願いします。

肚子好餓，請給我大份炒飯。

♪073-02 小柄の彼女だが、食堂に入るといつも大盛りを頼む。

她身材雖嬌小，但每次去餐廳總是點大份餐點。

♪073-03 この店のラーメン大盛りは普通のと同じ値段で、大変お得です。

這家店的大碗拉麵跟一般拉麵的價錢一樣，非常超值。

♪073-04 てんぷらとそばの大盛りを下さい。

請給我天婦羅跟大份蕎麥麵。

② ～確認させて下さい。　請讓我確認一下。

♪073-05 会議の資料を確認させて下さい。

請讓我確認一下會議的資料。

♪073-06 見積もりを確認させて下さい。

請讓我確認一下估價單。

♪073-07 カバンの中をちょっと確認させて下さい。

請讓我確認一下包包內部。

Q&A 你其實可以這樣回答

♪074-01 **Q** ラーメンは大盛りにしますか。
拉麵要換成大碗的嗎？

♪074-02 **A** ❶ 大盛りは有料ですか。
大碗要付費嗎？

♪074-03 ❷ はい、お願いします。
好的，麻煩你。

♪074-04 ❸ いいえ、大丈夫です。
不，不用了。

♪074-05 ❹ 大盛りの量はどのくらいですか。
大碗的量是多少？

♪074-06 ❺ 大盛りは無料ですか。
大碗是免費嗎？

♪074-07 ❻ いいえ、いいです。
不，不需要。

♪074-08 ❼ 結構です。
不用了。

♪074-09 ❽ いいえ、並みでいいです。
不，一般的就可以了。

♪074-10 ❾ いいえ、焼きギョーザを食べたいので。
不用了，我還想吃煎餃。

ラーメンは大盛り
にしますか。

Q&A 現學現用

♪075-01 Ⓐ **ラーメンは大盛りにしますか。**
拉麵要換成大碗的嗎？

♪075-02 Ⓑ **大盛りは有料ですか。**
大碗要付費嗎？

♪075-03 Ⓐ **いいえ、無料ですよ。**
不，是免費的喔。

♪075-04 Ⓑ **じゃ、大盛りにして下さい。**
那麼請給我大碗的。

♪075-05 Ⓐ **かしこまりました。**
好的。

Unit 6 | 更換餐具

[場合 情境]

在餐廳用餐時，發現餐具髒污，或是有其他需要而必須更換餐具時，用日文該怎麼說呢？

情境會話

♪076-01 **A** すみません、スプーンを落としちゃった①んですが……。

抱歉，這支湯匙掉到地上了……。

♪076-02 **B** はい、分かりました。新しいのを持って来ます。

好的，我知道了。我拿新的過來。

♪076-03 **A** それから、子供にはグラスだとちょっと危ないので、プラスチックのコップに替えてもらいたい②んですが。

然後給孩子用玻璃杯有點危險，想請你幫忙換成塑膠杯。

♪076-04 **B** はい、かしこまりました。

好的，我知道了。

[這些句型還可以這樣用]

① 〜ちゃった （表示對該動作感到懊悔）

♪077-01 ○ 財布を家に置いて来ちゃった。
我把錢包放在家裡就來了。

♪077-02 ○ 高価なブランド品を買っちゃった。
我買了高價的名牌精品。

♪077-03 ○ アルコール度数の高いお酒を飲んじゃった。
我喝了酒精濃度高的酒。

♪077-04 ○ 子供のおやつを食べちゃった。
我吃掉了小孩的點心。

② 〜もらう 請給我〜

♪077-05 ○ 二十歳の誕生日に両親に真珠のネックレスを買ってもらった。
二十歲生日時，父母買了珍珠項鍊給我。

♪077-06 ○ 彼にコンピュータの修理をしてもらった。
請他幫我修電腦。

♪077-07 ○ 弟に映画館まで車に乗せて行ってもらった。
請弟弟開車載我到電影院。

077

Q&A 你其實可以這樣回答

♪078-01 **Q** お子様の食器は、子供用のとお取り換えしましょうか。

需要幫小朋友換兒童專用餐具嗎？

♪078-02 **A** ❶ はい、お願いします。

好的，麻煩你。

♪078-03 ❷ いいえ、このままでいいです。

不，這樣就好了。

♪078-04 ❸ じゃ、コップだけお願いします。

那麼只換杯子就好。

♪078-05 ❹ そうですね。お皿だけ交換して下さい。

這樣啊，請幫忙換盤子就好。

♪078-06 ❺ あ、結構です。

啊，不必了。

♪078-07 ❻ もう小学生なので、これで大丈夫です。

已經是小學生了，這樣沒問題。

♪078-08 ❼ 換えなくても大丈夫です。でも、私のこのコップ、少し汚れているので換えてもらえますか。

不換也沒關係。不過，我的這個杯子有點髒，可以幫我換一下嗎？

♪078-09 ❽ そうですか、じゃ、それをお願いします。

這樣啊，那麼就麻煩了。

お子様の食器は、子供用の
とお取り換えしましょうか。

Q&A 現學現用

♪079-01 **A お子様の食器は、子供用のとお取り換えしましょうか。**

需要幫小朋友換兒童專用餐具嗎？

♪079-02 **B そうですか、じゃ、それをお願いします。**

這樣啊，那麼就麻煩了。

♪079-03 **A 分かりました。**

我知道了。

♪079-04 **B どうもありがとう。**

謝謝。

Unit 7 | 特殊要求

[場合 情境]

在餐廳用餐時，若是有
特殊要求，例如吃素或
不加蔥蒜、需要加大份
量或特殊調味，用日文
該怎麼說呢？

情境會話

♪080-01 **A** すみません。私はベジタリアンなの
で野菜だけのチャーハンは作ってく
れません①か。

抱歉，我是素食主義者，能請你幫我特製一份
只有蔬菜的炒飯嗎？

♪080-02 **B** でも、植物性の油はないんです
が……。

但是我們沒有植物油……。

♪080-03 **A** 油はかまいません。肉がダメなんで
す。②

油的話沒關係，只有肉不行而已。

♪080-04 **B** じゃ、分かりました。

好的，我知道了。

♪080-05 **A** すみません、お願いします。

不好意思，有勞了。

[這些句型還可以這樣用]

① ～くれる ～給我／幫我～

♪081-01 ○ 友だちが花を摘んでくれた。
朋友摘花給我。

♪081-02 ○ 彼氏が指輪を買ってくれた。
男朋友買戒指給我。

♪081-03 ○ 同僚がお昼を作ってくれた。
同事幫我做午餐。

♪081-04 ○ 母が部屋の掃除をしてくれた。
媽媽幫我打掃房間。

② ～がダメなんです。 不能～。

♪081-05 ○ パクチーがダメなんです。
不能吃香菜。

♪081-06 ○ ホラー映画がダメなんです。
不能看恐怖片。

♪081-07 ○ 氷水がダメなんです。
不能喝冰水。

♪081-08 ○ 冷房がダメなんです。
不能待在冷氣房。

Q&A 你其實可以這樣回答

♪082-01 **Q** 他は宜しいですか。
其他還需要什麼嗎？

♪082-02 **A** ❶ にんにく抜きの餃子はありますか。
請問有不加大蒜的煎餃嗎？

♪082-03 ❷ 少食なのでチャーハンは半チャーハン
にできますか。
因為我食量小，請問炒飯可以做半份嗎？

♪082-04 ❸ ラーメンに葱は入れないで下さい。
拉麵請不要放葱。

♪082-05 ❹ このつけ麺はチャーシューなしにして
下さい。
這個沾麵請不要放叉燒肉。

♪082-06 ❺ カレーの辛さを倍にしてもらえません
か。
請問可以把咖哩的辣度加倍嗎？

♪082-07 ❻ 他はないです。
沒有其他需要的了。

♪082-08 ❼ 塩分控え目にできますか。
可以降低鹹度嗎？

♪082-09 ❽ カレーライスは甘口にできますか。
請問咖哩飯可以做偏甜口味的嗎？

他は宜しいですか。

カレーライスは甘口にできますか。

Q&A 現學現用

♪083-01 **A** **他は宜しいですか。**
其他還需要什麼嗎？

♪083-02 **B** **そうですね。カレーライスは甘口にできますか。**
這樣啊，請問咖哩飯可以做偏甜口味的嗎？

♪083-03 **A** **できますよ。**
可以哦。

♪083-04 **B** **じゃ、それでお願いします。**
那就麻煩你了。

Unit 8 │ 結帳

[**場合 情境**]

在餐廳結帳時會說到哪些日文呢？像是使用現金或信用卡結帳，又或者是否能使用其他付款方式等等，該怎麼說呢？

情境會話

♪084-01 **Ⓐ** すみません。お会計はどこですか。 ①

不好意思，請問在哪裡結帳呢？

♪084-02 **Ⓑ** レジはこの奥です。

收銀台在裡面。

♪084-03 **Ⓐ** ちなみに、カードで支払えます②か。

順道請問一下，可以用信用卡支付嗎？

♪084-04 **Ⓑ** はい、大丈夫です。分割払いもできます。

是的，沒問題。還可以分期付款。

♪084-05 **Ⓐ** へえ、そこまでできるんですね。

這樣啊，還可以分期喔。

♪084-06 **Ⓑ** できるだけお客様のニーズに応じたいので。

我們希望盡可能滿足顧客的需求。

[這些句型還可以這樣用]

① ～はどこですか。　～在哪裡？

♪085-01　**新幹線の券売機**はどこですか。
新幹線的售票機在哪裡？

♪085-02　**駐車場の入り口**はどこですか。
停車場的入口在哪裡？

♪085-03　**駅弁の売り場**はどこですか。
車站便當的販賣處在哪裡？

♪085-04　**免税カウンター**はどこですか。
免税櫃檯在哪裡？

② ～で支払う　用～支付／付款

♪085-05　**ビットコイン**で支払えますか。
可以用比特幣付款嗎？

♪085-06　**電子マネー**で支払いたいんですが。
我想用電子錢包付款。

♪085-07　**クレジットカード**で支払います。
我要用信用卡付款。

♪085-08　**Suica**カードで支払いができますか。
可以用 Suica 卡付款嗎？

Q&A 你其實可以這樣回答

♪086-01 **Q** お支払いはどうしますか。
請問您要如何付款呢？

♪086-02 **A** ❶ クレジットカードでお願いします。
麻煩用信用卡。

♪086-03 ❷ ビットコインは使えませんか。
能不能使用比特幣？

♪086-04 ❸ 着払いはできますか。
可以貨到付款嗎？

♪086-05 ❹ カード一括払いでお願いします。
請用信用卡一次付清。

♪086-06 ❺ 分割払いでお願いします。
我要分期付款，麻煩你。

♪086-07 ❻ 電子マネーは使えますか。
可以用電子錢包嗎？

♪086-08 ❼ このカードは使えますか。
可以用這張卡嗎？

♪086-09 ❽ Tポイントの点数は使えますか。
可以用T點數嗎？

♪086-10 ❾ このカードで分割払いで。
用這張卡分期付款。

Q&A 現學現用

♪087-01 **A** **お支払いはどうしますか？**
請問您要如何付款呢？

♪087-02 **B** **このカードで分割払いで。**
用這張卡分期付款。

♪087-03 **A** **すみません。私どもでは分割払いは対応していないんです。**
抱歉，我們這邊無法使用分期付款。

♪087-04 **B** **じゃ、一括でお願いします。**
那麻煩一次付清。

Unit 9 | 帳單有誤

[場合 情境]

在餐廳結帳時難免會遇到帳單有誤的情況，在付款前一定要再三確認帳單明細。帳單有誤要怎麼用日文說呢？

情境會話

♪088-01 Ⓐ すみません。勘定、お願いします。
不好意思，我要結帳。

♪088-02 Ⓑ はい、全部で①三千五百円です。
好的，總共是三千五百元。

♪088-03 Ⓐ えっ。注文したのはラーメンセットだけ②ですよ。
咦！我只有點拉麵套餐而已耶。

♪088-04 Ⓑ ああ、すみません。勘違いしました。九百五十円です。
啊，抱歉看錯了。是九百五十元。

♪088-05 Ⓐ 気づいてよかった。
還好有發現。

♪088-06 Ⓑ 申し訳ございません。
真的非常抱歉。

[這些句型還可以這樣用]

① 全部で～　全部是～／總共～

♪089-01 こちらのりんご、全部で百円です。
這邊的蘋果總共一百元。

♪089-02 今日の買い物は全部で三千円でした。
今天買的東西總共三千元。

♪089-03 この古本、全十巻ですよね。全部でいくらになりますか。
這些舊書全十冊是吧？全部多少錢？

♪089-04 これとそれとあれ、全部でいくらでしょうか。
這個跟那個跟那個，總共多少錢呢？

② ～だけ　只有～

♪089-05 果物の中で、パイナップルだけは食べないんです。
水果之中，我只有不吃鳳梨。

♪089-06 食欲がない。ケーキだけは食べたいけど。
我沒有食慾。只想吃蛋糕。

♪089-07 そのバラの中の赤いのだけ下さい。
在那邊的玫瑰裡面，我只要紅色的。

Q&A 你其實可以這樣回答

♪090-01 **Q** お値段は全部で三千五百円です。
價錢總共是三千五百元。

♪090-02 **A** ❶ ちょっとおかしいです。
有點奇怪。

♪090-03 ❷ えっ。そうですか。ちょっと確認させて下さい。
咦！是那樣嗎？請讓我確認一下。

♪090-04 ❸ 高すぎない？間違いではないですか。
不會太貴嗎？沒有錯嗎？

♪090-05 ❹ ラーメン一杯しか頼んでないから、ちょっと確認して下さい。
我只有點一碗拉麵而已，請確認一下。

♪090-06 ❺ えっ。チャーハンセットだけでそこまでですか。
咦！只點炒飯套餐就那麼貴？

♪090-07 ❻ 多分これはミスだと思います、確認して下さい。
我想這應該是有誤，請確認一下。

♪090-08 ❼ 間違いじゃない？
算錯了吧？

♪090-09 ❽ ちょっとおかしいんじゃないの？
是不是有點奇怪啊？

ちょっとおかしいん
じゃないの？

Q&A 現學現用

♪091-01 Ⓐ **お値段は全部で三千五百円です。**
價錢總共是三千五百元。

♪091-02 Ⓑ **ラーメン一杯でこんなにするの？**
ちょっとおかしいんじゃないの？
一碗拉麵要那麼貴？是不是有點奇怪啊？

♪091-03 Ⓐ **あ、ちょっと待って下さい。確認させて下さい。**
啊，請等一下。我確認一下。

♪091-04 Ⓑ **頼みますよ。**
麻煩你囉。

Unit 10 │ 抱怨餐點

[場合 情境]

在餐廳用餐時難免會遇到餐點不合胃口，或餐廳有其他令人不甚滿意之處。要抱怨餐點或傳達意見時該怎麼說呢？

情境會話

♪092-01 **A** ちょっと、すみません。このラーメン、温過ぎる①よ。

那個，不好意思。這碗拉麵也未免太涼了吧。

♪092-02 **B** あ、すみません。すぐ作り直します②。

啊，對不起。我馬上重做。

♪092-03 **A** こんな温いラーメン、食べたことないよ。もういらないよ。酷いなあ、このラーメン屋。

我從沒吃過這麼涼的拉麵，我不吃了。這家拉麵店也太過份了吧。

♪092-04 **B** 大変申し訳ございません。

真的非常抱歉。

♪092-05 **A** もう二度ときませんから。

我不會再來了。

［這些句型還可以這樣用］

① 〜過ぎる　太過〜

♪093-01 ○ このケーキあまりにも美味しいので、つい食べ過ぎてしまった。
因為這個蛋糕太好吃了，所以不小心吃太多了。

♪093-02 ○ 北海道の冬は寒過ぎて、外に出かけるのが大変です。
北海道的冬天太過寒冷，出門很痛苦。

♪093-03 ○ このカレーは辛過ぎて食べられない。
這個咖哩太辣了，吃不下去。

② 〜直す　重新／再次〜

♪093-04 ○ 部長に間違いをたくさん指摘されたよ。報告書、書き直さなくちゃ。
我的報告書被部長指出了很多問題。我不得不重新寫。

♪093-05 ○ ごめん。クリスマスケーキ、ちょっと失敗しちゃった。作り直すね。
對不起。耶誕蛋糕有點做失敗了，我再重新做一次。

♪093-06 ○ 間違った見積書を送ってしまって申し訳ありません。送り直します。
非常抱歉，誤將有錯的報價單送過去了。我再重新送過去。

Q&A 你其實可以這樣回答

♪094-01 **Q** じゃ、ラーメン、作り直して持って来ます。

那麼，我重新做一次拉麵再拿來。

♪094-02 **A** ❶ なに言ってるの？まずは謝るべきでしょう。

你在説什麼？應該先道歉吧。

♪094-03 ❷ 謝れ。

給我道歉。

♪094-04 ❸ もう要らない。

我不要了。

♪094-05 ❹ 食べたくない。

我不想吃了。

♪094-06 ❺ 責任者を呼んできて。

叫負責人來。

♪094-07 ❻ もういいです。

夠了。

♪094-08 ❼ じゃ、お願いします。今度は熱々のラーメンにして下さいよ。

那麼麻煩你了。這次要是熱呼呼的拉麵哦！

♪094-09 ❽ ええ。二杯目なんか要らないよ。

咦？我不要第二碗了啦。

Q&A 現學現用

♪095-01 Ⓐ **すみません。じゃ、ラーメン、作り直して持って来ます。**
抱歉，那麼，我重新做一次拉麵再拿來。

♪095-02 Ⓑ **もういいです。ぬるいラーメンを出す店なんで酷過ぎるよ。**
夠了。會端出溫涼拉麵的店實在太糟糕。

♪095-03 Ⓐ **申し訳ございません。もう一回作らせて下さい。**
非常抱歉。請讓我再做一次。

♪095-04 Ⓑ **こんな店、二度と来ない。**
這種店，我不會再來第二次。

[想多學一點點]

01 ラストオーダー 最終點餐

在日本，大部分餐廳的最終點餐時間為關門前的半小時；速食店的話，因為料理時間短，所以最終點餐時間大概是關門前的十五分鐘。有些個人經營的壽司店等，則大多是拉下門簾就不再接客，但已經在裡面的客人可以繼續點餐，並無最終點餐的限制。要注意，已拉下門簾的店家就盡量不要再打擾了哦。

例句

A: すみません、そろそろ<u>ラストオーダー</u>の時間になります。ご注文は宜しいですか。

抱歉，我們要到最終點餐的時間了。請問還要點餐嗎？

B: はい、もう結構です。

哦，不用了。

- -

02 食券をお求め下さい。 請購買餐券。

有些日本餐廳的點餐方式是直接在店家設置的餐券販賣機購買餐券，然後將購買的餐券交給店員後完成點餐作業。通常會設置餐券販賣機的餐廳，大多是賣日式速食，例如：豆皮烏龍麵、咖哩飯、拉麵等等，地點大多集中於滑雪場、遊樂園、簡易休息站。是讓客人可以很快用完餐再繼續上路的地方會使用的，下次有機會去日本的話，也可以試試看用餐券販賣機點餐喔。

例句

A: すみません。注文をしたいんですが……。

不好意思，我想點餐……。

B: 申し訳ございませんが、食券をお求め下さい。

很抱歉，請購買餐券。

03 バイキング 歐式自助餐吃到飽

日本餐廳的吃到飽，除了一般日式料理的「食べ放題」之外，還有歐式自助餐的吃到飽。

歐式自助餐吃到飽，一般通稱是「ビュッフェ（buffet）」，但在日本，大家較常說的卻是「バイキング（Viking）」。據說跟當初引進歐式自助餐的帝國飯店有關係，1957 年帝國飯店的社長，犬丸徹三先生要將歐式自助餐這樣形式的餐點引進日本時，在當時最夯的電影《Viking》中看到海盜們豪邁的吃相而獲得靈感，因此將其取名為「バイキング」。

例句
A: 帝国ホテルのバイキングを食べに行かない？
要不要去帝國飯店吃自助餐吃到飽？

B: おお、良いね。ぜひ行きましょう。
喔，好啊！一定要去的。

----

04 丼ぶりはスプーンで食べない
不用湯匙吃丼飯

不知道你有沒有注意到，在日本，有些賣丼飯的店家並不會附湯匙。在和食用餐守則中有提到，丼飯是以筷子送入口中，不可以用口就碗。但經過時代變遷，為了方便女性及小孩或外國人食用，愈來愈多丼飯店會附上湯匙，如果沒有的話也可以跟店家要。下次你可以觀察看看周圍的日本人大多是用筷子吃丼飯，還是用湯匙吃丼飯。

例句
A: この丼ぶりはスプーン付いてないね。
這個丼飯沒有附湯匙耶。

B: 日本人は丼ぶりはスプーンで食べないからね。
因為日本人吃丼飯是不用湯匙的呢。

Chapter 3
購物血拼
買い物
か　もの

買^かい物^{もの}

購物血拼

Unit 1 | 挑選物品 — 衣物類

[場合 _{ば あい} 情境]

出外購物血拼，挑選衣物時可能需要詢問店員相關問題，這時候會説到哪些日文呢？

情境會話

♪100-01 **A** すみません、この材質 _{ざい しつ} は縮 _{ちぢ} みますか。

不好意思，這個材質會縮水嗎？

♪100-02 **B** いえ、この材質 _{ざい しつ} は縮 _{ちぢ} み難 _{にく} い①んですが、ちょっと色落 _{いろ お} ちするかもしれません。②

不會，這個材質不會縮水，但是可能會有點掉色。

♪100-03 **A** じゃ、どうすればいいですか。

那麼要怎麼辦呢？

♪100-04 **B** 2、3回洗濯 _{かい せん たく} すれば、色落 _{いろ お} ちし難 _{にく} くなります。

洗個兩、三次的話，顏色就不太會掉了。

♪100-05 **A** そうですか。もうちょっと考 _{かんが} えときます。

這樣啊，那我再考慮考慮。

[這些句型還可以這樣用]

① 〜難い 難以〜／不便〜

♪101-01 ○ ザクロは食べ難いからあまり好きじゃない。

石榴不方便吃，所以我不太喜歡。

♪101-02 ○ この靴は履き難いので処分したいです。

這雙鞋不好穿，想要丟掉。

♪101-03 ○ 新しいソフトは使い難くて、デザインもダサいです。

新的軟體很難用，設計也很醜。

♪101-04 ○ このスーツケースは使い難いです。

這個行李箱很難用。

② 〜かもしれない。 可能〜。

♪101-05 ○ さっきの人は有名人かもしれない。

剛剛的人可能是名人。

♪101-06 ○ 一万年後、地球は壊滅するかもしれない。

一萬年後，地球可能會毀滅。

♪101-07 ○ 彼女はスナックのママをやっているのかもしれない。

她可能是在小酒館當媽媽桑。

Q&A 你其實可以這樣回答

♪102-01 **Q** どのような服をお探しですか。
要找怎麼樣的衣服呢？

♪102-02 **A** ❶ イブニングドレスを探しています。
我在找晚宴服。

♪102-03 ❷ マタニティの服はありますか。
有孕婦裝嗎？

♪102-04 ❸ 演歌の発表会用の着物をちょっと見たいんです。
想看看演歌發表會用的和服。

♪102-05 ❹ ハロウィンの仮装用の服を探しているんです。
想要找萬聖節變裝用的衣服。

♪102-06 ❺ 結婚式に出席するので、その時に着る服を探しているんです。
在找出席婚禮用的衣服。

♪102-07 ❻ 新生児の服を探しているんです。
在找新生兒的衣服。

♪102-08 ❼ いえ、ちょっと見ているだけです。
沒有，只是看看。

♪102-09 ❽ ロリータ風の服を探しています。
想找蘿莉塔風的服裝。

どのような服をお探しですか。

Q&A 現學現用

♪103-01 Ⓐ **どのような服をお探しですか。**
要找怎麼樣的衣服呢？

♪103-02 Ⓑ **ロリータ風の服を探しています。**
想找蘿莉塔風的服裝。

♪103-03 Ⓐ **ロリータ風ですか。申し訳ありません、当店では扱っておりません。**
蘿莉塔風嗎？抱歉，我們這裡沒有。

♪103-04 Ⓑ **そうですか。分かりました。**
這樣啊，我知道了。

Unit 2 | 挑選物品 ─ 飾品類

[**場合 情境**]

出外逛街購物，想要挑選飾品類配件，有相關問題要詢問店員時會說到哪些日文呢？

情境會話

♪104-01 **Ⓐ すみません。イヤリングはどこにありますか。**

不好意思，請問耳環在哪？

♪104-02 **Ⓑ こちらです。右はクリップ式で、左はピアス式です。** ①

在這邊。右邊是夾式，然後左邊是耳針式。

♪104-03 **Ⓐ つけてみてもいいですか。** ②

可以試戴看看嗎？

♪104-04 **Ⓑ 申し訳ありません。ご遠慮いただいております。**

很抱歉，可能無法試戴。

♪104-05 **Ⓐ わかりました。**

我知道了。

[這些句型還可以這樣用]

① A は〜で、B は〜です。　A 是〜，然後 B 是〜

♪105-01 ○ **大きいのはみかんで、小さいのは金柑です。**

大的是橘子，然後小的是金桔。

♪105-02 ○ **白い帽子の子は 4 歳で、赤い帽子の子は 5 歳です。**

白色帽子的小朋友是四歲，然後紅色帽子的小朋友是五歲。

♪105-03 ○ **背が高いのは妹で、低いのは姉です。**

身高高的是我妹妹，然後矮的是我姊姊。

♪105-04 ○ **丸いのは皿で、四角いのは灰皿です。**

圓的是盤子，然後方的是菸灰缸。

② 〜いいですか。　〜可以嗎？

♪105-05 ○ **隣の席に座ってもいいですか。**

可以坐你旁邊的位置嗎？

♪105-06 ○ **りんごを半分ずつにしてもいいですか。**

蘋果可以跟你分一半嗎？

♪105-07 ○ **卵を二つ食べてもいいですか。**

可以吃兩顆蛋嗎？

Q&A 你其實可以這樣回答

♪106-01 **Q** どんなアクセサリーをお探_{さが}しですか。
要找怎麼樣的飾品呢？

♪106-02 **A** ❶ アンクレットはありますか。
有腳鍊嗎？

♪106-03 ❷ ネックレスをちょっと見_みてみたいんです。
想看看項鍊。

♪106-04 ❸ ピアスはありませんか。
有沒有耳環？

♪106-05 ❹ ネクタイピンはどこにありますか。
領帶夾在哪裡呢？

♪106-06 ❺ 指輪_{ゆびわ}を探_{さが}しているんです。
我在找戒指。

♪106-07 ❻ グローブホルダーが欲_ほしいんですが。
我想要找手套夾。

♪106-08 ❼ ブレスレットを売_うっていますか。
有賣手鍊嗎？

♪106-09 ❽ ハットピンを下_{くだ}さい。
請給我帽子的防風夾。

♪106-10 ❾ スカーフはありますか。
有沒有絲巾？

どんなアクセサリー
をお探^{さが}しですか。

アンクレットは
ありますか。

Q&A 現學現用

♪107-01 **A** すみません、アクセサリーを見^みたいん
ですが。
不好意思，我想看一下飾品。

♪107-02 **B** どんなアクセサリーをお探^{さが}しですか。
要找怎麼樣的飾品呢？

♪107-03 **A** アンクレットはありますか。
有腳鍊嗎？

♪107-04 **B** はい、ありますよ。
是，有哦。

Unit 3 | 試穿

[場合 情境]
(ば あい)

在服飾店裡購物時，想
要試穿的時候該怎麼用
日文說呢？試穿時又會
說到哪些日文呢？

情境會話

♪108-01 Ⓐ Lサイズはちょっと大きいと思うん①
(おお)(おも)
だけど……。
我覺得L尺寸有點太大……。

♪108-02 Ⓑ 試着してみれば？
(し ちゃく)
試穿看看呢？

♪108-03 Ⓐ やっぱり、ちょっと大きい。
(おお)
果然，是有點大。

♪108-04 Ⓑ どうする？②ほかの服、探してみる？
(ふく)(さが)
那怎麼辦？要找看看其他衣服嗎？

♪108-05 Ⓐ じゃ、あっちの店でも見てもいい？
(みせ)(み)
那可以去那間店看看嗎？

♪108-06 Ⓑ いいよ、付き合うよ。
(つ あ)
可以啊，我奉陪唷。

[這些句型還可以這樣用]

① 〜と思います。　我覺得／認為〜

♪109-01 ○ Mサイズは私には小さいと思います。
我覺得 M 尺寸對我來説太小。

♪109-02 ○ みかんは小さい方が甘いと思います。
我認為小的橘子比較甜。

♪109-03 ○ このお茶は高級品だと思います。
我覺得這個茶是高級貨。

♪109-04 ○ このダイヤモンドは偽物だと思います。
我認為這個鑽石是假貨。

② どうしますか。　怎麼辦？

♪109-05 ○ バス、行っちゃいました。どうしましょ
うか。
公車跑了，怎麼辦？

♪109-06 ○ 傘を持たないで、もし雨が降ったらどう
するんですか。
沒帶傘，下雨的話怎麼辦？

♪109-07 ○ 携帯、充電しないで大丈夫？電池が切れ
たらどうするの？
手機沒充電沒關係嗎？如果電池沒電怎麼辦？

Q&A 你其實可以這樣回答

♪110-01 **Q** この色は私に合うでしょうか。
どう思いますか。

這個顏色適合我嗎？你覺得呢？

♪110-02 **A** ❶ とても似合いますよ。

很適合哦。

♪110-03 ❷ 肌が白く見えて良いと思いますよ。

看起來皮膚很白，我覺得很好看。

♪110-04 ❸ その色を着ると若く見えますよ。

你穿這個顏色的衣服看起來很年輕。

♪110-05 ❹ ちょっと似合わない気がします。

感覺有點不適合。

♪110-06 ❺ なんか全体的に暗い感じですね。

整體感覺有些暗耶。

♪110-07 ❻ あなたにこの色は合わないですよ。

你不適合這個顏色耶。

♪110-08 ❼ その色はオシャレですね。

那個顏色好時尚哦。

♪110-09 ❽ 上品な感じがしますね。

感覺很優雅。

♪110-10 ❾ 若く見えるよ。あなたにピッタリだよ。

看起來很年輕哦。很適合你耶。

Q&A 現學現用

♪111-01 **A** **この色は私に合うでしょうか。**
どう思いますか。

這個顏色適合我嗎？你覺得呢？

♪111-02 **B** **若く見えるよ。あなたにピッタリだよ。**

看起來很年輕哦。很適合你耶。

♪111-03 **A** **そう。こういう色は着たことがないか**
ら。

這樣啊。因為我沒穿過這種顏色。

♪111-04 **B** **でも、とても似合うよ。**

但是非常適合你哦。

111

Unit 4 │ 詢問價錢

[場合 情境]

出門購物血拼時，看到
心儀的東西，要怎麼詢
問物品的價錢呢？詢問
價錢時又會說到哪些日
文呢？

情境會話

♪112-01 Ⓐ **このイブニングドレスはいくら①で
すか。**
這件晚宴服多少錢？

♪112-02 Ⓑ **このドレスは 20 万円です。**
這件晚宴服是二十萬元。

♪112-03 Ⓐ **えっ、高過ぎるんじゃないですか。**
咦！也太貴了吧？

♪112-04 Ⓑ **でも、このドレスはデザイン、素
材、縫製、すべて国産なんです。こ
のドレスは安物ではありません。②**
因為這件禮服的設計、材料、縫製，都是國內
製作的。它不是便宜貨。

♪112-05 Ⓐ **国産品なら納得ですけど。**
國產品的話就可以理解了。

[這些句型還可以這樣用]

① いくら～　多少錢～

♪113-01 こちらのバナナは全部でいくらですか。
這邊的香蕉全部是多少錢？

♪113-02 この一軒家はいくらで売っているんですか。
這間獨棟房子是賣多少錢？

♪113-03 ホットドッグ一ついくら？
熱狗一個多少錢？

♪113-04 この絵は国宝だから、いくらお金を出しても買えない。
這幅畫因為是國寶，所以不管出多少錢都買不到。

② AはBではありません。　A不是B。

♪113-05 このカバンはブランドものではありません。
這個皮包不是名牌精品。

♪113-06 このりんごは外国産ではありません。
這個蘋果不是外國產品。

♪113-07 この携帯はアップルのではありません。
這台手機不是蘋果的。

113

Q&A 你其實可以這樣回答

♪114-01 **Q** このドレスは中国製の安物ではありません。

這件禮服不是中國製的便宜貨。

♪114-02 **A** ❶ でも、やはり高過ぎます。

但是也太貴了。

♪114-03 ❷ じゃ、国産の安い物を紹介して下さい。

那麼，請介紹便宜的國產製品。

♪114-04 ❸ 私は中国製の物でいいです。

我買中國製品就好了。

♪114-05 ❹ そうですか……。ちょっと考えさせて下さい。

這樣啊……。請讓我考慮一下。

♪114-06 ❺ ちょっと予算に合わないです。

跟預算有點不合。

♪114-07 ❻ まず試着させて下さい。

請先讓我試穿一下。

♪114-08 ❼ ちょっと安くしてもらえませんか。

可以算便宜一點嗎？

♪114-09 ❽ 確かに品質はいいですけど、かなり予算オーバーです。

品質的確很好，但超出預算了。

Q&A 現學現用

♪115-01 **A** このドレスは中国製の安物ではありません。

這件禮服不是中國製的便宜貨。

♪115-02 **B** 確かに品質はいいですけど、かなり予算オーバーです。

品質的確很好，但超出預算了。

♪115-03 **A** もう少し安目のものをご紹介しましょうか。

我介紹稍微便宜一點的給您參考如何？

♪115-04 **B** ええ、お願いします。

好的，麻煩您。

Unit 5 | 調貨

[場合 情境]

在店裡看到喜歡的物品，發現因為尺寸不合或沒有想要的顏色、沒有現貨等等而需要調貨，這時會說到哪些日文呢？

情境會話

♪116-01 **Ⓐ あの、この赤いスカートは大きいサイズがありますか。**

那個，請問這件紅色裙子有大尺碼的嗎？

♪116-02 **Ⓑ すみません。大きいサイズは取り寄せなんです。**

抱歉，大尺碼的要調貨。

♪116-03 **Ⓐ 時間は、どのくらい①かかります②か。**

要花多久時間呢？

♪116-04 **Ⓑ 1週間です。**

一個禮拜左右。

♪116-05 **Ⓐ かまいません。待ちます。**

沒關係，我可以等。

［這些句型還可以這樣用］

① どのくらい～　多久～

♪117-01　家から駅まで、どのくらいかかりますか。
從家裡到車站要花多少時間？

♪117-02　マイホームを買って、どのくらい経ったんですか。
買自用住宅已經多久了？

♪117-03　この薬を飲んでから、どのくらい経ちましたか。
藥是多久前吃的？

♪117-04　どのくらい田舎へ帰ってないんですか。
多久沒回家鄉了？

② ～かかる　花費～

♪117-05　この煮込み料理を作るのに１時間かかります。
做這個燉菜要花一個小時。

♪117-06　ブランド物は腕時計一つでもなかなかお金がかかります。
名牌的東西，就算是一支手錶也要花不少錢。

♪117-07　急いでも病院までの道は時間がかかります。
就算再怎麼趕，到醫院的路程還是需要花時間。

Q&A 你其實可以這樣回答

♪118-01 **Q** このスカートは今、在庫がありません。
這件裙子現在沒有現貨。

♪118-02 **A** ❶ いつ入荷しますか。
何時會進貨呢？

♪118-03 ❷ いつ入りますか。
何時會進呢？

♪118-04 ❸ 入荷する予定はありますか。
有預定要進貨嗎？

♪118-05 ❹ 取り寄せはできますか。
可以調貨嗎？

♪118-06 ❺ 他の店舗に在庫がありませんか。
別家店有現貨嗎？

♪118-07 ❻ 入ったら知らせてもらえませんか。
有進貨的話可以通知我嗎？

♪118-08 ❼ 他の色は在庫がありますか。
其他顏色有現貨嗎？

♪118-09 ❽ 今月中に取り寄せてもらえないでしょう
か。
可以在這個月以內調貨嗎？

♪118-10 ❾ ネットショップならまだ在庫ありますか。
網路商店還會有貨嗎？

このスカートは今、在庫がありません。

取り寄せはできますか。

Q&A 現學現用

♪119-01 **A** 申し訳ございません、このスカートは今、在庫がありません。

非常抱歉，這件裙子現在沒有現貨。

♪119-02 **B** そうですか、取り寄せはできますか。

這樣啊，可以調貨嗎？

♪119-03 **A** はい、取り寄せはできますよ。でも一週間かかります。

是，可以調貨喔。但是要花一個禮拜的時間。

♪119-04 **B** 分かりました。着いたら連絡下さい。

我知道了，到貨請聯絡我。

Unit 6 │ 退換貨

[**場合 情境**]

購買東西時難免會遇到
東西不如預期，或是有
瑕疵品的情形，遇到類
似的狀況會説到哪些日
文呢？

情境會話

♪120-01 **A** 買ったばかり①のカバンのチャック
がもう壊れてしまった。②
才剛買的皮包，拉鍊已經壞了。

♪120-02 **B** ええっ、それ不良品だな。返品した
ら？
咦！那是瑕疵品吧？拿去退貨吧？

♪120-03 **A** もう聞いたんだけど、できないん
だって。
我已經去問過了，店家説不能退。

♪120-04 **B** ええっ。そうなの。ひどいね。
咦！這樣啊，真是太過分了。

♪120-05 **A** セールで買った物は仕方ないよ。
沒辦法，因為是促銷時買的。

[這些句型還可以這樣用]

① ～たばかり 才剛～

♪121-01 さっき夕飯を食べたばかりなのに、また何か食べたいと言ってる。
剛剛才吃完晚餐，又說要吃東西。

♪121-02 見たばかりの映画なのに、内容はすぐ忘れてしまった。
剛看完的電影馬上就忘記內容。

♪121-03 釣り上げたばかりの魚の刺身は本当に美味しいです。
剛釣上來的魚做成的生魚片非常好吃。

♪121-04 洗ったばかりの靴なのに、また汚れてしまった。
剛洗好的鞋子又髒了。

② ～てしまう。 （對於該動作感到懊悔的語氣）

♪121-05 夜はどうしても夜食を食べてしまう。
晚上無論如何都還是會吃宵夜。

♪121-06 部下にやらせると遅いから、いつも自分でやってしまう。
交給部下做太慢了，總是自己做完。

Q&A 你其實可以這樣回答

♪122-01 **Q** すみません。このカバンは返品できないことになっています。

抱歉，這個包包不能退貨。

♪122-02 **A** ❶ えっ、買ったばかりなんですよ。

咦！才剛買的耶。

♪122-03 ❷ 不良品じゃないですか。

這是瑕疵品吧？

♪122-04 ❸ 交換もできないんですか。

也不能換貨嗎？

♪122-05 ❹ なんで返品できないんですか。

為什麼不能退貨？

♪122-06 ❺ 使おうと思ったら壊れて大変だったんですよ。

剛要使用時就壞了，很麻煩。

♪122-07 ❻ 出先で壊れて本当に困ったんですよ。

外出時壞掉真的很困擾。

♪122-08 ❼ そちらの責任で修理してください。

請你們負責修理。

♪122-09 ❽ じゃ、最初から壊れ易いと書いて下さいよ。

那一開始就該寫出容易損壞。

すみません。このカバンは返品できないことになっています。

交換もできないんですか。

Q&A 現學現用

♪123-01 **すみません。このカバンは返品できないことになっています。**
抱歉，這個包包不能退貨。

♪123-02 **B 交換もできないんですか。**
也不能換貨嗎？

♪123-03 **A 交換なら大丈夫ですよ。**
換貨的話沒問題喔。

♪123-04 **B じゃ、お願いします。出先で壊れて本当に困ったんです。**
那就麻煩你了。外出時壞掉真的很困擾。

123

Unit 7 │ 結帳

[場合 情境]

外出購物時，選購完喜
愛的物品準備結帳，這
時會説到哪些日文呢？
例如宅配服務、總計金
額等等，要怎麼説呢？

情境會話

♪124-01 Ⓐ このマネキンがつけている赤い帽子
から靴まで①全部下さい。

這個人體模型身上穿的，從紅色帽子到那雙鞋
子請全部包起來。

♪124-02 Ⓑ はい、かしこまりました。しばら
く②お待ち下さい。

好的，我知道了。請您稍候。

♪124-03 Ⓐ 急ぎませんから、家まで配達して下
さいますか。

我不急，可以幫我宅配到家嗎？

♪124-04 Ⓑ かしこまりました。

我知道了。

♪124-05 Ⓐ 配達時間は指定できますか。

可以指定配送時間嗎？

[這些句型還可以這樣用]

① ～から～まで　從～到～

♪125-01　台北から高雄まで高速鉄道でどのくらい
かかりますか。

從台北到高雄搭高鐵要花多少時間？

♪125-02　今晩から手術が終わるまで何も食べられ
ない。

從今晚開始到動完手術前，什麼也不能吃。

♪125-03　朝から晩まで畑仕事をして本当に疲れた。

從早到晚做農事，真的很累。

② しばらく～　暫時／一段時間～

♪125-04　アプリケーションをインストールしていま
すので、しばらくお待ちください。

因為正在安裝軟體，所以請稍等。

♪125-05　来年からしばらく海外に住むつもりです。

明年開始預計暫時住在海外。

♪125-06　もうしばらくの間CDは聞いていません。
最近はスマホアプリで音楽を聞いているん
です。

已經很久沒有聽 CD 了，最近我都在用智慧型手機的
App 聽音樂。

Q&A 你其實可以這樣回答

♪126-01 **Q** 予算はどのくらいですか。
預算大約多少？

♪126-02 **A** ❶ 全部で三万円です。
總共三萬圓。

♪126-03 ❷ 服は八千円で靴が四千円です。
衣服八千圓，鞋子四千圓。

♪126-04 ❸ 五、六千円ぐらいの物をみたいんですが。
想看五、六千圓左右的東西。

♪126-05 ❹ 予算は特に額は決めていません。
預算沒有一定的額度。

♪126-06 ❺ 今日見て考えます。
今天先看一下再考慮。

♪126-07 ❻ 全身で六万円です。
全身是六萬圓。

♪126-08 ❼ シルク生地のもので一万円の予算です。
蠶絲質料的東西是一萬圓預算。

♪126-09 ❽ ものによります。
要看是什麼。

♪126-10 ❾ 全身合わせて七万円です。
全身上下加起來七萬圓。

予算はどのくらいですか。

Q&A 現學現用

♪127-01 Ⓐ **予算はどのくらいですか。**
預算大約多少？

♪127-02 Ⓑ **そうですね。全身合わせて七万円です。**
嗯，全身上下加起來七萬圓。

♪127-03 Ⓐ **そうですか。じゃ、ちょっと服を持って来ます。**
這樣啊，那我拿衣服過來。

♪127-04 Ⓑ **お願いします。**
麻煩你了。

Unit 8 | 購買禮物

[場合 情境]

青木家正在討論要送給
媽媽的生日禮物。挑選
或購買禮物時會說到哪
些日文呢？

情境會話

♪128-01 A 明日はママの誕生日よ。私は料理を
作ってあげるつもり①だけど、おね
えちゃんは？

明天是媽媽的生日，我想做菜給媽媽吃，姊姊
呢？

♪128-02 B そうね、ブランド品を買ってあげよ
うかなって考えてるんだ。

嗯，我是有在想說要買個名牌精品給媽媽。

♪128-03 A でも、ママはあまりブランド品は好
きじゃないよね。先に聞いたほうが
いい②と思うよ。

但是媽媽好像不太喜歡名牌精品耶。我覺得妳
先問一下比較好。

♪128-04 B そっかあ、じゃ聞いてみる。

這樣啊，那我去問問看。

[這些句型還可以這樣用]

① ～つもり　預計～

♪129-01　年明け、アメリカに行くつもりです。
過完年預計去美國。

♪129-02　宿題は、水曜日に出すつもりです。
預計禮拜三交作業。

♪129-03　今日は何を買うつもりなの？
今天預計要買什麼呢？

♪129-04　明日は何をするつもり？
明天預計要做什麼呢？

② ～たほうがいい　～比較好

♪129-05　早く行ったほうがいいですよ。映画に遅れますよ。
早點去比較好。不然看電影會遲到。

♪129-06　毎朝、水を飲んだほうがいいですよ。
每天早上都要喝水比較好。

♪129-07　疲れたら、早目に寝たほうがいいですよ。
累了的話，早點睡比較好。

♪129-08　あまりお酒を飲まないほうがいいですよ。
盡量不要喝酒比較好。

129

Q&A 你其實可以這樣回答

♪130-01 **Q** 彼女の誕生日に何を送るつもりですか。

女朋友的生日預計要送什麼呢？

♪130-02 **A** ❶ 彼女がよく使うカバンが壊れたから、カバンを買ってあげるつもり。

因為女友常用的包包壞了，所以預計買包包給她。

♪130-03 ❷ 別に何も用意してません。でも誕生日の日に高級レストランを予約したんです。

沒特別準備什麼，但生日當天預約了高級餐廳。

♪130-04 ❸ 女子の好みはあまり分からないから、彼女の親友に聞いてから考えます。

我不太清楚女生的喜好，所以想問她的好友後再來想。

♪130-05 ❹ 彼女はよくエステの話をするから、エステのコースを送るつもりだ。

之前女友一直在講美容的事，所以想送她美容療程。

♪130-06 ❺ 彼女はちょっと変わり者で、あまり誕生日とか記念日を祝う習慣がないんです。だから、何もしません。

她是一個與眾不同的人，沒有慶祝生日和紀念日的習慣，所以沒有要幹嘛。

♪130-07 ❻ 買いに行く時間があまりないから、現金を渡そうと考えてる。

我沒什麼時間去買，想說給她現金好了。

かのじょ たんじょうび なに おく
彼女の誕生日に何を送
るつもりですか。

か い じ かん
買いに行く時間があまり
げんきん わた
ないから、現金を渡そう
かんが
と考えてる。

Q&A 現學現用

♪131-01 **A** **彼女の誕生日に何を送るつもりですか。**
女朋友的生日預計要送什麼呢？

♪131-02 **B** **買いに行く時間があまりないから、現金を渡そうと考えてる。**
我沒什麼時間去買，想說給她現金好了。

♪131-03 **A** **ええ、ダメだよ。せめて商品券にしたほうがいいよ。**
什麼？不行啦！至少也送個商品禮券比較好吧。

♪131-04 **B** **どうして？かえって、なんか面倒くさいよ。**
為什麼？這樣反而很麻煩耶。

131

Unit 9 | 要求包裝

購買禮品時總是需要一些裝飾，需要請店家幫忙包裝、挑選包裝時會說到哪些日文呢？

情境會話

♪132-01 Ⓐ こちらの日本酒は贈り物用なので、包装をお願いします。

這個日本酒是送禮用的，請幫我包裝。

♪132-02 Ⓑ かしこまりました。包装紙を選んで下さい。

我知道了。請選包裝紙。

♪132-03 Ⓐ 風呂敷で包んで欲しい①んですが。

我想用風呂敷來包。

♪132-04 Ⓑ はい、大丈夫ですよ。ただ②、別料金がかかりますが。

好的，沒問題喔。但是必須另外付費。

♪132-05 Ⓐ 料金はかまいません。

費用不是問題。

[這些句型還可以這樣用]

① 〜て欲しい 希望〜

♪133-01 子供には、もっと勉強して欲しいです。
希望孩子能讀更多書。

♪133-02 私が作った料理をみんなに食べて欲しいです。
希望大家可以嚐嚐我做的料理。

♪133-03 寮のWi-Fiをもっと良くして欲しいです。
希望宿舍的 Wi-Fi 可以再好一點。

② ただし／ただ〜 但是〜

♪133-04 当店は土日祝日関係なく営業いたします。ただ、年末年始はお休みを頂いております。
本店不論週末或國定假日皆有營業，但是年底到過年會休息。

♪133-05 来月、あの時計の限定版が発売されます。ただし、予約販売のみです。
下個月那支錶的限定版要開賣了，但僅限預約販售。

♪133-06 日曜日のハイキングは、午前8時に集合です。ただし、雨の場合は中止です。
週日的健行是早上八點集合，但下雨的話就取消行程。

Q&A 你其實可以這樣回答

♪134-01 **Q** こちらの包装はどうしますか。
這個包裝要怎麼處理呢？

♪134-02 **A** ❶ 包装はいいです、分け袋はありますか。
不用包裝，請問有分裝袋嗎？

♪134-03 ❷ 風呂敷で包装することは可能ですか。
可以用風呂敷來包裝嗎？

♪134-04 ❸ そのままでいいです。
那樣就可以了。

♪134-05 ❹ どんなラッピングができますか。
可以做怎樣的包裝呢？

♪134-06 ❺ どんな包装紙がありますか。
有什麼樣的包裝紙呢？

♪134-07 ❻ じゃ、簡単にお願いします。
那麼請簡單幫我包裝一下。

♪134-08 ❼ 贈り物用に包めますか。
可以包裝成送禮用嗎？

♪134-09 ❽ 包装は大丈夫です。
不用包裝。

♪134-10 ❾ 料金は別途かかりますか。
需要另外付費嗎？

こちらの包装はどう
しますか。

風呂敷で包装することは
可能ですか。

Q&A 現學現用

♪135-01 **A** こちらの包装はどうしますか。
這個包裝要怎麼處理呢？

♪135-02 **B** 風呂敷で包装することは可能ですか。
可以用風呂敷來包裝嗎？

♪135-03 **A** はい、大丈夫ですよ。風呂敷はお持ち
ですか。
可以，沒問題哦。請問您有帶風呂敷嗎？

♪135-04 **B** ええ、これです。お願いします。
來，在這裡。麻煩你了。

Unit 10 | 詢問尺寸

[場合 情境] (ば あい)

在店家購買服飾或鞋子等等商品，要怎麼用日文詢問尺寸呢？例如需要大一點或小一點的尺寸、是否有其他尺寸的同款商品等等。

情境會話

♪136-01 **Ⓐ** すみません、ＬＬサイズのワイシャツはもうないですか？

不好意思，還有 LL 尺寸的白襯衫嗎？

♪136-02 **Ⓑ** そうですねえ。あれは、だいぶ①売れましたから、まだあるかどうか……。ちょっと調べます。(う)(しら)

嗯，那件賣得差不多了，我不知道還有沒有……。我查一下。

♪136-03 **Ⓐ** せっかく②買いに来たのに、無かったら困るんですよ。(か)(き)(な)(こま)

我特地過來買的，沒有的話很傷腦筋。

♪136-04 **Ⓑ** あ、ありました、最後の一枚です。(さい ご)(いち まい)

啊，有了，剩最後一件。

♪136-05 **Ⓐ** それは助かります。(たす)

那真是幫了一個大忙。

[這些句型還可以這樣用]

① だいぶ～ 相當／很～

♪137-01 ○ 自分の髪を切るのが、だいぶ上手になりました。

自己剪頭髮已經變得很拿手了。

♪137-02 ○ 公園の梅の花は、だいぶ咲いてきました。もうすぐ満開です。

公園的梅花開了蠻多的，就快全開了。

♪137-03 ○ 毎月貯金をしているけど、だいぶお金が貯まってきた。

我每個月都有存錢，已經存了不少錢了。

② せっかく～ 特地／難得～

♪137-04 ○ せっかく買った新しい服が、すぐに汚れてしまいました。

難得買的新衣服，馬上就弄髒了。

♪137-05 ○ せっかく最新型のテレビを買ったのに、忙しくて全然見ていません。

難得買的最新型電視，結果忙到完全沒看。

♪137-06 ○ 悪い人に騙されて、せっかく稼いだお金をとられてしまいました。

好不容易存的錢被壞人騙走了。

137

Q&A 你其實可以這樣回答

♪138-01 **Q** 靴<ruby>くつ</ruby>のサイズは大丈夫<ruby>だいじょうぶ</ruby>ですか。
鞋子的尺寸可以嗎？

♪138-02 **A** ❶ ちょっときついですね。
有點緊耶。

♪138-03 ❷ なんかゆるい気<ruby>き</ruby>がする。
感覺有點鬆。

♪138-04 ❸ もうちょっと大<ruby>おお</ruby>きいサイズはあります
か。
有再大一點的尺寸嗎？

♪138-05 ❹ ヒールがちょっと高<ruby>たか</ruby>いなあ。
跟有點高。

♪138-06 ❺ サイズはこれでいいです。
這個尺寸沒問題。

♪138-07 ❻ 同<ruby>おな</ruby>じサイズの違<ruby>ちが</ruby>う靴<ruby>くつ</ruby>を見<ruby>み</ruby>てみたいんで
すが。
想看同樣尺寸的其他鞋子。

♪138-08 ❼ 幅<ruby>はば</ruby>の広<ruby>ひろ</ruby>い靴<ruby>くつ</ruby>がありますか。
有幅度比較寬的鞋子嗎？

♪138-09 ❽ もっと柔<ruby>やわ</ruby>らかい材質<ruby>ざいしつ</ruby>の靴<ruby>くつ</ruby>はあります
か。
有材質更柔軟的鞋子嗎？

Q&A 現學現用

♪139-01 Ⓐ **靴のサイズは大丈夫ですか。**
鞋子的尺寸可以嗎？

♪139-02 Ⓑ **ちょっときついですね。**
有點緊耶。

♪139-03 Ⓐ **これで一番大きいサイズなんですが……。**
這是最大的尺寸了……。

♪139-04 Ⓑ **じゃ、他の靴を見てみます。**
那我再看看其他的鞋子。

Unit 11 | 詢問顏色

[**場合** 情境]

購買商品時總是有各式
各樣的顏色可供挑選，
詢問店家相關顏色時，
用日文該怎麼說呢？

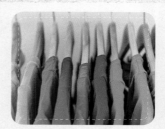

情境會話

♪140-01 **A** 京緋色という①色の生地を探してい
るんですが。

我在找一種叫做京緋色的顏色的布料。

♪140-02 **B** すみません。京緋色というと、どん
な色でしょうか。

抱歉，我不知道京緋色是什麼顏色。

♪140-03 **A** そうですねえ。簡単に言うと、明る
い赤なんです。

這個嘛，簡單來說就是亮紅色。

♪140-04 **B** 分かりました、できるだけ②似たよ
うな色の生地を探してみます。

我知道了，我盡量找找看類似顏色的布料。

♪140-05 **A** お願いします。

麻煩你了。

[這些句型還可以這樣用]

① ～という 叫作～／～這種

♪141-01 ○ あれは、ミーアキャットという動物ですよ。

那是叫做「狐獴」的動物。

♪141-02 ○ 私は群馬というところの出身です。

我是來自一個叫做「群馬」的地方。

♪141-03 ○ ワンピースというマンガを知っていますか。

你知道一部叫做「航海王」的漫畫嗎？

② できるだけ～ 盡可能／盡量～

♪141-04 ○ 健康のために、できるだけタバコは吸いません。

為了健康，盡量不抽菸。

♪141-05 ○ 先生と話す時は、できるだけ敬語を使いましょう。

與老師說話時，盡可能用敬語。

♪141-06 ○ 世の中のことを知るために、できるだけ毎日、新聞を読みます。

為了了解世界上的事，盡可能每天看報紙。

Q&A 你其實可以這樣回答

♪142-01 **Q** スカートの色はこれで宜しいですか。
裙子的顏色這樣可以嗎？

♪142-02 **A** ❶ もっと赤目のが欲しい。
想要更帶點紅色的顏色。

♪142-03 ❷ ちょっと色が濃過ぎる。
顏色有點太濃了。

♪142-04 ❸ これより薄い色はありますか。
有比這個更淺的顏色嗎？

♪142-05 ❹ まあまあいいと思います。
我覺得算是可以吧。

♪142-06 ❺ このスカートは、他の色はあります
か。
這件裙子還有其他顏色嗎？

♪142-07 ❻ 彩度の高い色はありますか。
有彩度高的顏色嗎？

♪142-08 ❼ 優しいイメージの色を見てみたいんで
すが。
想看看會讓人有溫柔印象的顏色。

♪142-09 ❽ 違う色を見てみたいんですが。
想看看不同的顏色。

スカートの色はこれで<ruby>宜<rt>よろ</rt></ruby>しいですか。

ちょっと<ruby>色<rt>いろ</rt></ruby>が<ruby>濃<rt>こ</rt></ruby>過ぎる。

Q&A 現學現用

♪143-01 **A** スカートの<ruby>色<rt>いろ</rt></ruby>はこれで<ruby>宜<rt>よろ</rt></ruby>しいですか。
裙子的顏色這樣可以嗎？

♪143-02 **B** ちょっと<ruby>色<rt>いろ</rt></ruby>が<ruby>濃<rt>こ</rt></ruby>過ぎる。
顏色有點太濃了。

♪143-03 **A** <ruby>薄<rt>うす</rt></ruby>い<ruby>色<rt>いろ</rt></ruby>のものを<ruby>持<rt>も</rt></ruby>って<ruby>来<rt>き</rt></ruby>ましょうか。
我拿淺色的過來好嗎？

♪143-04 **B** はい、よろしくお<ruby>願<rt>ねが</rt></ruby>いします。
好的，麻煩你了。

♪143-05 **A** <ruby>二着<rt>にちゃくも</rt></ruby>持ってきました。どうぞご<ruby>覧<rt>らん</rt></ruby>くだ
さいませ。
我拿了兩件過來，請您參考。

143

Unit 12 | 詢問材質

[場合 情境]

購買衣服配件時也可能
會需要詢問材質相關的
問題，要怎麼用日文問
這類的問題呢？

情境會話

♪144-01 Ⓐ ファーを見たいんですが、こちらの
ファーの生地は全部化繊ですか。

我想看看皮毛的布料。這邊皮毛的布料全部都
是化纖嗎？

♪144-02 Ⓑ 全部化繊とは限りません。①兎の
ファーもありますよ。

不一定都是化纖，也有兔毛的。

♪144-03 Ⓐ そうですか。とりあえず②化繊のも
のでいいです。

這樣啊，我先看化纖的就好。

♪144-04 Ⓑ はい、こちらです。

好的，在這邊。

♪144-05 Ⓐ せっかくですので、天然素材のも見
てみます。

既然來了，也看看天然素材的好了。

［這些句型還可以這樣用］

① ～とは限らない 不一定～

♪145-01 ○ 日本人でも、敬語が正しく使えるとは限りません。

就算是日本人，也不一定都能正確使用敬語。

♪145-02 ○ いい会社に入れば、幸せになれるとは限りません。

就算進入好公司，也不一定會變得幸福。

♪145-03 ○ 高いプレゼントが必ず喜ばれるとは限りません。

貴重的禮物也不一定會讓人高興。

② とりあえず～ 首先/姑且～

♪145-04 ○ レストランが予約できるかどうかわからないけど、とりあえず電話してみましょう。

不知道餐廳可否預約，姑且先打個電話問問。

♪145-05 ○ わからない言葉がある時は、とりあえずグーグルで調べてみます。

有不懂的字詞時，總之先用 Google 查查看。

♪145-06 ○ 大雪で電車が動くかどうかわからないけど、とりあえず駅に行ってみます。

因為大雪，不知道電車有沒有開，總之先去車站

145

Q&A 你其實可以這樣回答

♪146-01 **Q** 当店にはカシミアのマフラーはございません。

本店沒有喀什米爾的圍巾。

♪146-02 **A** ❶ じゃ、どんな生地のモノがあるのですか。

那麼，有哪些布料的東西呢？

♪146-03 ❷ 他にどんな材質がありますか。

其他有哪些材質的呢？

♪146-04 ❸ 天然素材のモノがありますか。

有天然素材的東西嗎？

♪146-05 ❹ 私はアトピーなので化学繊維は使えません。

我有異位性皮膚炎，所以不能用化學纖維。

♪146-06 ❺ シルクのマフラーはありますか。

有絲質的圍巾嗎？

♪146-07 ❻ ファーのものはないですか。

有皮毛的東西嗎？

♪146-08 ❼ マフラーはシルクのものって、あるんですか。

圍巾有絲質的嗎？

♪146-09 ❽ コットンのマフラーを下さい。

請給我棉製的圍巾。

Q&A 現學現用

♪147-01 Ⓐ **当店にはカシミアのマフラーはございません。**
本店沒有喀什米爾的圍巾。

♪147-02 Ⓑ **じゃ、シルクのマフラーはありますか。**
那麼，有絲質的圍巾嗎？

♪147-03 Ⓐ **ちょっと探してみます。**
我找找看。

♪147-04 Ⓑ **私はアトピーなので、天然素材のモノしか使えないんです。**
因為我有異位性皮膚炎，所以只能用天然素材的東西。

Unit 13 | 優惠活動

[場合 情境]

不管是一般店家或百貨
公司，都會舉辦各種拍
賣的優惠活動。遇到這
類的活動時會説到哪些
日文呢？

情境會話

♪148-01 Ⓐ あのデパートは、たしか① 今日から
バーゲンセールが始まると思うよ。
きょう
はじ　　　　　おも
沒有記錯的話，那間百貨公司是今天開始大拍
賣。

♪148-02 Ⓑ さすが② 買い物のプロだね。
か　もの
不愧是購物專家。

♪148-03 Ⓐ ちょうど買いたいものがあるんだけ
か
ど、一緒に行かない？
いっしょ　い
剛好有想買的東西，要不要一起去？

♪148-04 Ⓑ 今日はちょっと、明日なら行けるけ
きょう　　　　　　　　　あした　　　い
ど。
今天有點不方便，明天的話就可以。

♪148-05 Ⓐ じゃ、明日付き合ってもらえる？
あした　つ　あ
那你明天可以陪我嗎？

［這些句型還可以這樣用］

① たしか〜　沒有記錯的話〜

♪149-01 日本語の辞書はたしか本棚の上においてあるはずだよ。

沒有記錯的話，日文字典是放在書架上的。

♪149-02 デパートの営業時間はたしか 10 時半からだったと思うよ。

沒有記錯的話，百貨公司的營業時間是十點半開始。

♪149-03 この肉まんたしか 200 円だったと思うよ。

沒有記錯的話，這個肉包是兩百日圓。

② さすが〜　不愧／果然是〜

♪149-04 いい香り。さすが高いコーヒー豆だ。

味道好香，不愧是高價咖啡豆。

♪149-05 さすが、プロの料理人ですね。
どの料理もとてもおいしいです。

不愧是料理專家呢。每道料理都好好吃。

♪149-06 さすが有名なお寿司屋さんですね。
予約がなかなか取れません。

不愧是著名壽司店，很難預約。

Chapter 3

購物血拼

Q&A 你其實可以這樣回答

♪150-01 **Q** 当デパートは来週から 10 周年セールイベントがあります。

本百貨公司下週開始有十週年拍賣活動。

♪150-02 **A** ❶ セールは何日から何日までですか。

拍賣從幾號開始到幾號呢？

♪150-03 ❷ 婦人服のセールがありますか。

有女裝拍賣嗎？

♪150-04 ❸ 男物は割引きがありますか。

男性商品有折扣嗎？

♪150-05 ❹ 値引き商品はどのくらいありますか。

折扣品項有多少？

♪150-06 ❺ タイムセールも開催するんですか。

也會舉辦限時拍賣嗎？

♪150-07 ❻ 割引率はどのくらいですか。

折扣率有多少呢？

♪150-08 ❼ プライスダウンがあるってお得だね。

有降價真划算呢。

♪150-09 ❽ セール会場はどこですか。

拍賣會場在哪裡？

♪150-10 ❾ メンバーならさらに割引ありますか。

會員還有再折扣嗎？

当デパートは来週から 10 周年
セールイベントがあります。

セールは何日から何日
までですか？

Q&A 現學現用

♪151-01 Ⓐ 当デパートは来週から 10 周年セール
イベントがあります。
本百貨公司下週開始有十周年拍賣活動。

♪151-02 Ⓑ セールは何日から何日までですか。
拍賣從幾號開始到幾號呢？

♪151-03 Ⓐ 十日から一週間です。
從十號開始的一個禮拜。

♪151-04 Ⓑ 分かりました。ありがとうございま
す。
我知道了，謝謝。

Unit 14 | 殺價

外出購物血拼時當然也要嘗試看看殺價的樂趣。想要跟店家殺價時該怎麼用日文説呢？

情境會話

♪152-01 Ⓐ シャツとスカート、合（あ）わせていくらですか。

襯衫加裙子一共多少錢？

♪152-02 Ⓑ 全部（ぜんぶ）で六千五百円（ろくせんごひゃくえん）です。

全部是六千五百元。

♪152-03 Ⓐ 少（すこ）し①負（ま）けてくれませんか。

可以算便宜一點嗎？

♪152-04 Ⓑ もう一点（いってん）何（なに）か購入（こうにゅう）したら②、少（すこ）しお負（ま）けすることができるんですが。

您再多買一件的話，可以算便宜一點。

♪152-05 Ⓐ 二点（にてん）からはだめですか。

兩件不行嗎？

♪152-06 Ⓑ すみません。三点（さんてん）からとなっておりますが。

不好意思，規定是從三件開始。

［這些句型還可以這樣用］

① 少し〜 －點／一些〜

♪153-01 ○ 私はコーヒーにミルクを少し入れるのが
好きです。
我喜歡在咖啡裡加入一些牛奶

♪153-02 ○ 少しお時間をいただけませんか。
可以給我一些時間嗎？

♪153-03 ○ 映画を見て少し泣きました。
看完電影後哭了一下。

♪153-04 ○ 夜は少し寒いです。
晚上有點冷。

② 〜たら 如果〜的話／要是〜

♪153-05 ○ 大学を卒業したら何をしますか。
大學畢業之後要做什麼呢？

♪153-06 ○ これを食べ終わったら学校に行きます。
吃完這個的話，就要去學校了。

♪153-07 ○ 春になったら桜が咲きます。
要是春天到了，櫻花就會盛開。

♪153-08 ○ 3月になったら日本に行く予定です。
到了三月，我預計去日本。

Chapter 3

購物血拼

153

Q&A 你其實可以這樣回答

♪154-01 **Q** 全部で五千三百八十円です。
一共是五千三百八十元。

♪154-02 **A** ❶ 端数は切ってもらえる？
可以幫我去尾數嗎？

♪154-03 ❷ 少し負けてくれませんか。
可以算我便宜一點嗎？

♪154-04 ❸ もうちょっと安くしてもらえませんか。
可以再算便宜些嗎？

♪154-05 ❹ ちょっと勉強してくれませんか。
可以幫我算便宜一點嗎？

♪154-06 ❺ もう一つ買ったら安くしてくれる？
如果再多買一個，可以算便宜一點嗎？

♪154-07 ❻ たくさん買ったからちょっと負けて。
我買了很多，算我便宜一點啦。

♪154-08 ❼ 今度友達をつれてくるから安くして。
下次我會帶朋友來光顧，算我便宜一點啦。

♪154-09 ❽ 常連には特別価格にしてちょうだい。
給我常客的特別價格嘛。

♪154-10 ❾ おまけはないですか。
沒有優惠嗎？

全部で五千三百八十円です。

端数は切ってもらえる？

Q&A 現學現用

♪155-01 **A** 全部で五千三百八十円です。
一共是五千三百八十元。

♪155-02 **B** 端数は切ってもらえる？
可以幫我去尾數嗎？

♪155-03 **A** お客さん、それは無理ですよ。
這位客人，這個沒辦法耶。

♪155-04 **B** 今度友達を連れてくるから、お願い。
下次我會帶朋友來光顧，拜託啦。

♪155-05 **A** 申し訳ございません。標示価格のみ計算させて頂きます。
非常抱歉，本店只按標示金額結帳。

155

Unit 15 | 商品瑕疵

かもの
ばあい
なお
くだ
あたら
こうかん
ほしょうきかんない
りょうきん

[**場合 情境**]
ば あい

購物時難免會遇到商品
有瑕疵的情形，遇到這
類的狀況要用哪些日文
跟店家溝通呢？

情境會話

♪156-01 **A** こちらで買ったカバンのファスナ
ー、ずっと①閉まらないんですよ。
在這裡買的皮包，拉鍊一直拉不起來。

♪156-02 **B** ちょっとお見せ下さい。
請讓我看看。

♪156-03 **A** これは直るんですか。
這能修嗎？

♪156-04 **B** これは新しいファスナーに交換する
しかありません②ね。
這只能換新的拉鍊了。

♪156-05 **A** それはいくらになるんですか。
那要多少錢？

♪156-06 **B** まだ保証期間内なので、料金はかか
りません。
還在保固期限內，所以不用錢。

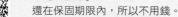

[這些句型還可以這樣用]

① ずっと〜 一直〜

♪157-01 ○ 昨日の日曜日は、ずっと寝ていました。
昨天禮拜天一直在睡覺。

♪157-02 ○ このジャケットは 10 年前からずっと着ています。
從十年前就一直在穿這件外套。

♪157-03 ○ できれば、ずっと日本に住みたいです。
可以的話，想一直住在日本。

♪157-04 ○ 今週はずっと雨が降っています。
這禮拜一直在下雨。

② 〜しか〜ない 只〜

♪157-05 ○ 私はお酒が好きですが、ウイスキーしか飲みません。
我喜歡喝酒，但只喝威士忌。

♪157-06 ○ 今日はまだパンしか食べていません。
我今天到目前為止只吃了麵包。

♪157-07 ○ トイレットペーパーが少ししかありません。
廁所衛生紙只剩下一點點。

157

Q&A 你其實可以這樣回答

♪158-01 **Q** **商品にどんな問題がありますか。**
商品有什麼問題嗎？

♪158-02 **A** **❶ ファスナーが閉まらないんです。**
拉鍊拉不起來。

♪158-03 **❷ 通電しないんです。**
無法通電。

♪158-04 **❸ この花瓶、水漏れするんです。**
這個花瓶會漏水。

♪158-05 **❹ 色落ちがひどいんです。**
嚴重褪色。

♪158-06 **❺ コップにひびが入ってるんです。**
杯子有裂痕。

♪158-07 **❻ サイズが合わないんです。**
尺寸不合。

♪158-08 **❼ ボタンが取れかかっているんです。**
釦子快掉了。

♪158-09 **❽ 破損していたんです。**
有破損。

♪158-10 **❾ リモコンに反応しないです。**
對遙控器沒反應。

Q&A 現學現用

♪159-01 **A** 商品はどんな問題がありますか。
商品有什麼問題嗎？

♪159-02 **B** ファスナーが閉まらないんです。
拉鍊拉不起來。

♪159-03 **A** では、商品を交換いたします。
那麼，我為您換新的商品。

♪159-04 **B** お願いします。
麻煩你了。

♪159-05 **A** では、保証書を拝見させて頂きます。
煩請出示您的保證書。

Unit 16 | 要求退費

[**場合 情境**]

購物時若買到瑕疵商品，是有理由要求換貨或退費的。那麼要求退費時該怎麼用日文説呢？

情境會話

♪160-01 Ⓐ この腕時計は昨日この店で買ったんですが、もうバンドが壊れてしまったんです。

這支手錶是昨天在這家店買的，但是錶帶已經壞了。

♪160-02 Ⓑ 大変申し訳ございません。では、交換いたしましょう。

非常抱歉，那麼我換新的給您吧。

♪160-03 Ⓐ いいえ、交換せずに①返金できますか。

不，不用換了，可以退錢嗎？

♪160-04 Ⓑ もちろん②出来ますよ。昨日のレシートをお預かりします。

當然可以。煩請出示您昨天的收據。

[這些句型還可以這樣用]

① ～ずに 不～／不能～

♪161-01 薬を飲まずに寝てはいけませんよ。
不能沒吃藥就睡覺。

♪161-02 靴を脱がずに中にお入りください。
不用脫鞋，請進。

♪161-03 今日は料理を作らずに、外食しに行こうよ。
今天不煮飯，我們去外面吃吧。

♪161-04 全く勉強せずにテストを受けたら、0点をとってしまった。
完全沒讀書就去考試，結果考了零分。

② もちろん～ 當然～

♪161-05 日曜日はもちろん部屋でゲームをするよ。
禮拜天當然要待在房間裡玩電動。

♪161-06 誕生日はもちろんケーキを食べます。
生日當然要吃蛋糕。

♪161-07 試験はもちろん青や黒のペンで書きます。
考試當然要用藍筆或黑筆作答。

♪161-08 お正月はもちろん故郷へ帰ります。
過年當然要回故鄉。

Q&A 你其實可以這樣回答

♪162-01 **Q** こちらの問題のある靴は交換致します。
幫您換掉這雙有問題的鞋子。

♪162-02 **A** ❶ 返金はできますか。
可以退錢嗎？

♪162-03 ❷ 交換はいいので、返金して下さい。
不用換了，請退錢。

♪162-04 ❸ 交換も返品もいらないから、返金してくれる？
不用換新的，也不用換其他商品，可以退錢給我嗎？

♪162-05 ❹ もうこの商品は信用できないから、返金をお願いします。
我已經不相信這個商品了，請退費。

♪162-06 ❺ 返金だけお願いします。
請退錢給我就好。

♪162-07 ❻ カードで支払ったのですが、返金はできますか。
使用信用卡支付的可以退錢嗎？

♪162-08 ❼ 結構です。返金だけしてくれ。
不必了，退錢給我就好。

♪162-09 ❽ もうこれ以上いらない。返金して。
其他都不用了，給我退錢。

こちらの問題のある靴は交換致します。

返金はできますか。

Q&A 現學現用

♪163-01 **A** **こちらの問題のある靴は交換致します。**

幫您換掉這雙有問題的鞋子。

♪163-02 **B** **返金はできますか。**

可以退錢嗎？

♪163-03 **A** **はい、返金もできます。**

是的，也可以退錢。

♪163-04 **B** **じゃ、返金して。もうこの商品、信用できません。**

那麼，退錢給我。我已經無法相信這個商品了。

Unit 17 │ 分期付款

[**場合 情境**]

當購買商品時因為超出預算或價格較高，不方便一次支付，此時就可以使用分期付款的方式。分期付款用日文要怎麼說呢？

情境會話

♪164-01 **A** このブランドのコートが買いたいんだけど、現金が足りない。

想買這件名牌外套，但現金不夠。

♪164-02 **B** クレジットカードで分割払いすればいいじゃない。

用信用卡分期付款不就得了。

♪164-03 **A** えっ、また① クレジットカードで払うの？

什麼？又要刷卡付款喔？

♪164-04 **B** 買わないで後で後悔するよりは、買ったほうが② いいでしょう。

比起沒買而之後後悔，還是現在買比較好吧。

♪164-05 **A** 買っちゃってあとで後悔することもよくある。

但也經常有買下去之後就後悔的情況。

［這些句型還可以這樣用］

① また〜 再／又〜

♪165-01 **明日また会いましょう。**
明天再見面吧。

♪165-02 **今晩、好きなDVDをまた見ます。**
今晚再看一次喜歡的 DVD。

♪165-03 **お昼にまたカレーライスを食べた。**
午餐又吃了咖哩飯。

♪165-04 **今日もまた雪が降りました。**
今天又下雪了。

② 〜ほうが、〜より 比起〜

♪165-05 **バーガーキングのほうが、マクドナルドより好きです。**
比起麥當勞，我比較喜歡漢堡王。

♪165-06 **中国のほうが、日本より大きいです。**
中國的國土比日本還大。

♪165-07 **オレンジジュースのほうが、コーラより体にいいですよ。**
比起可樂，柳橙汁對身體比較好。

Q&A 你其實可以這樣回答

♪166-01 **Q** お支払いはどうしますか。
請問要怎麼付款？

♪166-02 **A** ❶ 分割払いはできますか。
可以分期付款嗎？

♪166-03 ❷ 分割払いでお願いします。
麻煩你，我要分期付款。

♪166-04 ❸ 分割払いは手数料がかかりますか。
分期付款需要手續費嗎？

♪166-05 ❹ このカードで分割払いをお願いします。
請使用這張卡分期付款。

♪166-06 ❺ 分割払いは何回までできますか。
分期付款可以分幾期？

♪166-07 ❻ リボ払いはできますか。
可以用周轉金貸款支付嗎？

♪166-08 ❼ リボ払いの設定はこちらでできますか。
這邊可以做周轉金貸款的設定嗎？

♪166-09 ❽ ３回分割で宜しくお願いします。
麻煩請分三期付款。

お支払いはどうしますか。

分割払いは手数料がかかりますか。

Q&A 現學現用

♪167-01 **A** **お支払いはどうしますか。**
請問要怎麼付款？

♪167-02 **B** **分割払いは手数料がかかりますか。**
分期付款需要手續費嗎？

♪167-03 **A** **手数料はかからないので、大丈夫ですよ。**
不需要手續費，所以沒問題喔。

♪167-04 **B** **じゃ、このカードで分割払いをお願いします。**
那麼，請用這張卡分期付款。

Unit 18 │ 讚美外表

[場合 情境]

適時地讚美他人有助於
人際關係的拓展，那麼
要如何用日文稱讚他人
的穿著打扮呢？

情境會話

♪168-01 Ⓐ 今までに①買った服の中で、これが
一番好きな服です。
> 到目前為止買過的衣服中，這件是我最喜歡的
> 衣服。

♪168-02 Ⓑ 確かにきれいだね。高かったですか。
> 的確很漂亮。很貴嗎？

♪168-03 Ⓐ いいえ、高くないですよ。2,000 円
です。
> 不，不貴哦。兩千日圓。

♪168-04 Ⓑ そうですか。作りが良くて高級品
みたい②ですね。
> 這樣啊，做工不錯，感覺像高級品呢。

♪168-05 Ⓐ コスパが高いでしょう。
> 物超所值對吧。

[這些句型還可以這樣用]

① 〜までに　到〜為止／在〜之前

♪169-01 **死ぬまでに、世界中を旅行してみたいです。**

在死之前，想要去環遊世界。

♪169-02 **子どもが３歳になるまでに、北海道に引越ししたい。**

在孩子三歲前想搬去北海道。

♪169-03 **海外旅行に行くまでに、パスポートを手に入れなければいけません。**

在出國旅行之前，一定要先拿到護照。

② 〜みたい　似乎／好像〜

♪169-04 **最近、目が悪くなったみたい。**

最近眼睛好像變差了。

♪169-05 **なんか頭が痛いな。風邪をひいたみたいだ。**

總覺得頭好痛，好像是感冒了。

♪169-06 **財布はさっきのレストランに忘れてきたみたいだね。戻ろうか。**

錢包好像忘在剛剛的餐廳了，回去拿吧。

Q&A 你其實可以這樣回答

♪170-01 **Q** これが新しく買ったコートだよ。
どう思う？

這是我新買的外套喔。覺得如何？

♪170-02 **A** ❶ 作りが丁寧で、あなたに似合います
よ。

衣服作工精細，很適合你哦。

♪170-03 ❷ センスがいいね。キレイだよ。

品味很好耶，很漂亮哦。

♪170-04 ❸ それ、あなたの魅力を引き立てるね。

那衣服襯托出你的魅力呢。

♪170-05 ❹ それ、君をより目立たせるね。

那衣服讓你變得更搶眼了。

♪170-06 ❺ そのコート、あなたを光らせるね。

那件外套讓你閃閃發光。

♪170-07 ❻ 女らしさが際立つね。

展現出女人味耶。

♪170-08 ❼ 女子っぽくて可愛らしいね。

感覺很有女人味，很可愛耶。

♪170-09 ❽ ピュアな感じがかわいらしさを倍増さ
せるね。

清純的感覺讓可愛度加倍。

これが新しく買ったコート
だよ。どう思う？

女子っぽくて可愛
らしいね。

Q&A 現學現用

♪171-01 **A** これが新しく買ったコートだよ。どう
思う？
這是我新買的外套喔。覺得如何？

♪171-02 **B** 女子っぽくて可愛らしいね。
感覺很有女人味，很可愛耶。

♪171-03 **A** やっぱり冬は、こういうフワフワのア
イテムに限るね。
果然冬天就是要這種毛茸茸的單品。

♪171-04 **B** そうね。私も買おうかな。
對啊，我也來買一件好了。

171

Unit 19 ｜批評外表

[場合<small>ば あい</small> 情境]

佐藤先生覺得中山小姐身上戴太多飾品了。想要對他人的外表表達自己的意見該怎麼用日文說呢？

情境會話

♪172-01 Ⓐ **あなた、アクセサリー付<small>つ</small>け過<small>す</small>ぎじゃない？**

你啊，飾品會不會戴太多了？

♪172-02 Ⓑ **そう。あれもこれも①つけると賑<small>にぎ</small>やかでいいじゃん。**

會嗎？這也戴、那也戴，我覺得這樣很熱鬧，很好啊。

♪172-03 Ⓐ **でも、変<small>か</small>わり者<small>もの</small>に見<small>み</small>られやすい②んじゃない？**

不過，這樣不是很容易被認為是怪人嗎？

♪172-04 Ⓑ **そうなの？ショックだわ。**

是嗎？好受傷。

♪172-05 Ⓐ **人<small>ひと</small>の目<small>め</small>を気<small>き</small>にしないならいいけど。**

如果不在意別人眼光是沒關係啦。

[這些句型還可以這樣用]

① ～も～も　～也～也

♪173-01 ○ 彼は日本語も英語も話せます。

他會說日文，也會說英文。

♪173-02 ○ 私は肉も魚も好きじゃありません。

我不喜歡肉，也不喜歡魚。

♪173-03 ○ 父は車もバイクも運転することができます。

父親會開車，也會騎機車。

♪173-04 ○ この店では、現金でもクレジットカードでも払うことができます。

這間店可以用現金，也可以用信用卡付款。

② ～やすい　容易～

♪173-05 ○ あの人は切れやすいです。

那個人容易生氣。

♪173-06 ○ もっと歩きやすい靴が欲しいです。

想要更好走的鞋子。

♪173-07 ○ 今使っているベッドは、とても寝やすいです。

現在在用的床很好睡。

173

Q&A 你其實可以這樣回答

♪174-01 **Q** これが私流のコーディネイト。どう？

這是我的風格穿搭，怎麼樣啊？

♪174-02 **A** ❶ あんた、センス悪いね。

你的品味很糟。

♪174-03 ❷ えっ、本気で言ってるの？ダサい。

咦？你是說真的嗎？好俗氣。

♪174-04 ❸ ノーセンスだね。

沒品味。

♪174-05 ❹ これって、マネキン買いでしょう？

你這是直接買假人模特兒身上的吧？

♪174-06 ❺ この安っぽいジーンズはやめたほうが
いいよ。

這件看起來很廉價的牛仔褲不要穿比較好。

♪174-07 ❻ サイズが合ってないんじゃない？

跟你的尺寸不合吧？

♪174-08 ❼ あんたのおしゃれは私には分からな
い。

我不懂你的時尚。

♪174-09 ❽ あなたは服装に無頓着過ぎ。

你對服裝很不在乎。

Q&A 現學現用

♪175-01 **A これが私流のコーディネイト。どう？**
這是我的風格穿搭，怎麼樣啊？

♪175-02 **B えっ、本気で言ってるの？ ダサい。**
咦？你是說真的嗎？好俗氣。

♪175-03 **A なんで？これは今一番人気のチェックシャツだよ。**
為什麼？這可是現在最紅的格子襯衫耶！

♪175-04 **B 流行りモノは、おしゃれとは言わないんだからね。**
流行的東西不等於時尚好嗎？

[想多學一點點]

01 大人買い 大人式購買
おとな が

一次大量購買相同商品，稱做「大人式購買」。據說由來是指有些人喜歡收集零食附贈的小玩具，但在孩提時因為零用錢不夠，所以無法滿足自己的需求，等到長大成人後，有足夠的金錢便開始大量購買。通常在推出隱藏版或限量版的商品時，這個詞彙就會經常被使用。

例句
A: 同じ服をたくさん買ってるねえ。そんなに好き？
おな ふく か す
你買好多一樣的衣服喔，有那麼喜歡這件衣服嗎？

B: ついつい大人買いしちゃったの。
おとな が
不自覺就大人式購買了。

---

02 マネキン買い
が
買假人模特兒身上整套的衣服

在逛街買衣服時，有些人會因為穿搭而感到困擾，這時候會參考的通常都是櫥窗內的假人模特兒。所以把假人模特兒身上整套的穿搭買下來就稱做「マネキン買い」。

通常會這樣做的，都是對時尚潮流比較不關心的人，所以就算是買整套也很有可能會踩到地雷呢！

例句
A: 見て、私のコーディネイト。格好いいでしょう。
み わたし かっこう
你看，我的風格穿搭，很不錯吧。

B: ええっ。それってマネキン買いじゃない？
が
咦？你那是直接買假人模特兒身上整套的吧？

176

03 分け袋 分裝袋

在日本商店購物時，通常店家都會免費並且主動給予商品份數的分裝袋，讓客人回去時方便作為禮物送人。但因為近來提倡環保，不主動提供分裝袋的店家也慢慢變多了。下次有機會到日本旅遊購物時，若店家沒有主動提供分裝袋，你也可以自行向店家詢問看看是否可以給分裝袋喔。

例句

A: すみません、商品分の分け袋を下さい。
抱歉，請給我商品數量份的分裝袋。

B: かしこまりました。
我知道了。

---

04 税金の払い戻し 退稅

赴日觀光的人愈來愈多，而現在日本的退稅制度做得也愈來愈好，許多藥妝店或是電器行，都可以直接購買免稅的商品。但在某些百貨公司購物時，仍是需要先完成購物程序後，再進行退稅。雖然要多一道手續有些麻煩，但可以退稅也是不無小補。記得在日本百貨公司購物時，可以順便看看是否有退稅的服務喔。

例句

A: すみません。税金の払い戻しはどこで申請するんですか。
不好意思，請問退稅要到哪裡申請？

B: 13 階のお客様カウンターでできますよ。
在十三樓的顧客櫃檯就可以辦理。

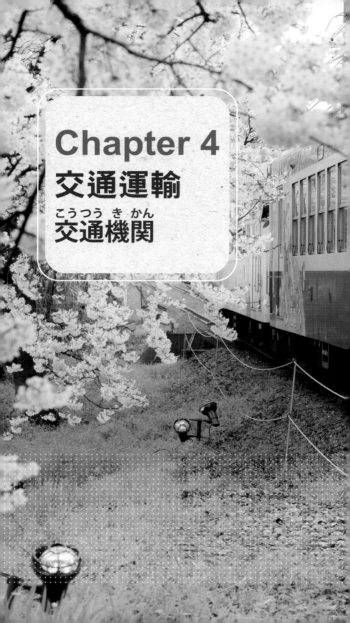

Chapter 4
交通運輸
交通機関
<ruby>交通<rt>こうつう</rt></ruby><ruby>機関<rt>きかん</rt></ruby>

<ruby>交通機関<rt>こうつう き かん</rt></ruby>

交通運輸

Unit 1 │ 搭地下鐵

[場合 情境]

在日本都會區最常使用
的交通工具就是地下
鐵，也就是「電車」。
搭乘地下鐵時會說到哪
些日文呢？

情境會話

♪180-01 Ⓐ すみません。鎌倉の大仏を見に行き
たいんですが、このホームで良いん
ですか。

不好意思，我想去看鎌倉大佛，請問這個月台
對嗎？

♪180-02 Ⓑ いったん①階段を上って、向かい側
の2番ホームの電車に乗って下さ
い。

首先要先爬樓梯上去，請到對面的二號月台搭
車。

♪180-03 Ⓐ ちなみに②、どの駅で降りるんです
か。

順道請問一下，是在哪一站下車呢？

♪180-04 Ⓑ 長谷駅で降りて下さい、大仏はその
近くにありますよ。

請在長谷站下車，大佛就在那附近。

［這些句型還可以這樣用］

① いったん　暫時／首先～

♪181-01
お湯が沸いたら、いったん火を止めて、鍋に野菜を入れましょう。

水沸騰後，先暫時關火，將蔬菜放進鍋中。

♪181-02
昼の 12 時になったので、会議はいったんここで中断して、ランチにしましょう。

因為已經中午十二點了，所以暫時中斷會議，先吃午餐吧。

② ちなみに～　順道一提～

♪181-03
今夜、面白い映画があるから、ぜひみてください。ちなみに 9 時からです。

今晚會播有趣的電影，請務必收看！順道一提，是九點開始。

♪181-04
彼は市主催のカラオケ大会で優勝したことがあるんだ。ちなみに、その時の参加人数は 103 人だった。

他在市府主辦的卡拉 OK 大會得過優勝。順道一提，當時參加的人數是一百零三人。

Q&A 你其實可以這樣回答

♪182-01 **Q** すみません。新宿までは、どうやって行けばいいんでしょうか。

不好意思，請問要怎麼去新宿？

♪182-02 **A** ❶ 山手線に乗って下さい。

請搭山手線。

♪182-03 ❷ 中央線に乗れば行けますよ。

搭中央線就可以到了哦。

♪182-04 ❸ 六本木駅で大江戸線に乗り換えれば行けますよ。

在六本木站轉乘大江戸線就可到達。

♪182-05 ❹ 新宿行きのバスに乗って下さい。

請搭乘前往新宿的巴士。

♪182-06 ❺ 新宿のどこへ行くんですか。

你要去新宿的哪裡呢？

♪182-07 ❻ 地下鉄で駅員に聞いて下さい。

請在地下鐵站問站務員。

♪182-08 ❼ すみません。私は外国人なので、ちょっと分かりません。

抱歉，我是外國人，不太清楚。

♪182-09 ❽ お連れしましょうか。

我帶你去吧。

Q&A 現學現用

♪183-01 **A** **すみません。新宿までは、どうやって行けばいいんでしょうか。**
不好意思，請問要怎麼去新宿？

♪183-02 **B** **山手線に乗って下さい。**
請搭山手線。

♪183-03 **A** **山手線ですね。分かりました。ありがとうございます。**
山手線嗎？我知道了。謝謝。

♪183-04 **B** **どういたしまして。**
不客氣。

183

Unit 2 | 搭計程車

[場合 情境]

在日本旅遊時，有時去到交通不是那麼方便的地方，搭計程車是最快速又簡單的方式。搭計程車時會說到哪些日文呢？

情境會話

♪184-01 **A** たまに①は、タクシーに乗って帰らない？

要不要偶爾搭計程車回家？

♪184-02 **B** えっ、なんですか。

咦？為什麼呢？

♪184-03 **A** だって、今日一日歩き回って疲れたし荷物もあるし、タクシーのほうが楽じゃない？

因為今天走了一整天好累，而且手上還有東西，搭計程車比較輕鬆不是嗎？

♪184-04 **B** 楽といっても②、ここからタクシーに乗ったら高いですよ。

雖說是輕鬆，但是從這裡搭計程車過去的話，太貴了啦。

♪184-05 **A** 節約ですね。

你好省喔。

[這些句型還可以這樣用]

① たまに〜　偶爾〜

♪185-01 ○ 東京駅では、たまに有名人と会うことが
あります。

在東京車站偶爾會遇見名人。

♪185-02 ○ うちの猫は、たまにネズミを捕まえてく
ることがある。

我家的貓偶爾會抓老鼠回來。

② といっても〜　雖説如此／但是〜

♪185-03 ○ あの人がクラブの会長です。といって
も、大会であいさつするだけですが。

那個人是俱樂部的會長。雖説如此，但也只是在大會
上致詞而已。

♪185-04 ○ 仕事場が変わったといっても、同じ階の
端から端まで移っただけなんです。

雖説是換了工作的地方，也只是同樓層的一端換到另
一端而已。

♪185-05 ○ 旅行に行くといっても隣町でぶらぶらす
るだけです。

雖説是去旅遊，不過也就是在隔壁鎮逛逛而已。

185

Q&A 你其實可以這樣回答

♪186-01 **Q** どちらまでですか。
請問到哪裡呢？

♪186-02 **A** ❶ 東京タワーまでお願いします。
麻煩請到東京鐵塔。

♪186-03 ❷ 花園神社へお願いします。
請到花園神社。

♪186-04 ❸ 東京駅、お願いします。
請到東京車站。

♪186-05 ❹ 東銀座の三井ガーデンホテルに先に寄ってから地下鉄銀座駅に行ってください。
先去東銀座的三井花園飯店，再去地下鐵銀座站。

♪186-06 ❺ あのう、北海道までは行けますか。
那個，請問可以開到北海道嗎？

♪186-07 ❻ ６人乗ってもいいですか。
請問可以搭六個人嗎？

♪186-08 ❼ サーフボードは載せられますか。
請問可以載衝浪板嗎？

♪186-09 ❽ 江ノ島までなんですが、サーフボードは載せられますか。
我要去江之島，請問可以載衝浪板嗎？

どちらまでですか。

Q&A 現學現用

♪187-01 **A** **どちらまでですか。**
請問到哪裡呢？

♪187-02 **B** **江ノ島までなんですが、サーフボード
は載せられますか。**
我要去江之島，請問可以載衝浪板嗎？

♪187-03 **A** **すみません。サーフボードはちょっと
大き過ぎて載りません。**
抱歉，衝浪板太大了，沒辦法載。

♪187-04 **B** **そうですか、分かりました。**
這樣啊，我知道了。

Unit 3 | 搭飛機

[場合(ばあい) 情境]

出國旅行時幾乎都是搭乘飛機作為交通工具。在飛機內或是在機場時會説到哪些日文呢？

情境會話

♪188-01 **A** 液体(えきたい)は機内(きない)に持(も)ち込(こ)む事(こと)ができないよ。特(とく)に①水筒(すいとう)の中(なか)の水(みず)。

液體不能帶上飛機喔。尤其是水壺裡的水。

♪188-02 **B** あ、そうだ。確(たし)かに水筒(すいとう)に水(みず)を入(い)れて来(き)たんだ。

啊！對耶。我的確是在水壺裡裝好水才來的。

♪188-03 **A** とにかく②水(みず)とか液体(えきたい)は再確認(さいかくにん)したほうがいいよ。

總之，水之類的液體要再確認一下比較好哦。

♪188-04 **B** うん、そうする。

嗯，我會這麼做的。

♪188-05 **A** 搭乗(とうじょう)ゲートに給水器(きゅうすいき)があるので、あとで入(い)れてもいい。

登機門那邊也有飲水機，待會再裝也可以。

[這些句型還可以這樣用]

① 特に 特別是／尤其是～

♪189-01 ○ 私はお寿司が好きで、特にサーモンといくらが大好きです。

我喜歡壽司，尤其最愛鮭魚跟鮭魚卵。

♪189-02 ○ ヨーグルトはどれも好きだけど、特にこのメーカーのをよく食べていますよ。

雖然任何優格我都喜歡，不過這家製造商的特別常吃。

♪189-03 ○ ピカソは世界的に有名な画家だが、特に「泣く女」はよく知られている。

畢卡索是世界知名的畫家，尤其是「哭泣的女人」更是廣為人知。

② とにかく～ 無論如何／總而言之～

♪189-04 ○ うまくいくか分かりませんが、とにかくやってみます。

雖不知道會不會順利，總之先試試看。

♪189-05 ○ 暴動が起きた町は、とにかくひどい状況です。

發生暴動的城鎮，總而言之就是情況很糟。

189

Q&A 你其實可以這樣回答

♪190-01 **Q** 飛行機に乗ったことがありますか。
有搭過飛機嗎？

♪190-02 **A** ❶ はい、何回か乗ったことがあります。
是，有搭過幾次。

♪190-03 ❷ いいえ、まだ乗ったことがありません。
沒有，還沒搭過。

♪190-04 ❸ ええ、ついこの前、乗りました。
嗯，前陣子剛搭過。

♪190-05 ❹ 来週、沖縄へ行く時にも飛行機に乗ります。
下週去沖繩也是要搭飛機。

♪190-06 ❺ 乗った事がないです。怖いですか。
沒搭過耶，會不會很恐怖？

♪190-07 ❻ 高所恐怖症なので、飛行機がなかなか克服できないんです。
我有懼高症，飛機對我來說相當難以克服。

♪190-08 ❼ まだ乗ったことがないので、わくわくしているんです。
因為還沒搭過，所以覺得很興奮。

♪190-09 ❽ 飛行機はもう乗り飽きていますよ。
我已經搭膩飛機了。

Q&A 現學現用

♪191-01 **A 飛行機に乗ったことがありますか。**

有搭過飛機嗎？

♪191-02 **B 高所恐怖症なので、飛行機がなかなか克服できないんです。**

我有懼高症，飛機對我來説相當難以克服。

♪191-03 **A そうなんですか。大変ですね。じゃ、海外は行ったことがあるんですか。**

這樣啊，真是辛苦呢。那麼，有去過國外嗎？

♪191-04 **B 海外は行きたいんですが、まだ行ったことがないんです。**

我想去國外，但是還沒去過。

191

Unit 4 │ 開車

[場合 情境]

中島先生説他想要去中國地區開車旅行。在日本旅遊時，開車自駕也是個不錯的選擇。開車時會説到哪些日文呢？

情境會話

♪192-01 Ⓐ 山口県から岡山県にかけて① 中国地方を車であちこち旅をしようと思います。

我想去開車旅行，從山口縣到岡山縣的中國地區都走一遍。

♪192-02 Ⓑ 一人でですか。

就你一個人嗎？

♪192-03 Ⓐ そうですね、誰かと一緒に行くのに比べて② 一人の方が自由ですから。

對啊，因為比起跟誰一起去，一個人的話比較自由。

♪192-04 Ⓑ そうですか。じゃ、気をつけて行ってくださいね。

這樣啊，那你要小心喔。

[這些句型還可以這樣用]

① ～から～にかけて　從～到～

♪193-01　台風は今夜から明日の朝にかけて上陸するようです。

颱風似乎會在今晚到明晨間登陸。

♪193-02　水曜日から金曜日にかけて入院する予定です。

我預定週三到週五要住院。

♪193-03　朝から夜にかけて引越しを終らせるつもりです。

預計今天一整天要完成搬家。

② ～に比べて　與～相比

♪193-04　例年に比べて今年は野菜の出来が良い。

今年蔬菜的收成比往年好。

♪193-05　男性に比べて女性の方が柔軟性があると言われる。

據說女性比男性更具有柔軟性。

♪193-06　ハイヒールに比べてスニーカーの方が歩きやすいです。

比起高跟鞋，球鞋比較好走。

Q&A 你其實可以這樣回答

♪194-01 **Q** 車の運転ができますか。

你會開車嗎？

♪194-02 **A** ❶ 免許はありますが、あまり運転していないんです。

我有駕照，但不常開。

♪194-03 ❷ 実は、私はペーパードライバーなんです。

其實我有駕照，但不會開車。

♪194-04 ❸ もちろん。大型運転免許も持っていますよ。

當然，我可是也有大型車駕照呢。

♪194-05 ❹ いいえ、まだ車の免許を取っていないんです。

不會，我還沒去考汽車駕照。

♪194-06 ❺ 車の運転は大丈夫です。国際免許も持っていますよ。

開車沒問題喔。我也有國際駕照。

♪194-07 ❻ もちろんできますよ。次は、大型二輪車の免許を取ろうと思います。

當然會開呀。接下來我想去考大型機車駕照。

Q&A 現學現用

♪195-01 Ⓐ **車の運転ができますか。**
你會開車嗎？

♪195-02 Ⓑ **免許はありますが、あまり運転していないんです。**
我有駕照，但不常開。

♪195-03 Ⓐ **車がないからですか。**
因為沒車嗎？

♪195-04 Ⓑ **そうですね、家には車は一台しかないので、ほとんど父が運転しています。**
對啊，因為我家只有一台車，幾乎都是我爸在開。

Unit 5 | 加油

[場合(ばあい) 情境]

在日本旅遊選擇自駕的話，自行開車就會遇到需要加油的情況。在加油站或是需要加油時會說到哪些日文呢？

情境會話

♪196-01 A 高速道路(こうそくどうろ)に乗(の)る前(まえ)にガソリンを入(い)れておこう①。
上高速公路前先加油吧。

♪196-02 B つまり②、寄(よ)り道(みち)して行(い)くっていうことですね。
也就是說要先繞道過去的意思囉。

♪196-03 A そうそう。このまま高速道路(こうそくどうろ)に乗(の)ったら大変(たいへん)なことになる。
對啊，直接上高速公路的話就完了。

♪196-04 B 分(わ)かりました。
我知道了。

♪196-05 A 気付(きづ)いてくれてよかった。
幸好你注意到了。

［這些句型還可以這樣用］

① ～ておく　預先～

♪197-01 ○ 来週、出張に行くことになったから、
ホテルを予約しておいてください。
下週要去出差了，先預約好飯店。

♪197-02 ○ 今日、お客さんが来るから、部屋を掃除
しておこう。
因為今天會有客人來，先把房間打掃好。

♪197-03 ○ お弁当を作っておいたから、持っていっ
てね。
我先做好便當了，要帶去喔。

② つまり～　也就是～

♪197-04 ○ 彼は母の弟、つまり私の叔父だ。
他是我媽媽的弟弟，也就是我的舅舅。

♪197-05 ○ 子供の教育は、つまり家庭でのしつけの
問題だ。
孩子的教育也就是家庭中的教養問題。

♪197-06 ○ 風邪を引きやすいのは、血行が悪い、
つまり運動不足だからだよ。
容易感冒是因為血液循環不好，也就是因為運動
不足的關係。

197

Q&A 你其實可以這樣回答

♪198-01 **Q** いらっしゃいませ。給油ですか。
歡迎光臨。要加油嗎？

♪198-02 **A** ❶ トイレをお借りしたいんですが。
我想借一下廁所。

♪198-03 ❷ 洗車をお願いします。
麻煩你，我要洗車。

♪198-04 ❸ はい、軽油満タンをお願いします。
是的，麻煩柴油加滿。

♪198-05 ❹ ちょっとエンジンを見てもらえませんか。
可以幫我檢查一下引擎嗎？

♪198-06 ❺ エンジンオイルの交換をお願いします。
麻煩換機油。

♪198-07 ❻ ワイパーを交換したいんですが。
我想換雨刷。

♪198-08 ❼ 灯油を下さい。
請給我煤油。

♪198-09 ❽ レギュラー満タンで。
普通汽油加滿。

Q&A 現學現用

♪199-01 Ⓐ **いらっしゃいませ。給油（きゅうゆ）ですか。**
歡迎光臨。要加油嗎？

♪199-02 Ⓑ **トイレをお借（か）りしたいんですが。**
我想借一下廁所。

♪199-03 Ⓐ **トイレはあちらにあります。**
廁所在那邊。

♪199-04 Ⓑ **ありがとうございます。**
謝謝。

♪199-05 Ⓐ **どういたしまして。**
不客氣。

Unit 6 │ 車輛問題

[場合 情境]

開車時難免會遇到車輛發生問題。例如頭燈不亮、引擎故障等等。遇到車輛相關的問題時會說到哪些日文呢？

情境會話

♪200-01 **Ⓐ** この車、もう古いから買い替えなければなりません①か。

這台車是不是已經太舊，必須淘汰換新了呢？

♪200-02 **Ⓑ** いや、そんなことないですよ。まだ乗れますよ。

不，沒這回事，還能開喔。

♪200-03 **Ⓐ** でも、最近、エンジンはかかり難いし、よく故障するんですよ。

但是最近引擎很難發動，很常故障。

♪200-04 **Ⓑ** 買い替えなくてもいい②ですよ。部品を交換して汚れをきれいに落とせば、まだ乗れますよ。

不用淘汰換新啦，換一下零件，徹底去除髒污的話，還能繼續開呢。

［這些句型還可以這樣用］

① ～なければならない 不得不／一定要～

♪201-01
明日は朝５時に出かけるから、今晩は早く寝なければならない。

明天早上五點就要出門，所以今晚一定要早點睡。

♪201-02
タバコを吸うなら、外へ行って吸わなければなりません。

要抽菸的話，一定要到外面抽。

♪201-03
初めて外国へ行く時は、まずパスポートを取らなければならない。

第一次去國外時一定要先辦護照。

② ～なくてもいい 不～也沒關係

♪201-04
今日から夏休みだから、朝早く起きなくてもいいんだ。

今天開始放暑假，不早起也沒關係。

♪201-05
この寿司には味がついているから、醤油をつけなくてもいいんですよ。

這個壽司已經有味道了，不沾醬油也沒關係。

♪201-06
もう熱も下がったし、喉の腫れも引いたから薬は飲まなくてもいいですよ。

已經沒發燒，喉嚨也不紅腫了，不吃藥也沒關係。

Q&A 你其實可以這樣回答

♪202-01 **Q** 車にどんな問題があるんですか。
車子有什麼問題嗎？

♪202-02 **A** ❶ エンジンがかかり難いんです。
引擎很難發動。

♪202-03 ❷ 運転する時に変な音がするんです。
開車時有怪怪的聲音。

♪202-04 ❸ 冷房が効かないんです。
冷氣不冷。

♪202-05 ❹ ブレーキの効きが悪いんです。
煞車不靈。

♪202-06 ❺ ガソリンの消耗が早い。
汽油消耗得很快。

♪202-07 ❻ ヘッドランプが点かないんです。
頭燈不亮。

♪202-08 ❼ タイヤの溝が減っているんです。
輪胎痕變淺了。

♪202-09 ❽ ワイパーのゴムを交換したいんです。
我想換雨刷的橡膠。

♪202-10 ❾ ラジエーターが壊れたようです。
水箱好像壞了。

冷房が効かないんです。

車にどんな問題が
あるんですか。

Q&A 現學現用

♪203-01 **Ⓐ 車にどんな問題があるんですか。**
車子有什麼問題嗎？

♪203-02 **Ⓑ 冷房が効かないんです。**
冷氣不冷。

♪203-03 **Ⓐ ちょっと見せてください。あ、ガスが**
切れたんですね、ガスを補充すれば大
丈夫ですよ。
讓我看一下。啊，是冷煤已經沒了。加個冷煤就
沒問題了。

♪203-04 **Ⓑ はい、宜しく頼みます。**
是，那就麻煩你了。

Unit 7 | 車輛拖吊

[場合 情境]

山田先生昨天在路邊臨
時停車，因為是不能
停車的地方，就被拖吊
了。車輛拖吊的相關日
文要怎麼說呢？

情境會話

♪204-01 **Ａ** 昨日、丸山通りに車を止めて買い物に行っていたら、車をレッカー移動されちゃったよ。

昨天我把車停在丸山路去買個東西，結果就被拖吊了。

♪204-02 **Ｂ** あの辺は車を止めてはいけない①んだよ。知らなかったの？

那邊不能停車啊，你不知道嗎？

♪204-03 **Ａ** うん。それに、あの時は急いでいたし、駐車場も見つからなかったし。

嗯，而且那時候有點急，又找不到停車場。

♪204-04 **Ｂ** あの近くの花町通りなら、２時間以内なら車を止めてもいい②んだよ。

那附近的花町路的話，兩小時以內是可以臨停的。

［這些句型還可以這樣用］

① ～てはいけない 不可以～

♪205-01 **夜更かししてはいけません。**
不可以熬夜。

♪205-02 **これ、触ってはいけませんか。**
這個，不能摸嗎？

♪205-03 **明日、休んではいけないでしょうか。**
友人の見舞いに行きたいんです。
明天不能休息嗎？我想去給朋友探病。

♪205-04 **準備運動をしないで泳いではいけない。**
沒有做熱身運動不能去游泳。

② ～てもいい 可以～

♪205-05 **その本、ちょっと見てもいいですか。**
我可以看一下那本書嗎？

♪205-06 **このケーキなら食べてもいいよ。売れ残ったものだから。**
這個蛋糕可以吃喔，是賣剩的東西。

♪205-07 **お疲れ様。もう帰ってもいいですよ。後は私がやりますから。**
辛苦了。可以先回家了喔。剩下的我來處理。

Q&A 你其實可以這樣回答

♪206-01 **Q** ここは駐車できますか。
這裡可以停車嗎？

♪206-02 **A** ❶ ここは駐車禁止です。
這邊禁止停車。

♪206-03 ❷ 一時停車だけです。
只能臨時停車。

♪206-04 ❸ 無断駐車禁止と書いてあるよ。
有寫禁止擅自停車。

♪206-05 ❹ レッカー移動されちゃうよ。
會被拖吊喔。

♪206-06 ❺ 違法駐車はしない方がいいですよ。
不要違法停車比較好。

♪206-07 ❻ 駐車違反で通報されちゃうよ。
違法停車會被通報喔！

♪206-08 ❼ 許可をもらいに行けば？
去問一下停車許可呢？

♪206-09 ❽ 大丈夫でしょう。
沒問題吧。

♪206-10 ❾ 駐車場の方がいいでしょう。
停在停車場比較好吧。

レッカー移動されちゃうよ。

Q&A 現學現用

♪207-01 **A** **ここは駐車できますか。**
這裡可以停車嗎？

♪207-02 **B** **レッカー移動されちゃうよ。**
會被拖吊喔。

♪207-03 **A** **えっ、そうなの。だって、駐車場、遠いもん。**
咦？這樣喔。因為停車場很遠嘛。

♪207-04 **B** **でも、レッカー移動されちゃうと罰金を払わなくちゃいけないよ。**
但是，被拖吊的話就不得不付罰款。

Unit 8 | 交通號誌

[場合 情境]

不論是在台灣或日本，
交通號誌基本上大同小
異，開車時就必須遵守
交通號誌。要怎麼用日
文表達交通號誌呢？

情境會話

♪208-01 **A** あれは何ですか。

那是什麼？

♪208-02 **B** あれは交通標識で「ちゅうしゃ
きんし（駐車禁止）」と書いて
あります①。

那是交通號誌，上面寫「禁止停車」。

♪208-03 **A** どういう意味ですか。

是什麼意思呢？

♪208-04 **B** 「ここに車を止めてはいけな
い」という意味です②。

意思是「不能把車停在這裡」。

♪208-05 **A** 「飛び出し注意」とは？

「當心兒童」是指什麼？

[這些句型還可以這樣用]

① ～と／って書いてある 上面寫著～

♪209-01 ○ 田中さんからの手紙に何と書いてありましたか。

田中寄來的信上寫了些什麼？

♪209-02 ○ 「通行止め」と書いてあるから、他の道を通らなければならない。

上面寫著「禁止通行」，所以必須要繞到其他的路。

♪209-03 ○ 「おすすめ」って書いてあるから、この料理を注文してみよう。

上面寫著「推薦」，所以就點這道菜吧。

② ～という意味だ 是～的意思

♪209-04 ○ あなたのメールに返事をしなかったのは、もう話したくないという意味だよ。

沒回你的信，是代表已經不想跟你說話了的意思。

♪209-05 ○ 「税込み」とは、税金も入っているという意味だよ。

所謂的「含稅」是指已經包含稅金的意思。

♪209-06 ○ 左手薬指の指輪は結婚しているという意味です。

左手無名指的戒指是代表已經結婚了的意思。

209

Q&A 你其實可以這樣回答

♪210-01 **Q** あれは、何の交通標識ですか。

那個是什麼交通標誌？

♪210-02 **A** ❶ 通行禁止の標識です。

是禁止通行的標誌。

♪210-03 ❷ 最高速度の標識です。時速 80 キロ以上スピードを出すなという意味です。

是最高速限的標誌。意思是時速不可超過八十公里。

♪210-04 ❸ 学校が近くにあるから子供に気をつけろという意味です。

意思是學校在附近，請小心學童的意思。

♪210-05 ❹ あのマークは横断歩道です。

那個圖案是行人穿越道。

♪210-06 ❺ 「P」と書いてあるのが駐車場です。

寫著 P 的那個就是停車場。

♪210-07 ❻ あれは踏切の標識です。踏切があるから気をつけなさいという意味です。

那是平交道的標誌。意思是要注意有平交道。

♪210-08 ❼ あれは車両進入禁止の標識です。

那個是車輛禁止進入的標誌。

♪210-09 ❽ 落石注意の標識です。

是注意落石的標誌。

あれは、何^{なん}の交通標識^{こうつうひょうしき}ですか。

落石注意^{らくせきちゅうい}の標識^{ひょうしき}です。

Q&A 現學現用

♪211-01 Ⓐ **あれは、何^{なん}の交通標識^{こうつうひょうしき}ですか。**
那個是什麼交通標誌？

♪211-02 Ⓑ **落石注意^{らくせきちゅうい}の標識^{ひょうしき}です。**
是注意落石的標誌。

♪211-03 Ⓐ **落石^{らくせき}って何^{なん}ですか。**
落石是什麼意思？

♪211-04 Ⓑ **上^{うえ}から大^{おお}きな石^{いし}が落^おちてくるという意味^{いみ}です。**
大石頭從上面掉下來的意思。

Unit 9 ｜ 交通狀況

[場合 情境]

行駛在路上總是會遇到各式各樣的交通狀況。遇到突發的交通狀況時，會說到哪些日文呢？

情境會話

♪212-01 Ⓐ 渋滞がひどいなあ。何かあったのかな。

塞車好嚴重。是發生什麼事了嗎？

♪212-02 Ⓑ ひょっとすると①交通事故かな。救急車も止まっているよ。

或許是交通事故吧。救護車也停在那裡。

♪212-03 Ⓐ 時間がかかりそうだ②ね。

感覺會花很多時間耶。

♪212-04 Ⓑ じゃ、他の道を行こう。

那我們走其他路好了。

♪212-05 Ⓐ この時間だとどの道も混んでると思うよ。

這個時間每條路都很塞吧。

♪212-06 Ⓑ じゃ、ここで待つしかないか。

所以只能塞在這裡囉？

［這些句型還可以這樣用］

① ひょっとすると～　或許／説不定～

♪213-01 ○ ひょっとすると、犯人はあの男かもしれない。

搞不好犯人就是那個男生吧。

♪213-02 ○ ひょっとすると、わが社の機密情報が漏れたのかもしれない。

説不定我們公司的機密情報已經被洩漏出去了。

♪213-03 ○ ぎりぎりだけど、ひょっとすると間に合うかもしれないから、とにかく急ごう。

雖然已經快到極限了，但是搞不好可以趕上，總之快一點。

② ～そうだ　好像～

♪213-04 ○ 雨が降りそうだな。傘を持っていこう。

好像要下雨了，帶雨傘去吧。

♪213-05 ○ これ、欲しいけど、高そうだな。

我好想要這個，但是好像很貴。

♪213-06 ○ こんなに長い階段を上らなければならないのか。疲れそうだな。

一定要爬這麼長的樓梯嗎？感覺好累啊。

Q&A 你其實可以這樣回答

♪214-01 **Q** 車、全然前に進まないねえ。
何かあったのかな。

車子完全沒前進耶。發生什麼事了嗎？

♪214-02 **A** ❶ 交通事故かな。

會不會是交通事故？

♪214-03 ❷ 落石があったって電子掲示板に表示されているよ。

電子看板顯示有落石掉落。

♪214-04 ❸ 大雪で車が立ち往生しているらしいよ。

因為大雪，車子好像進退不得的樣子。

♪214-05 ❹ スリップした車が止まっているとラジオで言っていたよ。

剛剛收音機廣播説，有車子打滑的樣子。

♪214-06 ❺ さっき起きた地震で道が壊れたらしいです。

剛剛發生的地震的關係，路好像壞了。

♪214-07 ❻ 追突事故があったようです。

好像有追撞事故。

♪214-08 ❼ さあ。どうしたんだろう。ラジオ聞いてみよう。

嗯，我也不清楚，來聽一下廣播好了。

車、全然前に進まないねえ。
何かあったのかな。

大雪で車が立ち往生
しているらしいよ。

Q&A 現學現用

♪215-01 **A** **車、全然前に進まないねえ。**
何かあったのかな。
車子完全沒前進耶。發生什麼事了嗎？

♪215-02 **B** **大雪で車が立ち往生しているらしいよ。**
因為大雪，車子好像進退不得的樣子。

♪215-03 **A** **ええっ。マジで？これは大変だなあ。**
咦？真的假的？這下糟了。

♪215-04 **B** **他の道を通る？**
要不要走別條路？

215

Unit 10 | 走捷徑

[場合 情境]

山下先生開車時疑似遇上了前方發生事故，於是提議走捷徑。發生類似的情況時會説到哪些日文呢？

情境會話

♪216-01 **A** 渋滞していますね。何かあったんでしょうか。①

在塞車耶。是不是發生什麼事了？

♪216-02 **B** 事故みたいですね。抜け道を行きましょう。②

好像是發生事故了。我們走捷徑吧。

♪216-03 **A** 抜け道があるんですか。

有捷徑嗎？

♪216-04 **B** ええ。そこの路地は狭いですが、時間を節約できる裏道なんです。

嗯，那條巷子雖然很窄，但卻是一條可以節省時間的捷徑。

♪216-05 **A** さすがに地元さんですね。

不愧是在地人。

［這些句型還可以這樣用］

① ～でしょうか。　是不是～。

♪217-01 ○ あそこに座っているのは、木村さんでしょうか。

坐在那裡的，是不是木村先生啊？

♪217-02 ○ ここは何という通りでしょうか。

這條路叫什麼路？

♪217-03 ○ 今頃、陳さんは日本のどこを旅行しているんでしょうか。

現在陳先生會在日本的哪裡旅行呢？

♪217-04 ○ 五十嵐さんがいないようですが、もう帰ったんでしょうか。

五十嵐先生好像不在，是不是已經回去了？

② ～ましょう。　一起來做～吧。

♪217-05 ○ そろそろ晩ご飯を食べましょう。

差不多要來吃晚餐了。

♪217-06 ○ 一緒に帰りましょう。

一起回家吧。

♪217-07 ○ 劉さんはきっと来るはずです。もう少し待ちましょう。

劉小姐一定會來的，再等一下吧。

Q&A 你其實可以這樣回答

♪218-01 **Q** 東京駅へ行くのに、近道とか裏道とか
抜け道とか無いんですか。

去東京車站有沒有捷徑、小路或是穿越道？

♪218-02 **A** ❶ ありますよ、狭い路地なんですが、
通ってみましょうか。

有的，是條小路，要走走看嗎？

♪218-03 ❷ さあ、よくわからないですねえ。
ちょっと人に聞いてみますよ。

這個我不太清楚耶，我去問問別人。

♪218-04 ❸ 急ぎなんですか。何時までに着かな
きゃならないんですか。

很急嗎？幾點前一定要到呢？

♪218-05 ❹ これが一番近くて早い道なんですけど
ね。

這是最近又最快的一條路了。

♪218-06 ❺ そんなに急いでいるんですか。

有那麼急嗎？

♪218-07 ❻ 近道なんかないよ。今、別の道に行っ
たら、その分、時間が余分にかかって
しまうよ。

沒有什麼捷徑啦。如果現在還要改走其他的路，
結果搞不好會花更多時間。

東京駅へ行くのに、近道とか裏道とか抜け道とか無いんですか。

Q&A 現學現用

♪219-01 **Ⓐ** **東京駅へ行くのに、近道とか裏道とか抜け道とか無いんですか。**
去東京車站有沒有捷徑、小路或是穿越道？

♪219-02 **Ⓑ** **そんなに急いでいるんですか。**
有那麼急嗎？

♪219-03 **Ⓐ** **できるだけ早く駅に着きたいんです。**
因為我想盡量早點到車站。

♪219-04 **Ⓑ** **じゃ、ちょっと地図を見てみます。**
那麼我看一下地圖。

Unit 11 | 詢問位置

[場合 情境]

出外時總是會遇到找不
到方向的情況，此時可
以詢問路人位置。詢問
位置或方向的日文該怎
麼說呢？

情境會話

♪220-01 Ⓐ すみません。ちょっと道をお聞きし
たいんですが。①

抱歉，我想問一下路。

♪220-02 Ⓑ はい。

好的。

♪220-03 Ⓐ 山田駅はどう行けばいいでしょう
か。②

請問要怎麼去山田車站呢？

♪220-04 Ⓑ 次の交差点を右に曲がって、
100 m くらい行くと駅ですよ。

在下個十字路口右轉，走一百公尺左右就是車
站。

♪220-05 Ⓐ どうも。助かります。

謝謝，幫了大忙。

[這些句型還可以這樣用]

① ～んですが。　（説明狀況時使用）

♪221-01 この財布、富士見町の交差点で拾ったんですが。

這個錢包是在富士見町的十字路口撿到的。

♪221-02 この服についた染み、落として欲しいんですが。

我想去除這件衣服上沾染的污漬。

♪221-03 私が注文したのは味噌ラーメンなんですが。

我點的是味噌拉麵。

② ～ばいいでしょうか。　要怎麼～才好呢？

♪221-04 このゴミは、どこに捨てればいいでしょうか。

這個垃圾要丟到哪裡才好呢？

♪221-05 何枚コピーすればいいでしょうか。

要印幾張才好呢？

♪221-06 いつまでにお返しすればいいでしょうか。

要在多久前歸還才好呢？

Chapter 4　交通運輸

221

Q&A 你其實可以這樣回答

♪222-01 **Q** すみません。花村ラーメンはどこに
あるかわかりますか。
不好意思，你知道花村拉麵店在哪裡嗎？

♪222-02 **A** ❶ 市役所の隣にありますよ。
在市公所的旁邊。

♪222-03 ❷ 市民プールの向かい側です。
在市民泳池的對面。

♪222-04 ❸ 大森通りと昭和通りの交差点の角にあり
ますよ。
在大森路跟昭合路的交叉路口。

♪222-05 ❹ 駅前の通りで人に聞いたほうがいいで
す。
你在車站前的路上問人比較好。

♪222-06 ❺ この道を真っ直ぐ 100 m ちょっと行く
と右にありますよ。
這條路一直走一百多公尺左右，就在右邊。

♪222-07 ❻ すみません、花村っていうラーメン屋は
聞いたことがありません。
抱歉，我沒聽過花村拉麵店。

♪222-08 ❼ 突き当りを左に曲がって、二軒目です。
直走到底左轉，第二間就是了。

この道を真っ直ぐ100 m ちょっと行くと右にありますよ。

すみません。花村ラーメンはどこにあるかわかりますか。

Q&A 現學現用

♪223-01 **A** **すみません。花村ラーメンはどこにあるかわかりますか。**
不好意思，你知道花村拉麵店在哪裡嗎？

♪223-02 **B** **この道を真っ直ぐ100 m ちょっと行くと右にありますよ。**
這條路一直走一百多公尺左右，就在右邊。

♪223-03 **A** **こっちから行って右側ですね。**
從這裡走，在右邊是吧？

♪223-04 **B** **はい。**
是的。

Unit 12 │ 詢問乘車路線

[場合 情境]

在日本旅遊搭乘大眾交通運輸工具時，經常需要轉乘。詢問他人乘車路線時會說到哪些日文呢？

情境會話

♪224-01 **A** すみません、森川駅へ行く電車は何番線かわかりますか。①

不好意思，請問你知道去森川車站的電車是幾號路線嗎？

♪224-02 **B** 森川駅なら②、首都圏線だから、5番線ですよ。

森川車站的話，是首都圈線，是五號線。

♪224-03 **A** そうですか。ありがとうございます。

這樣啊，謝謝。

♪224-04 **B** いいえ。

不客氣。

♪224-05 **A** 地方から来たので、よくわからなくて。

我從鄉村來的，所以搞不太清楚。

［這些句型還可以這樣用］

① ～かわかりますか　知道～嗎？

♪225-01　これ、どこで売っているかわかります
か。
你知道這個哪裡有在賣嗎？

♪225-02　佐々木さん、何時に来るかわかります
か。
你知道佐佐木先生幾點會來嗎？

♪225-03　丸菱デパートはどう行けばいいかわかり
ますか。
你知道怎麼去丸菱百貨嗎？

② ～なら～　～的話～

♪225-04　山本さんなら、さっき出かけましたよ。
找山本小姐的話，剛剛出去了哦。

♪225-05　郵便局なら、この先の突き当りを左に少
し行ったところにありますよ。
郵局的話，前面走到底再往左走，一下就到了。

♪225-06　この季節に日本へ行くなら、桜を見るべ
きですよ。
這個季節去日本的話，應該要賞櫻呀。

225

Q&A 你其實可以這樣回答

♪226-01 Q すみません、桜井町（さくらいちょう）までどうやって行（い）けばいいか、わかりますか。

不好意思，請問你知道要怎麼去櫻井町嗎？

♪226-02 A ❶ ここから地下鉄（ちかてつ）の 14 番線（ばんせん）に乗（の）れば行（い）けますよ。

從這裡搭地下鐵十四號線就可以到。

♪226-03 ❷ 前（まえ）のバスターミナルの 10 番乗（ばんの）り場（ば）から桜井駅行（さくらいえきゆ）きのバスに乗（の）れば行（い）けますよ。

從前面公車轉運站的十號站牌搭往櫻井車站的公車就可以了。

♪226-04 ❸ 直通（ちょくつう）のバスは無（な）いから、バスと電車（でんしゃ）を乗（の）り継（つ）がないといけないんですよ。

因為沒有直達的公車，只能轉乘公車和電車哦。

♪226-05 ❹ そうですね、地下鉄（ちかてつ）に乗（の）るのが一番早（いちばんはや）いと思（おも）いますよ。

這個嘛，我想搭地下鐵是最快的。

♪226-06 ❺ 桜井町（さくらいちょう）のデパートまでなら、そこの市役所前（やくしょまえ）からシャトルバスが出（で）ていますよ。

到櫻井町的百貨公司的話，那邊的市公所前有接駁車可搭。

Q&A 現學現用

♪227-01 Ⓐ すみません、桜井町までどうやって行けばいいか、わかりますか。

不好意思，請問你知道要怎麼去櫻井町嗎？

♪227-02 Ⓑ 直通のバスは無いから、バスと電車を乗り継がないといけないんですよ。

因為沒有直達的公車，只能轉乘公車和電車哦。

♪227-03 Ⓐ そうですか。ちょっと面倒ですね。

這樣啊，有點麻煩呢。

♪227-04 Ⓑ だから、やっぱりタクシーで行くのが良いですよ。

所以，還是搭計程車去比較好喔。

Unit 13 | 詢問購票

在日本自助旅行時，常常需要自己購買車票。詢問購票的相關事宜時會說到哪些日文呢？

情境會話

♪228-01 **A** すみません。お金を入れてボタンも押したのに①、切符が出て来ないんです。

不好意思。投了錢，也按了按鈕，但是車票卻沒出來。

♪228-02 **B** では、返却ボタンを押してから、もう一度、操作をやり直してみてください。

那麼按退幣鈕後，請再重新操作一次。

♪228-03 **A** あれえ、返却ボタンを押しても、お金が戻ってきません。

咦？按了退幣鈕，錢也沒退出來。

♪228-04 **B** おかしい②ですねえ。

真是奇怪耶。

［這些句型還可以這樣用］

① 〜のに〜　雖然〜卻〜／居然〜

♪229-01 ○ 冬なのに、今日は春みたいに暖かいです
ね。

雖然是冬天，今天卻像春天一樣暖和呢。

♪229-02 ○ さっきご飯を食べたばかりなのに、もう
お腹が空いてきた。

才剛吃完飯而已，肚子居然又餓了。

♪229-03 ○ あの人、雨が降っているのに傘も差さな
いで歩いている。

那個人，雖然下著雨卻不撐傘地走著。

♪229-04 ○ 徹夜して勉強したのに、ぜんぜんできな
かった。

雖然熬夜讀書了，但卻完全不會寫。

② おかしい〜　奇怪／奇妙〜

♪229-05 ○ あいつの味覚、おかしいよ。ご飯にコーラ
をかけて食べるんだよ。

他的味覺很奇怪。他會把可樂倒在飯上吃。

♪229-06 ○ 先生、最近、胃の調子がおかしいんです。
何か悪い病気でしょうか。

醫生，最近我的胃狀況有點奇怪。會不會是什麼不好
的病啊？

229

Q&A 你其實可以這樣回答

♪230-01 **Q** こんにちは、どちらまでですか。
你好，請問去哪裡？

♪230-02 **A** ❶ 福島までお願いします。
麻煩你，我要到福島。

♪230-03 ❷ 金曜日、金沢まで二枚下さい。
禮拜五到金澤兩張。

♪230-04 ❸ 山形までですが、支払いはカードででき
きますか。
我要到山形，請問可以用信用卡付款嗎？

♪230-05 ❹ 北海道までの寝台列車は空席あります
か。
請問到北海道的臥舖列車有空位嗎？

♪230-06 ❺ 秋田までですが、自転車は乗せられま
すか。
我要到秋田，請問腳踏車可以上去嗎？

♪230-07 ❻ すみません。返金したいんですが。
抱歉，我想要退票。

♪230-08 ❼ 青森までです。今から一番近い時間発
の切符を一枚下さい。
到青森。請給我一張最快發車的車票。

こんにちは、どちら
までですか。

青森までです。今から
一番近い時間発の切符
を一枚下さい。

Q&A 現學現用

♪231-01 **A** **こんにちは、どちらまでですか。**
你好，請問去哪裡？

♪231-02 **B** **青森までです。今から一番近い時間発
の切符を一枚下さい。**
到青森。請給我一張最快發車的車票。

♪231-03 **A** **はい、こちらです。10分後に3番ホー
ムから出発の青森行きです。**
好的，在這裡。三號月台，十分鐘後開往青森。

♪231-04 **B** **はい、ありがとうございます。**
好的，謝謝。

231

［想多學一點點］

01 ガソリンスタンドでエンジンオイル を交換する 在加油站換引擎油
こうかん

日本的加油站跟台灣的有些不同。除了一般加油站都有的加油、打氣、洗車、廁所、販賣部之外，日本有些加油站還會幫忙簡單檢查汽車引擎是否需要添加水，或是可以幫忙換引擎油。在加油的時候，工作人員會幫忙倒車內的煙蒂，還會附上濕抹布讓你擦一下車內儀錶板、擋風玻璃或是窗戶，加油站人員則會幫忙擦車外的後照鏡，以及前後擋風玻璃。

例句
A: これからドライブ行くんだけど、エンジンオイルがちょっと気になるなあ。
行
気
等一下要去兜風了，但是我有點擔心引擎油。

B: じゃ、ガソリンスタンドでエンジンオイルを交換しよう。 那等一下去加油站換個引擎油吧。
こうかん

- -

02 ここから近いから、タクシーならワンメーターで行ける。
ちか
い
離這裡很近，計程車不用跳錶就到了。

在日本計程車的起跳價，是隨著地區以及各個計程車行而有所不同，光是東京都就因不同區域分成三、四種不同的價錢來計算，不過大部分起跳距離是兩公里。

例句
A: ここから東京タワーまでタクシーで行くのは高いかな。
とうきょう
行
高
從這裡到東京鐵塔，搭計程車會很貴嗎？

B: 大丈夫だよ。ここから近いから、タクシーならワンメーターで行けるよ。
だいじょうぶ
ちか
い
沒關係啦，離這裡很近，計程車不用跳錶就到了。

03 電車が事故で遅延したから、遅延証明をもらう。

因為電車發生事故而遲到，拿了誤點證明。

電車可以説是日本交通的一大命脈，尤其許多通勤族每天都需要搭電車。日本電車的準點率可以説是世界知名的，即便如此，仍然會有因意外事故而影響電車的運行。而影響日本準點率最多的意外事故就是人身事故。據聞現在日本也有意導入月台閘門，來減少人身事故對於準點率的影響。

例句

A: 今日は珍しいね。君が遅刻なんて。

今天真難得耶，你居然遲到了。

B: 電車が事故で遅延したから、遅延証明をもらいましたよ。

因為電車發生事故延遲了，我有拿誤點證明。

---

04 空港で空弁を買う **在機場買機場便當**

便當是長距離旅行的必備物品，除了各個車站的車站便當，「駅弁」之外，現在還多了一個新的名詞，叫做「空弁」。「空」是指日文「空港」，也就是機場，顧名思義就是機場便當。無論是車站便當或是機場便當都各具特色，很多人即便沒去旅行，也會專門去買這些特色便當來吃。下次去日本您也可以去吃吃看喔。

例句

A: 飛行機に乗らないのに、なんで空港へ行くの。

又不搭飛機，去機場幹嘛？

B: 弁当マニアだから、空港で空弁を買って食べるんだ。

我是便當迷，所以去機場買機場便當吃。

Chapter 5
居家生活
家庭生活
かていせいかつ

家庭生活
かていせいかつ

居家生活

Unit 1 | 玄關

大多數日本人家中都會
有玄關，去他人家中拜
訪時，常會在玄關寒暄
一番。這時會說到哪些
日文呢？

情境會話

♪236-01 Ⓐ こんにちは。お邪魔します①。じゃ ま

您好。我來打擾了。

♪236-02 Ⓑ どうぞ。さあ、お上がりください。あ

歡迎。來，請上來吧。

♪236-03 Ⓐ これ、つまらないものですが、どう
ぞ。

這個，一點小心意，請收下。

♪236-04 Ⓑ そんな気を使わない②でください。き つか
じゃ、せっかくですから、遠慮なくえん りょ
いただきます。

您太客氣了。您還特意帶來，那謝謝您的好
意，我收下了。

♪236-05 Ⓐ お口に合うかどうかわからないですくち あ
が。

不知道合不合您口味。

[這些句型還可以這樣用]

① 邪魔する〜 打擾／叨擾〜

♪237-01 ○ 仕事中なのに、お邪魔してすみません。
実は、トラブルが発生しまして……。

在工作時打擾你十分抱歉，其實是因為有問題發生了……。

♪237-02 ○ 一郎さんと麻理さん、今日は久しぶりのデートなんだから、邪魔しては悪いですよ。

今天是一郎和麻理難得的約會日，打擾他們不好意思。

② 気を使う〜 費心／用心〜

♪237-03 ○ 大切なお客さんだと聞いたから、気を使って料理や飲み物をいろいろ用意したが、お客さんは体調が悪くて何も食べなかった。

聽說是重要的客人，所以我用心準備了許多料理及飲品，可是客人身體不適，什麼都沒吃。

♪237-04 ○ 気を使ってくれて、ありがとう。何不自由なく過ごせたよ。

謝謝你在我身上這麼費心，讓我覺得過得很自在。

237

Q&A 你其實可以這樣回答

♪238-01 **Q** ごめん下さい、星野さんはいらっしゃいますか。

不好意思，請問星野先生在家嗎？

♪238-02 **A ①** おお、木村さん。どうぞ上がって下さい。

喔，是木村先生啊。請進。

♪238-03 **②** どちら様でしょうか。

請問是哪位？

♪238-04 **③** どういうご用件でしょうか。

有什麼事嗎？

♪238-05 **④** おはよう。どうぞ中に入って下さい。

早安，裡面請。

♪238-06 **⑤** あいにく星野は、今いないんです、どんなご用でしょうか。

真不巧，現在星野不在家，請問有什麼事呢？

♪238-07 **⑥** 遠い所をわざわざおいでいただき、ありがとうございます。

還讓你大老遠特意跑一趟來，謝謝你。

♪238-08 **⑦** せっかく来て頂いたのに、申し訳ありません。あいにく主人は出かけているんです。

您還特地過來拜訪，不好意思。真不湊巧，我先生剛好出門了。

ごめん下さい、星野さんは
いらっしゃいますか。

せっかく来て頂いたのに、申し
訳ありません。あいにく主人は
出かけているんです。

Q&A 現學現用

♪239-01 **A** ごめん下さい、星野さんはいらっしゃいますか。

不好意思，請問星野先生在家嗎？

♪239-02 **B** せっかく来て頂いたのに、申し訳ありません。あいにく主人は出かけているんです。

您還特地過來拜訪，不好意思。真不湊巧，我先生剛好出門了。

♪239-03 **A** そうですか。いつころ、帰って来られますか。

這樣啊。大概何時會回來呢？

Unit 2 | 客廳

[場合 情境]

中丸先生到朋友家作客，他的朋友去年時自己蓋了一棟房子。到別人家作客，在客廳時會說到哪些日文呢？

情境會話

♪240-01 Ⓐ **どうぞお座りください。楽にしてください。**
請坐。不需太拘謹。

♪240-02 Ⓑ **素敵なお宅ですね。マイホームの住み心地はいかがですか。**
好棒的房子哦。自己的家住起來感覺如何？

♪240-03 Ⓐ **あまり広くない①ですけど快適ですよ。自分で建てた家ですからね。**
雖然不寬敞，但很舒適。因為是自己蓋的房子嘛。

♪240-04 Ⓑ **羨ましい限りです。②私なんか、ずっとアパート住まいなんですから。**
真是太羨慕了。哪像我一直都住公寓。

[這些句型還可以這樣用]

① あまり～ない　沒有很～

♪241-01　あのレストランは高級(こうきゅう)そうだけど、あまり高(たか)くないんですよ。
那間餐廳好像很高級，但沒有很貴。

♪241-02　今日(きょう)はあまり暑(あつ)くないから、エアコンはつけなくてもいいです。
今天沒有很熱，所以不開冷氣也沒關係。

♪241-03　あまり急(いそ)いでいないけど、もう疲(つか)れたからタクシーで行(い)きましょう。
雖沒有很趕時間，但因為累了，所以搭計程車去吧。

② ～限(かぎ)りだ。　真是／只有／只能～

♪241-04　もうあなたに会(あ)えないなんて、寂(さび)しい限(かぎ)りです。
已經無法再見到你，只有滿懷寂寞。

♪241-05　毎回毎回(まいかいまいかい)、失敗(しっぱい)していて、まったく情(なさ)けない限(かぎ)りです。
每每都失敗，真是感到很沒用。

♪241-06　こんな凄(すご)いプレゼントをもらえるなんて嬉(うれ)しい限(かぎ)りです。
收到這麼棒的禮物，真是太開心了。

Q&A 你其實可以這樣回答

♪242-01 **Q** 真理子はまだ帰ってこないの？
まりこ　　　　かえ
真理子還沒回到家嗎？

♪242-02 **A** ❶ 今日は部活で遅くなると言っていた。
きょう　ぶかつ　おそ　　　　　い
她說今天有社團活動，會晚回家。

♪242-03 ❷ 電話してみようか？
でんわ
要不要打電話問一下？

♪242-04 ❸ 今日は新入社員の合宿で帰らないよ。
きょう　しんにゅうしゃいん　がっしゅく　かえ
今天她去新進員工營，所以不會回家。

♪242-05 ❹ もうすぐ帰って来ると思うよ。
かえ　　く　　おも
我想她就快回來了。

♪242-06 ❺ そうね、今日は遅いね。
きょう　おそ
對啊，今天很晚耶。

♪242-07 ❻ こんな早く帰ってこないよ。待ちなが
はや　かえ　　　　　　　ま
らコーヒーでも飲みましょう。
の
沒那麼快回來。邊喝咖啡邊等吧。

♪242-08 ❼ もう帰ってきたじゃない？ドアを閉め
かえ　　　　　　　　　　　　し
る音がしたよ。
おと
已經回來了吧？有聽到關門的聲音。

♪242-09 ❽ 人身事故にあたと連絡があったよ。
じんしんじこ　　　れんらく
有聯絡說是（電車）遇到人為事故。

真理子はまだ帰って
こないの？

Q&A 現學現用

♪243-01 **A** 真理子はまだ帰って
こないの？

真理子還沒回到家嗎？

♪243-02 **B** そうね、今日は遅いね。

對啊，今天很晚耶。

♪243-03 **A** 何時に着くか電話で聞いて。

打電話問一下幾點到。

♪243-04 **B** はい、わかりました。

好，我知道了。

♪243-05 **A** 駅まで迎えに行ってもいいよと伝えて。

跟她說去車站接她也可以喔。

Unit 3 | 浴室

[場合 情境]
ば あい

田中先生剛下班回到
家，田中太太已經放好
洗澡水了。在浴室時會
說到哪些日文呢？

情境會話

♪244-01 Ⓐ **ただいま。寒くて死にそうだよ。**
さむ し
我回來了。冷到快死掉了。

♪244-02 Ⓑ **お風呂、沸かしてある①から、すぐ**
ふ ろ わ
入れるわよ。
はい
洗澡水已經放好了，現在就可以去洗哦。

♪244-03 Ⓐ **ありがとう。じゃ、すぐ入るよ。**
はい
謝謝。那我馬上就去洗。

♪244-04 Ⓑ **風邪を引かないように②、よく温**
か ぜ ひ あたた
まってね。
希望不要感冒。好好地暖暖身子吧。

♪244-05 Ⓐ **風呂あがってから酒でも飲もうか。**
ふ ろ さけ の
洗完澡後，來喝個兩杯吧。

♪244-06 Ⓑ **いいよ。用意しとくわ。**
よう い
好啊，我去準備。

[這些句型還可以這樣用]

① 〜てある 已經準備好〜

♪245-01 ホテルは、もう予約してあるよ。
已經預約好飯店了。

♪245-02 材料はもう買ってあるから、今すぐ作り始めましょう。
材料已經買好了，現在馬上來做吧。

♪245-03 予習してあったので、今日の授業内容は理解し易かったよ。
因為已經預習過了，所以今天的上課內容很容易理解。

② 〜ないように〜 為了不要〜

♪245-04 外国で病気や怪我をした場合に困らないように、保険に入った方がいい。
為了在國外生病或受傷時不致困擾，要買保險比較好。

♪245-05 無駄遣いしないように家計簿をつけています。
為了不要亂花錢，所以有在記帳。

♪245-06 運転中、眠くならないようにガムを噛んだりコーヒーを飲んだりします。
為了開車時不會想睡覺，所以會嚼嚼口香糖、喝喝咖啡。

Q&A 你其實可以這樣回答

♪246-01 **Q** 風呂が沸いているよ。入って。
洗澡水放好了。去洗吧。

♪246-02 **A** ❶ じゃ、先に入りますね。
那我先去洗澡囉。

♪246-03 ❷ お母さんが先に入りなよ。
媽媽先洗吧。

♪246-04 ❸ 一番風呂ですみません。
我第一個洗，不好意思囉。

♪246-05 ❹ タオルはどこにありますか。
毛巾在哪裡？

♪246-06 ❺ 歯ブラシをもらえませんか。
可以給我牙刷嗎？

♪246-07 ❻ シャンプーはまだある？
還有洗髮精嗎？

♪246-08 ❼ 洗顔剤はもう使い切った。
洗面乳已經用完了。

♪246-09 ❽ 私、今日はお風呂に入らない。
我今天不洗澡。

♪246-10 ❾ この番組終わってから。
等我看完這個節目。

Q&A 現學現用

♪247-01 **A 風呂が沸いているよ。入って。**
洗澡水放好了。去洗吧。

♪247-02 **シャンプーはまだある？**
還有洗髮精嗎？

♪247-03 **A シャンプーはもうないんだよ。**
沒有洗髮精了耶。

♪247-04 **B そっか。じゃ、今日は髪の毛、洗わない。**
這樣啊，那我今天不洗頭了。

[場合 情境]

田口太太覺得棉被有點
潮濕，於是提議去買台
除濕機。在臥室時會說
到哪些日文呢？

情境會話

♪248-01 **A** この布団、なんだか湿っぽい①なあ。
這個被子感覺好像有點潮濕耶。

♪248-02 **B** 最近、毎日雨だからね。
因為最近每天都在下雨啊。

♪248-03 **A** 除湿機を買おうよ。ただでさえ②、
この辺は湿気がたまり易い土地なん
だから。
買台除濕機吧。光是這邊的土地，就已經很容
易堆積濕氣了。

♪248-04 **B** そうだね。じゃ、今度の休みに買い
に行こう。
說得也是。那麼下次休假時去買吧。

♪248-05 **A** 先にネットで口コミでも見よう。
先在網路上看一下評價好了。

［這些句型還可以這樣用］

① ～ぽい　有點像～（某傾向）/很多～

♪249-01 　今日は朝から熱っぽいんだ。風邪かもしれない。
今天早上開始有點發燒的樣子，搞不好是感冒了。

♪249-02 　こんな安っぽいシャツ、着たくないよ。
我不想穿這種看起來很廉價的襯衫。

♪249-03 　この店は、台湾っぽいインテリアでデザインされている。
這間店用台灣風格的內裝來設計。

② ただでさえ～　光是～

♪249-04 　あの子は、ただでさえ勉強しないのに、夏休みに勉強するはずがない。
那個孩子，光是平常就不讀書了，暑假更不可能讀書。

♪249-05 　この店の料理は、ただでさえおいしくないんだよ。冷めたら、まずくて食べられないよ。
這間店的料理光是這樣就已經不好吃了，涼掉後更是難吃到難以下嚥。

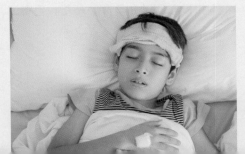

Q&A 你其實可以這樣回答

♪250-01 **Q** 今日(きょう)は寒(さむ)いね、掛(か)け布団(ぶとん)、まだある？
今天好冷哦，還有被子嗎？

♪250-02 **A** ❶ 毛布(もうふ)なら、あるよ。
毛毯的話，有哦。

♪250-03 ❷ 布団(ふとん)はないけど、電気毛布(でんきもうふ)ならあるよ。
沒有被子，但是有電毯。

♪250-04 ❸ あるよ。出(だ)そうか。
有啊，我拿出來吧。

♪250-05 ❹ 掛(か)け布団(ふとん)一枚(いちまい)で足(た)りる？
一件被子夠嗎？

♪250-06 ❺ 湯(ゆ)たんぽも使(つか)う？
要用熱水袋嗎？

♪250-07 ❻ あっ、クリーニングに出(だ)したんだよ。
啊，送去乾洗了。

♪250-08 ❼ あるよ。電気(でんき)ストーブもつけよう。
有啊，也打開電暖器吧。

♪250-09 ❽ 掛(か)け布団(ふとん)はもうないんだ。毛布(もうふ)二(に)、三(さん)枚重(まいかさ)ねて使(つか)うのはどう？
已經沒有被子了。毛毯兩、三件一起蓋可以嗎？

今日は寒いね、掛け布団、
まだある？

掛け布団一枚で
足りる？

Q&A 現學現用

♪251-01 **A** **今日は寒いね、掛け布団、まだある？**
今天好冷哦，還有被子嗎？

♪251-02 **B** **掛け布団一枚で足りる？**
一件被子夠嗎？

♪251-03 **A** **まあ、一応大丈夫だと思う。**
嗯，我想應該沒問題。

♪251-04 **B** **電気ストーブも使って。**
也打開電暖器吧。

♪251-05 **A** **なら万全だね。**
那就萬無一失了。

Unit 5 │ 廚房

[場合 情境]

野田太太要煮飯時發現
剛好沒米了，於是拜託
先生買一包回家。在廚
房時會說到哪些日文
呢？

情境會話

♪252-01 **A** あ、お米がない。悪いけど、お米を買ってきてくれない？

啊，沒米了。抱歉，你可以去幫忙買回來嗎？

♪252-02 **B** えっ、もう無いの？じゃ、今日は多めに買ってこようか。

咦？已經沒了嗎？那今天要不要多買一點呢？

♪252-03 **A** でも、うちは最近、外食が多いから、いつもの1.5kgの小さいのでいい①。

但是最近我們比較常吃外食，買跟以往一樣的1.5公斤的小包就好。

♪252-04 **B** わかった。じゃ、行ってくる②よ。

知道了。那我去去就回。

♪252-05 **A** お願い。

拜託你囉。

[這些句型還可以這樣用]

① 〜でいい 〜就好

♪253-01 **その小さいのでいいです。**
那個小的就好。

♪253-02 **報告書の提出は明日でいいです。**
報告明天交就好。

♪253-03 **同じものでいいです。**
一樣的東西就好。

♪253-04 **水でいいです。**
水就好。

② 〜てくる 去〜就回來

♪253-05 **ちょっと弁当を買ってくるよ。**
我去買個便當就回來。

♪253-06 **すみません。ちょっと出てきます。**
抱歉，我去去就回。

♪253-07 **外でタバコを吸ってきます。**
去外面抽完菸就回來。

♪253-08 **先週、大阪に出張に行ってきたよ。**
上週去大阪出差回來了。

253

Q&A 你其實可以這樣回答

♪254-01 **Q** 何(なに)か変(へん)な匂(にお)いがしない？

有沒有聞到怪怪的味道？

♪254-02 **A** ❶ あっ、温(あたた)めていたカレー、焦(こ)げちゃった。

啊，在加熱的咖哩燒焦了！

♪254-03 ❷ 生(なま)ごみの匂(にお)いかな。

是廚餘的味道吧。

♪254-04 ❸ この前(まえ)作(つく)った漬物(つけもの)が腐(くさ)ったみたい。

之前做的醃菜好像壞掉了。

♪254-05 ❹ 昨日(きのう)買(か)った魚(さかな)、冷蔵庫(れいぞうこ)に入(い)れるのを忘(わす)れた。

昨天買的魚忘記放到冷凍庫裡了。

♪254-06 ❺ お隣(となり)さんからもらった大根(だいこん)が腐(くさ)っちゃったんだ。

隔壁鄰居送來的蘿蔔好像壞了。

♪254-07 ❻ チーズの匂(にお)いだよ。変(へん)な匂(にお)いじゃないよ。

是起士的味道，不是什麼奇怪的味道啦。

♪254-08 ❼ 今日(きょう)、買(か)ってきたドリアンの匂(にお)いだよ。

是今天買回來的榴槤的味道啦。

何か変（へん）な匂（にお）いがしない？

今日（きょう）、買（か）ってきたドリアンの匂（にお）いだよ。

Q&A 現學現用

♪255-01 **A 何（なに）か変（へん）な匂（にお）いがしない？**
有沒有聞到怪怪的味道？

♪255-02 **B 今日（きょう）、買（か）ってきたドリアンの匂（にお）いだよ。**
是今天買回來的榴槤的味道啦。

♪255-03 **A へえ、ドリアン買（か）ったの？臭（くさ）いなあ。**
咦？你買了榴槤喔？好臭喔。

♪255-04 **B お父（とう）さんの好物（こうぶつ）だから買（か）ったの。**
因為爸爸喜歡才買的。

255

Unit 6 | 簷廊

[場合 情境]

日劇裡有時會見到有簷廊的房子，而傳統的日式房子大多都有簷廊。在簷廊會說到哪些日文呢？

情境會話

♪256-01 **A** 夏の夕方はよく、こうして縁側でスイカでも食べながら①夕涼みをするんだ。

夏天的傍晚會像這樣在簷廊下一邊吃西瓜一邊乘涼。

♪256-02 **B** いいね。でも、縁側がある家は最近少なくなったね。

很棒呢。但是最近有簷廊的房子愈來愈少了。

♪256-03 **A** うん。でも、縁側があると②四季それぞれで庭を楽しめるんだよ。

嗯，但是有簷廊的話，就可以享受四季不同的庭院了。

♪256-04 **B** お客さんも簡単な用事なら、縁側で話をした方が気楽だしね。

要是客人有一些簡單的事，在簷廊下講也比較輕鬆。

[這些句型還可以這樣用]

① 〜ながら〜　一邊〜一邊〜

♪257-01 私は音楽を聴きながら、ゆっくりお風呂に入るのが好きだ。

我喜歡一邊聽音樂，一邊慢慢地泡澡。

♪257-02 私は仕事をしながら大学で勉強しています。

我一邊工作一邊在大學上課。

♪257-03 シングルマザーは仕事をしながら子供を育てなければならないので大変だ。

單親媽媽要一邊工作一邊養孩子，真是辛苦。

② 〜と〜　一〜就〜

♪257-04 春になると花が咲きます。

一到春天花就開了。

♪257-05 お金を入れてボタンを押すと切符が出てきます。

投幣後一按下按鈕，車票就出來了。

♪257-06 卒業アルバムを見ると懐かしくなる。

一看畢業紀念冊就覺得很懷念。

Q&A 你其實可以這樣回答

♪258-01 **Q** 縁側（えんがわ）で夕涼（ゆうすず）みしょう。

我們在簷廊下乘涼吧。

♪258-02 **A** ❶ じゃ、スイカ、持（も）って来（く）るね。

那我去拿西瓜過來。

♪258-03 ❷ ビールを用意（ようい）するね。

我去準備啤酒。

♪258-04 ❸ いいね。それじゃ、夕飯（ゆうはん）は庭（にわ）でバーベキューにしよう。

好耶。那麼今天晚餐就在院子烤肉吧。

♪258-05 ❹ 団扇（うちわ）を持（も）って来（く）る。

我去拿扇子來。

♪258-06 ❺ 冷（ひ）やした麦茶（むぎちゃ）を準備（じゅんび）するね。

我去準備冰好的麥茶。

♪258-07 ❻ ついでに線香花火（せんこうはなび）をしよう。

順便玩一下線香煙火吧。

♪258-08 ❼ 冷（ひ）やしタオル、持（も）って来（き）ます。

我去拿冰毛巾來。

♪258-09 ❽ 窓（まど）を閉（し）めて冷房（れいぼう）したほうが早（はや）いよ。

把窗戶關起來，開冷氣比較快。

♪258-10 ❾ 蚊（か）がいるから嫌（いや）よ。

會有蚊子，不要啦。

縁側で夕涼みしましょう。

ビールを用意するね。

Q&A 現學現用

♪259-01 **A** 縁側で夕涼みしょう。
我們在簷廊下乘涼吧。

♪259-02 **B** ビールを用意するね。
我去準備啤酒。

♪259-03 **A** スルメイカも焼いてくれ。
幫我烤個魷魚。

♪259-04 **B** はい、わかりました。
好，我知道了。

♪259-05 **A** これこそ夏だね。
這才是夏天啊。

259

[場合 情境]

中島先生最近沒有時間
整理院子，因此雜草叢
生。在院子時可能會説
到哪些日文呢？

情境會話

♪260-01 **A** 最近、手入れをしていないから、庭
が雑草でいっぱいだ①。

最近都沒有整理，院子的雜草長一堆。

♪260-02 **B** うわっ、本当だ。草茫茫だね。

哇，真的耶。雜草叢生。

♪260-03 **A** それに引き換え②、隣の山田さんの
家の庭は、いつもきれいだね。

相較之下，隔壁山田先生家的庭院總是很漂
亮。

♪260-04 **B** 山田さんは、プロの園芸家だから
ね。

因為山田先生是專業的園藝家嘛。

♪260-05 **A** 怠慢に理由をつけないでよ。

不要幫懶惰找理由啦。

［這些句型還可以這樣用］

① 〜でいっぱいだ　滿滿的〜

♪261-01 夜市は週末になると人でいっぱいだ。

夜市到了週末就滿滿都是人。

♪261-02 彼女の部屋はアイドルの写真でいっぱいだ。

她的房間滿滿的都是偶像的照片。

② それに引き換え〜　相較之下〜

♪261-03 ブランド商品は値段は高いが品質が良くて長持ちする。それに引き換え、偽ブランド商品は品質や性能も悪くて壊れ易い。

名牌商品雖然價錢高但品質好，所以可以用很久。相較之下，假名牌貨無論品質跟性能都很糟，且容易壞。

♪261-04 あの町は太平洋に面しているせいか、冬は比較的暖かく夏は比較的涼しい。それに引き換え、この町は夏はフェーン現象でものすごく暑くて冬は寒くて大雪も降る。

那個城鎮因為面向太平洋的關係，冬天比較暖，夏天比較涼。相較之下，這個城鎮夏天有焚風現象，非常的熱，冬天又非常冷，也會下大雪。

Q&A 你其實可以這樣回答

♪262-01 **Q** 庭の草、長くない？
院子的草也太長了吧？

♪262-02 **A** ❶ 庭の手入れが足りないな。
庭院整理得還不夠。

♪262-03 ❷ もう業者に頼んだよ。
已經拜託業者了。

♪262-04 ❸ 最近忙しくて庭の手入れが出来なかった。
最近很忙，沒空整理庭院。

♪262-05 ❹ 除草剤は買ったけど、まだ使ってない。
雖然買了除草劑，但還沒用。

♪262-06 ❺ 今度の休みにやるつもり。
打算下次休假時處理。

♪262-07 ❻ 夏はすぐに伸びるよね。
夏天馬上就長長了。

♪262-08 ❼ 先週やったばかりなのに。
上禮拜才弄完的説。

♪262-09 ❽ そう？普通だと思うけど。
會嗎？我覺得還好。

Q&A 現學現用

♪263-01 Ⓐ **庭の草、長くない？**
院子的草也太長了吧？

♪263-02 Ⓑ **先週やったばかりなのに。**
上禮拜才弄完的說。

♪263-03 Ⓐ **夏はすぐに伸びるよね。**
夏天馬上就長長了。

♪263-04 Ⓑ **本当だよ。大変だよ。**
真的，很辛苦耶。

♪263-05 Ⓐ **いつもお疲れさん。**
總是辛苦你啦。

Unit 8 | 家事

高島先生問山田先生家裡的家事是怎麼與太太分擔的。談論家事時會說到哪些日文呢？

情境會話

♪264-01 **A** 山田さんのところ、共働きだろう。家事は分担？

那山田先生你們家是雙薪家庭吧？家事是怎麼分擔的？

♪264-02 **B** うん。俺は主に洗濯担当。たまに、料理をすることもある①けど、苦手なんだ。

嗯，我主要是負責洗衣，偶爾會做料理，但不擅長。

♪264-03 **A** 僕は料理がけっこう好きなんだ。やればやるほど②面白くなるよ。

我很喜歡做料理，愈做愈有趣。

♪264-04 **B** 君は昔からグルメで味にうるさいからな。

那是因為你從前就是個美食家，對味道很講究。

［這些句型還可以這樣用］

① ～こともある 也會～

♪265-01
休みは、どこにも行かないで家にいることもあるけど、外に出かけることが多いね。

雖然休假時也會待在家裡，哪都不去，但比較常外出。

♪265-02
私がすることもありますが、掃除は家内がいつもしています。

雖然有時我也會做，但大多是太太在打掃。

♪265-03
テレビを見ることもあるけど、暇な時はほとんどインターネットをやっている。

雖然也會看電視，但有空時大多在使用網路。

② ～ば～ほど～ 愈～愈～

♪265-04
高山では標高が高くなれば高くなるほど空気が薄くなる。

高山的標高愈高，空氣愈稀薄。

♪265-05
考えれば考えるほど迷ってしまう。

愈想愈迷惘。

♪265-06
この本は読めば読むほど面白くなる。

這本書愈讀愈有趣。

Chapter 5 居家生活

Q&A 你其實可以這樣回答

♪266-01 Q お宅は家事は誰がしてるの？

你們家的家事是誰在做啊？

♪266-02 A ❶ 家政婦さんを頼んで、やってもらってる。

我家是請家事阿姨來做。

♪266-03 ❷ 基本は私だけど、休みの日は主人が手伝ってくれる。

基本上是我做，假日時先生會幫忙做。

♪266-04 ❸ できるだけ家電製品に任せている。

盡量交給家電品來做。

♪266-05 ❹ 仕事復帰するから、お手伝いさんを頼みたいんだ。

我要回去工作了，想請個幫傭。

♪266-06 ❺ 全部子供たちに任せてる。

完全交給孩子們做。

♪266-07 ❻ 母がやってくれてるんだ。

是媽媽幫忙做。

♪266-08 ❼ 夫にやってもらってる。

交給先生做。

♪266-09 ❽ 主人と話して分担を決めてる。

跟先生討論後彼此分擔。

お宅は家事は誰がしてるの？

仕事復帰するから、お手伝いさんを頼みたいんだ。

Q&A 現學現用

♪267-01 **Ⓐ お宅は家事は誰がしてるの？**
你們家的家事是誰在做啊？

♪267-02 **Ⓑ 仕事復帰するから、お手伝いさんを頼みたいんだ。**
我要回去工作了，想請個幫傭。

♪267-03 **Ⓐ そうなんだ。お手伝いさんって高いの？**
這樣啊，幫傭會很貴嗎？

♪267-04 **Ⓑ 1時間三千円だから、そんなに高くないよ。**
一小時三千日圓，不算太貴啦。

267

Unit 9 | 搬家

[場合_{ばあい} 情境]

酒井先生要搬家了，石川先生在詢問他搬到哪裡。搬家時可能會說到哪些日文呢？

情境會話

♪268-01 **A** 引越_{ひっこ}ししたそうですね。どこに引っ越_こしたんですか。

聽說你搬家了。搬去哪裡了呢？

♪268-02 **B** 音羽町_{おとはちょう}にあるアパートだよ。石川_{いしかわ}さんの家_{いえ}ほど大_{おお}きくてきれいじゃない①けど、便利_{べんり}なんだ。

音羽町的公寓。雖然不像石川先生家那麼寬敞漂亮，但很方便。

♪268-03 **A** 実_{じつ}は、僕_{ぼく}も家賃_{やちん}を節約_{せつやく}する為_{ため}に引越_{ひっこ}しを考_{かんが}えているところ②なんです。

其實我為了想節省房租，也在考慮要搬家。

♪268-04 **B** じゃ、うちの近所_{きんじょ}にアパートがたくさんあるよ。今度_{こんど}、探_{さが}してみたら？

那麼我家附近有很多公寓。下次來找找如何？

[這些句型還可以這樣用]

① ～ほど～ない 沒有比～更～

♪269-01 ○ このスーパーはあのスーパーほど安くない。

這家超市沒有那家超市便宜。

♪269-02 ○ ここも冬になると寒いけど、冬の北海道ほどじゃありません。

這裡冬天也會冷，但不像冬天的北海道那麼冷。

♪269-03 ○ この料理は確かにおいしいけど、1万円も払うほどじゃないですよ。

這料理的確好吃，但不到要付一萬日圓來吃的地步。

② ～ところ 正在～

♪269-04 ○ 今、出かけるところなんです。

現在正要出門。

♪269-05 ○ 今、ご飯を食べているところなんです。

現在正在吃飯。

♪269-06 ○ お忙しいところすみませんが、ちょっと手伝ってもらえないでしょうか。

抱歉在你忙的時候打擾你，我可以請你幫忙一下嗎？

Q&A 你其實可以這樣回答

♪270-01 **Q** 引越しの片付けは大丈夫ですか。
搬家的整理還好嗎？

♪270-02 **A** ❶ まだまだ。これからなんですよ。
還沒。現在才正要開始呢。

♪270-03 ❷ これが至難の仕事なんです。
這真是件困難的工作。

♪270-04 ❸ 物の選別が大変です。
東西的篩選很麻煩。

♪270-05 ❹ 今、家中に物が溢れていて、立つ場所
もないんです。
現在家裡一堆東西，連站的地方都沒有。

♪270-06 ❺ まあ、業者さんに任せてるから、大丈
夫です。
嗯，反正交給業者來處理，所以沒問題。

♪270-07 ❻ 断捨離が大変で、毎日自分の中で葛藤
している。
斷捨離很辛苦，每天自己的內心都在糾葛。

♪270-08 ❼ ネコの手も借りたいですね。
忙到不可開交了。

♪270-09 ❽ 誰か手伝って欲しいです。
希望有人可以幫忙。

引越しの片付けは
大丈夫ですか。

ネコの手も借りた
いですね。

Q&A 現學現用

♪271-01 **A** 引越しの片付けは大丈夫ですか。
搬家的整理還好嗎？

♪271-02 **B** ネコの手も借りたいですね。
忙到不可開交了。

♪271-03 **A** そうですか。私が手伝いましょう
か。
這樣啊，要不要我來幫忙？

♪271-04 **B** 本当ですか。すごく助かります。
真的嗎？真是幫了我大忙。

Unit 10 | 婚禮

[場合 情境]

村上小姐和近藤先生正在討論要穿什麼衣服去參加婚禮。談論婚禮時會説到哪些日文呢？

情境會話

♪272-01 Ⓐ 杉村さんの結婚式、何を着て行ったらいいでしょうか。

杉村先生的婚禮，要穿什麼去才好呢？

♪272-02 Ⓑ この前、あなたが着ていた濃紺のスーツを着たらどうですか。①

穿你之前穿過的海軍藍西裝如何？

♪272-03 Ⓐ そうですか。でも、地味過ぎないでしょうか。

這樣啊。但是不會太樸素了嗎？

♪272-04 Ⓑ だから、少し派手目のネクタイをするといいですよ。②

所以繫上稍微華麗一點的領帶就好啦。

♪272-05 Ⓐ わかりました。アクセントを付ければいいですね。

我知道了，增加一個亮點對吧。

［這些句型還可以這樣用］

① ～たらどうですか。 做～如何？

♪273-01 まだ風邪が治らないんですか。病院で診てもらったらどうですか。

感冒還沒好嗎？要不要去看醫生？

♪273-02 そんなに眠いなら、もう寝たらどう？無理しても効率は上がらないよ。

那麼睏的話，要不要直接去睡？硬撐的話，效率也不會提升。

② ～といいですよ。 ～就好。

♪273-03 日本語の助詞を勉強するなら、この本を読むといいですよ。

要學習日文助詞的話，看這本書很好。

♪273-04 東京の賃貸アパートを探すなら、このサイトを見るといいですよ。

要在東京找出租房屋的話，可以看這個網站。

♪273-05 コシヒカリなら田中商店で買うといいですよ。あの店のご主人、新潟出身でいい米を仕入れる特別なルートを持っているらしいですよ。

越光米的話，去田中商店買就好了。那間店的老闆是新潟出身，好像有特殊管道進口米。

273

Q&A 你其實可以這樣回答

♪274-01 [Q] 松本さんは来月結婚するそうです。

聽說松本小姐下個月要結婚了。

♪274-02 [A] ❶ 彼とまだ付き合って３ヶ月も経ってない、スピード婚らしいです。

好像跟男友交往不到三個月就閃電結婚了。

♪274-03 ❷ 授かり婚なんだって、もう妊娠４ヶ月。

是奉子成婚的，已經懷孕四個月了。

♪274-04 ❸ どこで挙式するのかな。

不知道婚禮會在哪裡舉行呢？

♪274-05 ❹ 見事な寿退社だね。

是精采的光榮離職呢。

♪274-06 ❺ 婚約相手は御曹司のようです。

據説未婚夫是名門子弟。

♪274-07 ❻ 社長の息子と結婚なんて、玉の輿だね。

跟老闆的兒子結婚，真是嫁入豪門。

♪274-08 ❼ どんな服で行くのかな。

要穿什麼衣服去好呢？

♪274-09 ❽ ご祝儀はいくらにしようかな。

紅包要包多少錢才好呢？

松本さんが来月結婚
するそうです。

彼とまだ付き合って３ヶ月も経っ
てない、スピード婚らしいです。

Q&A 現學現用

♪275-01 **A 松本さんが来月結婚するそうです。**
聽説松本小姐下個月要結婚了。

♪275-02 **B 彼とまだ付き合って３ヶ月も経ってな
い、スピード婚らしいです。**
好像跟男友交往不到三個月就閃電結婚了。

♪275-03 **A へえ、そうですか。妊娠でもしたんで
しょうか。**
咦？這樣啊。是不是懷孕了啊？

♪275-04 **B それは分からないですね。**
這就不知道了。

Unit 11 | 喪禮

[場合（ば あい）情境]

河野先生提到五十嵐先生的父親因為心肌梗塞過世了。談論喪禮時會說到哪些日文呢？

情境會話

♪276-01 Ⓐ 五十嵐（いがらし）さんのお父（とう）さんが亡（な）くなったんだって①。

聽説五十嵐先生的父親過世了。

♪276-02 Ⓑ えっ。だって、私（わたし）、先週（せんしゅう）お会（あ）いしたわよ。あの時（とき）は元気（げん き）そうだったのに。

咦？可是我上週才跟他見面的耶，那時候看起來精神很好啊。

♪276-03 Ⓐ 突然（とつ ぜん）らしい②よ。たしか心筋梗塞（しん きん こう そく）とかって聞（き）いたけど。

好像是很突然的。我記得聽説是心肌梗塞。

♪276-04 Ⓑ 五十嵐（いがらし）さん、大丈夫（だい じょう ぶ）かな？ショックでしょうね。

五十嵐先生沒問題吧？打擊應該很大吧。

[這些句型還可以這樣用]

① ～って 聽説／據説～

♪277-01 ○ 明日も雨だって。
聽説明天也會下雨。

♪277-02 ○ 鈴木さん、今日は来られないんだって。
聽説鈴木小姐今天不會來。

♪277-03 ○ 駅前に新しいラーメン屋ができたんだって。
聽説車站前新開了一間拉麵店。

♪277-04 ○ 部長、上海支社に転勤になるんだって。
聽説部長要調職去上海分公司。

② ～らしい 聽説／傳聞～（較無根據）

♪277-05 ○ 営業部の田中さんの彼女って、芸能人らしいよ。
聽説業務部的田中先生的女友是藝人。

♪277-06 ○ さっき電車の中で人が話しているのが聞こえたんだけど、あのアイドルグループの髪の長い女の子、昔は不良少女だったらしいよ。
剛剛在電車裡聽到別人説那個偶像團體的長髮女子，以前是太妹。

277

Q&A 你其實可以這樣回答

♪278-01 **Q** 木村さんのお爺さんが亡くなったらしいよ。

木村的爺爺好像過世了。

♪278-02 **A** ❶ えっ、そうなの？この前お会いした時は、すごく元気そうだったのに。

咦？是嗎？之前見面的時候，他看起來還很健康啊。

♪278-03 ❷ そうなんだ。木村さんは、きっとショックだね。

這樣啊。木村一定受到很大的打擊吧。

♪278-04 ❸ じゃ、お通夜に行かなくちゃ。

那這樣要去守靈了。

♪278-05 ❹ へえ。いつの話ですか。

咦？是什麼時候的事？

♪278-06 ❺ 告別式会場は何処でしょうね？

告別式會場在哪裡呢？

♪278-07 ❻ 告別式はいつですか。

何時舉行告別式呢？

♪278-08 ❼ 数珠、持っていますか。

你有念珠嗎？

♪278-09 ❽ 喪服を誰かに借りなくちゃ。

我要跟人家借喪服了。

木村さんのお爺さんが亡くなったらしいよ。

えっ、そうなの？この前お会いした時は、すごく元気そうだったのに。

Q&A 現學現用

♪279-01 **A** 木村さんのお爺さんが亡くなったらしいよ。

木村的爺爺好像過世了。

♪279-02 **B** えっ、そうなの？この前お会いした時は、すごく元気そうだったのに。

咦？是嗎？之前見面的時候，他看起來還很健康啊。

♪279-03 **A** 心筋梗塞らしいよ。すぐに亡くなったそうよ。

據説是心肌梗塞，馬上就過世了。

[想多學一點點]

01 靴を脱いだら揃えておかないとだめだよ。　脱完鞋一定要擺好。

日本人的生活習慣是不會穿鞋子進到室內的，因此從房子進門後，通常會有一個區塊是可以讓人脫鞋子的地方，稱之為玄關。脫完鞋子後，會蹲下用手將鞋子以方向朝外的方式擺放好。如果是去作客，要把擺好方向的鞋子放在玄關的最兩端。如果脫完鞋子沒順手擺放好，會被認為沒有教養。有機會去日本朋友家作客時，別忘了脫完鞋子要放好唷。

例句
A: 君、靴を脱いだら揃えておかないとだめだよ。
你啊，脫完鞋一定要擺好啊。

B: ええ、面倒だな。
欸，好麻煩喔。

---

02 足を崩してください。　請輕鬆地坐。

到日本人的家中拜訪時，如果客廳是舖榻榻米的，通常會正坐，也就是會跪坐，才是符合日本的禮儀。此時主人會告訴客人不需拘謹、不用正坐，以輕鬆的姿勢坐就好，說完後客人才可以將姿勢變換成輕鬆的姿態。如果有機會去到日本人家中，坐在榻榻米上記得要先正坐喔。

例句
A: お邪魔します。
我來打擾了。

B: どうぞ足を崩してください。
請您輕鬆坐就好。

03 御祝儀に包むお金は、奇数が基本。
包禮金的金額，基本上是奇數。

在台灣包紅包時通常會用偶數，但在日本喜慶時通常會包奇數。主要是受陰陽思想所影響，奇數屬陰、偶數屬陽。另外，奇數因為除不盡，所以被視為不分離的象徵；偶數的話，因為可被除盡，所以被視為分離的象徵，因此偶數禮金只會使用在奠儀上。此外，包禮金時只能使用萬元鈔，也就是說禮金不會有尾數。

例句
A: 鈴木さんの結婚の御祝儀は2万円にしよう。

鈴木的結婚禮金，就包個兩萬日圓吧。

B: ちょっと待って。御祝儀に包むお金は、奇数が基本だよ。もうちょっと足した方がいいと思う。

等一下，包禮金的金額，基本上是奇數。你再加一點比較好。

----

04 お葬式から帰ってきたら、家に入る前に体に塩を振る。
從喪禮回來時，進家門前先朝身上灑鹽巴。

日本人從喪禮回來時會用鹽來淨身。通常喪家會準備小包的鹽，讓參加者帶回家淨身用，也有人會自己帶出門。做法是在進家門前，在家門口將鹽灑到參加喪禮者的身上，只需身體就好，不需灑到頭上。拍乾淨身上的鹽，就算已經淨身完成，可以直接進家門。

例句
A: 後でお葬式から帰ってきたら、家に入る前に体に塩を振ってね。

等一下從喪禮回來時，進家門前先朝身上灑鹽喔。

B: はい、わかりました。

好，我知道了。

Chapter 6
學校生活
がっこうせいかつ
学校生活

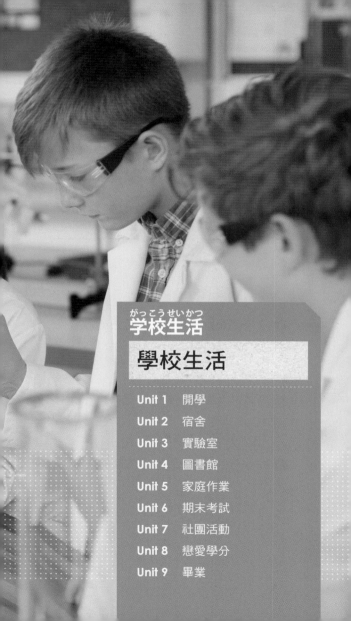

がっこうせいかつ
学校生活

學校生活

Unit 1 | 開學

Chapter 6 學校生活 学校生活

[場合 情境]
ば あい

松本同學和大野同學在
討論暑假即將結束，就
要開學了。談論開學時
會説到哪些日文呢？

情境會話

♪284-01 Ⓐ 今週いっぱい①で夏休みも終わりだ
なあ。

到這禮拜為止，暑假也結束了。

♪284-02 Ⓑ 2学期が始まるから、そろそろ気持
ちを切り替えないとね。

下學期也要開始了，差不多要轉換一下心情
了。

♪284-03 Ⓐ うん。2学期は勉強を頑張らなく
ちゃ。

嗯，下學期不用功讀書不行。

♪284-04 Ⓑ だから、今週は思い切り②遊ぼうよ。

所以，這禮拜什麼都別想，好好地玩吧。

♪284-05 Ⓐ それは逆方向でしょう。

思考方向相反了吧。

［這些句型還可以這樣用］

① 〜いっぱい 到〜

♪285-01 ○ 商品は来週いっぱいにはお届けします。
商品在下週以前會送到。

♪285-02 ○ 原稿は明日いっぱいには仕上げるつもりです。
原稿預計明天前整理好。

♪285-03 ○ 来月いっぱいで会社を辞めることにしました。お世話になりました。
我做到下個月底為止。謝謝您的照顧。

② 思い切り〜 盡興〜

♪285-04 ○ カラオケで思い切り歌って、ストレスを発散した。
在卡拉 ok 裡盡情歡唱，消除了壓力。

♪285-05 ○ 一度でいいから、値段を気にしないで思い切り寿司を食べたい。
一次也好，我想要不在意價錢，盡興地吃壽司。

♪285-06 ○ 考え過ぎるな。ボールをしっかり見て、思い切りバットを振れ。
別想太多。好好看著球，使勁地揮棒。

Q&A 你其實可以這樣回答

♪286-01 **Q** 始業式はいつですか。
開學典禮是什麼時候？

♪286-02 **A** ❶ 来週の月曜日です。
下週一。

♪286-03 ❷ 明日だよ。
明天啊。

♪286-04 ❸ 知らない。学級委員に聞いてみて。
不知道，問問看班長。

♪286-05 ❹ たぶん明後日じゃない？
大概是後天吧？

♪286-06 ❺ 今週の木曜日が始業式だよ。
這禮拜四就是開學典禮啊。

♪286-07 ❻ 今朝が始業式だったんだよ。
今天早上就是開學典禮啊。

♪286-08 ❼ あれ？覚えてないな。
咦？我不記得了耶。

♪286-09 ❽ 先生に聞いてみてよ。
問老師看看。

♪286-10 ❾ 行くの？私は行かないつもりだけど。
你要去喔？我是不打算去啦。

始業式はいつですか。

今朝が始業式だったんだよ。

Q&A 現學現用

♪287-01 Ⓐ **始業式はいつですか。**
開學典禮是什麼時候？

♪287-02 Ⓑ **今朝が始業式だったんだよ。**
今天早上就是開學典禮啊。

♪287-03 Ⓐ **マジで？**
真的假的？

♪287-04 Ⓑ **冗談だよ。明日の朝が始業式だよ。**
開玩笑的啦。明天早上才是開學典禮。

♪287-05 Ⓐ **もう、びっくりさせないでよ。**
真是的，別嚇人好嗎？

Unit 2 | 宿舍

[場合 情境]
ば あい

増田同學和村上同學在
討論宿舍的生活如何。
談論學校宿舍時可能會
說到哪些日文呢？

情境會話

♪288-01 **Ⓐ 寮生活はどう？**
りょうせいかつ
宿舍生活如何啊？

♪288-02 **Ⓑ 最初は仲間もできて楽しかったよ。**
さいしょ なかま たの
でも、最近はあまり楽しくない。
さいきん たの
一開始交到朋友還滿開心的。但最近有點不開
心。

♪288-03 **Ⓐ どうして？一人部屋でしょう？①**
ひとり べ や
為什麼？你不是住單人房嗎？

♪288-04 **Ⓑ 規則がたくさんあって息が詰まり**
き そく いき つ
そう②なんだ。
太多規則了，壓得我快喘不過氣。

♪288-05 **Ⓐ それは仕方ないな。共同生活だから。**
し かた きょうどうせいかつ
那沒辦法，畢竟是團體生活嘛。

［這些句型還可以這樣用］

① 〜でしょう？／〜だろう？
〜是嗎？／〜是吧？

♪289-01 そろそろ帰るだろう？一緒に帰らない？

差不多要回家了吧？要不要一起回去？

♪289-02 それ、電子辞書だろう？ちょっと借りてもいい？

那是電子字典吧？可以借我用一下嗎？

♪289-03 昨日、パーティーに来なかったでしょう？どうして？

昨天你沒來派對吧？為什麼？

② 〜そう 好像〜

♪289-04 空が急に曇ってきた。雨が降りそうだな。

天空突然變陰了。好像快下雨了。

♪289-05 ほら、来てみて。ここからなら、日の出が見えそうだよ。

欸，過來看一下。從這裡看的話，好像可以看到日出。

♪289-06 急に寒くなってきたね。こんな服じゃ、風邪を引きそうだよ。

突然變冷了呢。只穿這樣，感覺快要感冒了。

Chapter 6 學校生活

289

Q&A 你其實可以這樣回答

♪290-01 **Q** 学生寮の規則にはどんなものがあるんですか。

學生宿舍有什麼規定嗎？

♪290-02 **A** ❶ 門限が 10 時半です。

門禁是十點半。

♪290-03 ❷ 寮生以外は宿泊できません。

住宿生以外的人不能住。

♪290-04 ❸ ペットは飼育禁止になっています。

禁止飼養寵物。

♪290-05 ❹ 規則通りにゴミ分類しなければなりません。

垃圾分類必須依照指示執行。

♪290-06 ❺ 共有スペースに私物を置いてはいけません。

共用空間不能放置私人物品。

♪290-07 ❻ 自室を離れる時には必ずカギを掛けてください。

離開自己的房間時請一定要上鎖。

♪290-08 ❼ 自炊は共同キッチンでして、部屋では火を使わないでください。

自炊是使用公用廚房，請不要在房間內用火。

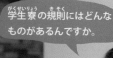

学生寮の規則にはどんな
ものがあるんですか。

寮生以外は宿泊
できません。

Chapter 6 學校生活

Q&A 現學現用

♪291-01 **Ⓐ 学生寮の規則にはどんなものがあるん
ですか。**
學生宿舍有什麼規定嗎？

♪291-02 **Ⓑ 例えば、寮生以外は宿泊できません。**
例如，住宿生以外的人不能住。

♪291-03 **Ⓐ 家族も宿泊できないんですか。**
家人也無法住宿嗎？

♪291-04 **Ⓑ ええ、そうです。**
是的，沒有錯。

291

Unit 3 | 實驗室

[場合 情境]
ば あい

工藤老師在實驗室裡告
知同學使用藥品時要注
意，很危險。在實驗室
時會説到哪些日文呢？

情境會話

♪292-01 **A** この薬品は危険だから注意して使う
こと①。

這個藥品很危險，使用時要注意。

♪292-02 **B** 先生、どう②危険なんですか。

老師，是怎麼樣的危險呢？

♪292-03 **A** 皮膚に付くとやけどをします。

沾到皮膚會燙傷。

♪292-04 **B** はい、わかりました。

好的，我知道了。

♪292-05 **A** なので、保護メガネ付けてからしま
しょう。

所以要戴上護目鏡後再進行。

♪292-06 **B** 手袋は必要ですか。

需要戴手套嗎？

[這些句型還可以這樣用]

① ～こと 是～的（用於説明細節）

♪293-01 レポートは明日の午後１時半までに必ず提出すること。

報告一定要在明天下午的一點半以前交。

♪293-02 廊下は走らないこと。

走廊上不可以奔跑。

♪293-03 喫煙は外ですること。

吸菸要去外面。

♪293-04 授業中は携帯電話の電源を切っておくこと。

上課中請關閉行動電話的電源。

② どう～ 如何／怎樣～

♪293-05 あの学校に入学するのは難しいって、どう難しいの？

那間學校很難入學，是怎麼樣個難法？

♪293-06 東京駅までどう行けばいいですか。

請問要怎麼去東京車站？

♪293-07 こんな大きな蟹、どう食べればいいんですか。

這麼大的螃蟹，怎麼吃才好？

Q&A 你其實可以這樣回答

♪294-01 **Q** 理科実験教室には、どんな道具があり
ますか。

理化實驗室有什麼工具呢？

♪294-02 **A** ❶ 試験管がたくさんあります。

有很多試管。

♪294-03 ❷ 重さを量る電子天秤があります。

有測量重量的電子秤。

♪294-04 ❸ 磁石と砂鉄があります。

有磁鐵跟鐵沙。

♪294-05 ❹ 音叉もあります。

還有音叉。

♪294-06 ❺ 滑車を使ったことがあります。

我有用過滑輪。

♪294-07 ❻ 顕微鏡で植物の細胞を見たことがあり
ます。

我有用顯微鏡看過植物細胞。

♪294-08 ❼ 小さなものをつまむ為のピンセットも
あります。

也有夾取小東西用的鑷子。

♪294-09 ❽ 加熱用のアルコールランプも置いてあ
ります。

也有放加熱用的酒精燈。

理科実験教室には、どんな
道具がありますか。

試験管がたくさん
あります。

Q&A 現學現用

♪295-01 **A** **理科実験教室には、どんな道具があり
ますか。**
理化實驗室有什麼工具呢？

♪295-02 **B** **試験管がたくさんあります。**
有很多試管。

♪295-03 **A** **確かに、色んな実験に使いますから
ね。**
的確，有許多實驗會用到呢。

♪295-04 **B** **そうですね。**
對啊。

Unit 4 │ 圖書館

[**場合 情境**]
ばあい

森田小姐推薦陳先生讀一本關於日語歷史變遷的書籍。在圖書館時會說到哪些日文呢？

情境會話

♪296-01 **A** 陳さん、この『二百年前の日本語』
ちん　　　　　　　　　　　　に　ひゃくねんまえ　　に　ほん　ご
という本なんか①、どう？日本語の
ほん　　　　　　　　　　　　　　　　に　ほん　ご
歴史的変遷を研究するのに役立つん
れき　し　てき へん せん　　けん きゅう　　　　　　　やく　だ
じゃないかな。

陳先生，這本《兩百年前的日語》怎麼樣？對
於日語的歷史變遷研究，應該有所助益吧？

♪296-02 **B** ありがとうございます、森田さん。
もり　た
でも、こんな専門書、私に読めるで
せん もん しょ　　わたし　　よ
しょうか。

謝謝妳，森田小姐。但是這麼專門的書，我看
得懂嗎？

♪296-03 **A** 古い文献の引用部分でない限り②大
ふる　　ぶん けん　　いん よう　ぶ　ぶん　　　　　　かぎ　　　だい
丈夫だと思うよ。
じょう ぶ　　　　おも

除了引用古代文獻的部分，我想其他應該沒問
題。

[這些句型還可以這樣用]

① ～なんか～　～的話～

♪297-01
このジャケットなんか、いかがでしょうか。とてもよくお似合いですよ。
這件外套的話怎麼樣？很適合你呢。

♪297-02
鼎泰豐でショーロンポーなんか、どうですか。
鼎泰豐的小籠包的話如何？

♪297-03
日本へ旅行に行かない？冬の白川郷なんか、どう？
要不要去日本旅行？冬天的白川郷的話如何？

② ～ない限り～　不～的話

♪297-04
海辺の町に行かない限り、こんな新鮮な魚は手に入らない。
不去海邊的城鎮的話，不可能買到那麼新鮮的魚。

♪297-05
手術をしない限り、この病気は治すことはできません。
不動手術的話，這個病治不好。

♪297-06
本当に暑くない限り、私はエアコンを使いません。
不到真的很熱，我是不會開冷氣的。

297

Q&A 你其實可以這樣回答

♪298-01 **Q** 図書館へ何をしに行くんですか。
去圖書館做什麼呢？

♪298-02 **A** ❶ 資料を調べに行くんです。
去查資料。

♪298-03 ❷ 勉強しに行くんです。
去讀書。

♪298-04 ❸ 本を借りに行くんです。
去借書。

♪298-05 ❹ 図書館でバイトしているんです。
我在圖書館打工。

♪298-06 ❺ 本の返却に。
去還書。

♪298-07 ❻ 涼みに行くんです。
去乘涼。

♪298-08 ❼ トイレを借りに。
去借廁所。

♪298-09 ❽ 水を飲みに。
去喝水。

♪298-10 ❾ 新聞読みに。
去看報紙。

図書館へ何をしに
行くんですか。

本を借りに行くんです。

Q&A 現學現用

♪299-01 **A 図書館へ何をしに行くんですか。**
去圖書館做什麼呢？

♪299-02 **B 本を借りに行くんです。**
去借書。

♪299-03 **A どんな本を借りるんですか。**
借怎麼樣的書？

♪299-04 **B 小説を借りようと思っているんです。**
我想要借小說。

♪299-05 **A 小説ですか。研究に関する書籍だと
思っていました。**
小說嗎？還以為是有關研究的書籍呢。

299

Unit 5 | 家庭作業

[場合 情境]

櫻井同學在苦惱暑假快結束了，卻完全沒寫作業。談論家庭作業時會說到哪些日文呢？

情境會話

♪300-01 **Ⓐ** どうしよう？もうすぐ夏休みが終わるのに①、宿題をまだ全然やっていないんだ。

怎麼辦？暑假就快結束了，結果作業完全沒寫。

♪300-02 **Ⓑ** じゃ、休みが終わったつもりで、毎日朝から晩まで宿題をやるしかないね。

那就只好當作暑假已經結束，每天從早到晚不斷寫作業。

♪300-03 **Ⓐ** 気が重いなあ。

感覺好沈重啊。

♪300-04 **Ⓑ** 仕方ないよ。今まで、遊んでばかりいた②んだから。

沒辦法啊，誰叫你之前只顧著玩。

[這些句型還可以這樣用]

① 〜のに〜 〜結果〜（用於語氣轉折）

♪301-01 一生懸命勉強したのに、試験に落ちてしまった。

明明非常努力用功讀書，結果考試落榜了。

♪301-02 ゆうべは早く寝たのに、また寝坊してしまった。

昨天很早就睡了，結果還是睡過頭。

♪301-03 彼はお金がないのに、いつも幸せそうだ。

他一毛錢也沒有，但總是看起來很幸福的樣子。

② 〜てばかりいる 只有〜

♪301-04 考えてばかりいては、何事も先に進まない。

光只有想的話，任何事都不會改變。

♪301-05 学生たちはおしゃべりをしてばかりいて授業を聞いていない。

學生們只顧著講話，沒在聽課。

♪301-06 勉強してばかりいないで、たまには運動をしないと体を壊すよ。

不要只顧著讀書，不偶爾運動一下的話，身體會壞掉哦。

Q&A 你其實可以這樣回答

♪302-01 **Q** 宿題はなに？
作業是什麼？

♪302-02 **A** ❶ 数学のドリルを3ページまで。
數學習作寫到第三頁。

♪302-03 ❷ 作文があるよ。
要寫作文。

♪302-04 ❸ 工作を仕上げること。
完成工藝作品。

♪302-05 ❹ 第5課の漢字練習を書くこと。
寫第五課的漢字練習。

♪302-06 ❺ 英語の短文作成。
寫英文短文。

♪302-07 ❻ 楽器の練習。
練習樂器。

♪302-08 ❼ 感想文を書くこと。
寫閱讀心得。

♪302-09 ❽ 鉄棒の練習。
練習單槓。

♪302-10 ❾ 静物デッサン。
靜物素描。

宿題はなに？

数学のドリルを
3ページまで。

Q&A 現學現用

♪303-01 Ⓐ **宿題はなに？**
作業是什麼？

♪303-02 Ⓑ **数学のドリルを3ページまで。**
數學習作寫到第三頁。

♪303-03 Ⓐ **数学かあ……やりたくないなあ。**
數學喔……真不想寫啊。

♪303-04 Ⓑ **ダメだよ、先生に叱られちゃうよ。**
不行啦，會被老師罵喔。

♪303-05 Ⓐ **数学なんか嫌い。**
真討厭數學啊。

303

Unit 6 | 期末考試

[場合 情境]

松田同學覺得期末考的出題範圍比期中考廣，很難準備。談論學校考試時會說到哪些日文呢？

情境會話

♪304-01 Ⓐ **中間試験より① 期末試験は出題範囲が広いから、準備が大変だよ。**

比起期中考，期末考的出題範圍太廣，很難準備。

♪304-02 Ⓑ **試験直前になって勉強するからだよ。**

那是因為你考試前才要讀書的關係吧。

♪304-03 Ⓐ **だって②、先週までサッカー部の練習や試合で大変だったんだよ。**

因為到上禮拜為止，足球隊的練習和比賽超累人的。

♪304-04 Ⓑ **そうだねえ。だからこそ、サッカー部は今年、全国大会で準優勝できたんだね。**

我想也是。所以今年足球隊才獲得全國大賽第二名呀。

[這些句型還可以這樣用]

① ～より～　～比起～

♪305-01 ○ 関西の味付けは関東より色も味も薄目だ。

關西的調味比起關東，顏色跟味道都更淡。

♪305-02 ○ 太平洋側の気候は日本海側より温暖だ。

太平洋海岸的氣候比日本海海岸的氣候溫暖。

♪305-03 ○ 去年より今年の冬は暖かい。

比起去年，今年的冬天比較溫暖。

② だって～　因為～

♪305-04 ○ もうあの会社には行きたくない。だって、上司がいじめるし毎日残業があるんだ。

我不想再去那間公司了。因為上司會欺負人，每天還要加班。

♪305-05 ○ だって、電車の中で足を踏まれたり車に泥水をかけられたりして散々なんだよ。

因為在電車裡被踩到腳，又被車潑到泥水，超慘的啊。

Q&A 你其實可以這樣回答

♪306-01 **Q** **期末試験はどうだった？**
きまつしけん
期末考考得如何？

♪306-02 **A** ❶ まずいよ。ほとんど書けなかったん
だ。
很糟糕，幾乎都不會寫。

♪306-03 ❷ 留年するかもしれない。
りゅうねん
搞不好會留級。

♪306-04 ❸ 追試があるだろう。
ついし
會補考吧。

♪306-05 ❹ 完璧。ほとんどできた。
かんぺき
完美。幾乎都會寫。

♪306-06 ❺ 数学だけがちょっと危ない。
すうがく あぶ
只有數學有點危險。

♪306-07 ❻ 古文が難しくて、ひどい点数かもしれ
こぶん むずか てんすう
ない。
古文好難，分數可能很糟。

♪306-08 ❼ 全力を出せたから、多分大丈夫だと思
ぜんりょく だ たぶんだいじょうぶ おも
う。
因為發揮了全力，我想應該沒問題。

♪306-09 ❽ もう思い出したくない。今はただ休み
おも だ いま やす
たいだけ。
我不想回想，現在只想休息。

306

期末試験はどうだった？

まずいよ。ほとんど書けなかったんだ。

Q&A 現學現用

♪307-01 **Ⓐ 期末試験はどうだった？**
期末考考得如何？

♪307-02 **Ⓑ まずいよ。ほとんど書けなかったんだ。**
很糟糕，幾乎都不會寫。

♪307-03 **Ⓐ えっ。じゃ、留年になっちゃうの？**
咦？這樣會留級嗎？

♪307-04 **Ⓑ そうならないように追試を頑張るよ。**
為了不留級，補考要加油。

Unit 7 | 社團活動

[場合 <ruby>場合<rt>ば あい</rt></ruby> 情境]

橋本先生和石田小姐正在討論學生時代加入社團的事情。談論社團活動時會説到哪些日文呢？

情境會話

♪308-01 Ⓐ <ruby>学生<rt>がくせい</rt></ruby><ruby>時代<rt>じ だい</rt></ruby>に<ruby>体育<rt>たいいく</rt></ruby><ruby>会系<rt>かいけい</rt></ruby>の<ruby>部活<rt>ぶ かつ</rt></ruby>に<ruby>入<rt>はい</rt></ruby>ってたおかげで①、<ruby>良<rt>い</rt></ruby>い<ruby>会社<rt>かいしゃ</rt></ruby>に<ruby>就職<rt>しゅうしょく</rt></ruby>できそうだよ。

因為學生時代加入體育社團的關係，所以可能可以在好公司就職了呢。

♪308-02 Ⓑ ん？どうして？

嗯？為什麼？

♪308-03 Ⓐ <ruby>四菱<rt>よつびし</rt></ruby><ruby>商事<rt>しょう じ</rt></ruby>の<ruby>新入<rt>しんにゅう</rt></ruby><ruby>社員<rt>しゃいん</rt></ruby><ruby>採用<rt>さいよう</rt></ruby><ruby>担当<rt>たんとう</rt></ruby>の<ruby>人事<rt>じん じ</rt></ruby><ruby>部長<rt>ぶ ちょう</rt></ruby>は、<ruby>体育<rt>たいいく</rt></ruby><ruby>会系<rt>かいけい</rt></ruby><ruby>出身<rt>しゅっしん</rt></ruby>の<ruby>学生<rt>がくせい</rt></ruby>を<ruby>重<rt>おも</rt></ruby>んじている②らしいんだ。

因為聽説四菱商事的任用新社員的人事部長很重視體育社團的學生。

♪308-04 Ⓑ そうなんだ。<ruby>体力<rt>たいりょく</rt></ruby>も<ruby>忍耐力<rt>にんたいりょく</rt></ruby>もあるし<ruby>礼儀<rt>れい ぎ</rt></ruby>もきちんとしているからだろうね。

原來如此。有體力又有忍耐力，也很有禮貌的關係吧。

[這些句型還可以這樣用]

① 〜おかげで〜 因為〜的關係

♪309-01 ○ 若（わか）い時（とき）にずっとスポーツをやっていたおかげで、年（とし）を取（と）ってもあまり病気（びょうき）もしないし体力（たいりょく）もある。

因為年輕時一直有運動的關係、就算上了年紀也不太會生病，體力也還不錯。

♪309-02 ○ 君（きみ）が手伝（てつだ）ってくれたおかげで、引越（ひっこ）しが早（はや）く終（お）わったよ。

因為有你幫忙的關係，所以搬家提早結束了。

② 〜を重（おも）んじる 重視〜

♪309-03 ○ 君（きみ）はもう少（すこ）し彼女（かのじょ）の考（かんが）え方（かた）を重（おも）んじるべきだよ。

你應該要更重視她的想法。

♪309-04 ○ 礼儀（れいぎ）を重（おも）んじてばかりいると、気持（きも）ちの伴（ともな）わない形（かたち）だけの関係（かんけい）になってしまう。

太過注重禮儀的話，就會變成沒有誠意而流於形式的關係。

♪309-05 ○ 何（なに）を重（おも）んじるかで人生（じんせい）は大（おお）きく変（か）わってしまう。

藉由重視某些事物，人生將會有很大的轉變。

Q&A 你其實可以這樣回答

♪310-01 **Q** 部活は何をやってるの？

你參加什麼社團啊？

♪310-02 **A** ❶ 陸上部に入ってるんだ。

我參加田徑社。

♪310-03 ❷ ダンス部です。

熱舞社。

♪310-04 ❸ 水泳部に入ってます。

我參加游泳社。

♪310-05 ❹ 新聞部が面白いと思って入りました。

我覺得新聞社很有趣，所以就加入了。

♪310-06 ❺ 藤井総太に憧れて将棋部に入った。

因為崇拜藤井總太，所以加入了將棋社。

♪310-07 ❻ 写真部に入っている。

我參加攝影社。

♪310-08 ❼ 囲碁をやってるよ。

我是圍棋社。

♪310-09 ❽ ホルンをやってるから吹奏楽部に入った。

因為我在吹法國號，所以加入樂隊。

♪310-10 ❾ 奇術部です。

魔術社。

部活は何をやってるの？

陸上部に入ってるんだ。

Q&A 現學現用

♪311-01 Ⓐ **部活は何をやってるの？**
你參加什麼社團啊？

♪311-02 Ⓑ **陸上部に入ってるんだ。**
我參加田徑社。

♪311-03 Ⓐ **そう。最近、『陸王』と言うドラマを
見て、走るのも格好いいなと思った。**
這樣啊。最近看了名叫《陸王》的連續劇，覺得
跑步也好帥啊。

♪311-04 Ⓑ **でも、練習は大変だよ。**
但是，練習很辛苦喔。

311

Unit 8 │ 戀愛學分

[場合 (ば あい) 情境]

木下同學決定在情人節時向喜歡的對象告白。在談論戀愛話題時可能會說到哪些日文呢？

情境會話

♪312-01 Ⓐ もうすぐ卒業 (そつぎょう) だよ。彼 (かれ) への思 (おも) いは、バレンタインデーに思 (おも) い切 (き) って告白 (こくはく) することに決 (き) めた。

快要畢業了。對他的情意，我決定在情人節豁出去跟他告白。

♪312-02 Ⓑ うん。でも、ライバルが多 (おお) いから、他 (ほか) の日 (ひ) の方 (ほう) が良 (い) いんじゃない？①

嗯，不過因為情敵眾多，其他日子不是比較好嗎？

♪312-03 Ⓐ だめだよ。普通 (ふつう) の日 (ひ) じゃ緊張 (きんちょう) し過 (す) ぎてできないよ。バレンタインデーのどさくさに紛 (まぎ) れて告白 (こくはく) するしかない②の。

不行啦，普通的日子我會太緊張而無法告白。只能在情人節趁亂告白。

[這些句型還可以這樣用]

① 〜んじゃない？ 不會〜嗎？

♪313-01　その服、派手過ぎるんじゃない？

その服、派手過ぎるんじゃない？
那件衣服不會太花俏嗎？

♪313-02　田中さんは昨日は熱があると言っていましたから、今日は来られないんじゃないですか。

田中先生說昨天發燒，今天應該不會來了吧。

♪313-03　この商品は操作が少し複雑なので、高齢者には使い難いんじゃないでしょうか。

這個商品的操作有點複雜，對高齡者來說不會太難使用嗎？

② 〜しかない 只能／只好〜

♪313-04　試合に出たいです。でも、怪我をしてしまったので、試合は諦めて治療に専念するしかありません。

我想去參加比賽。不過因為受傷了，所以只能放棄比賽，專心治療。

♪313-05　山頂まで、あと少しだが、天候が急に悪くなってきた。残念だが、下山するしかない。

只差一點就可以到山頂了，但是天氣突然變糟，雖然可惜也只能下山。

Q&A 你其實可以這樣回答

♪314-01 **Q** クラスに好きな人がいる？
在班上有喜歡的人嗎？

♪314-02 **A** ❶ うん、いるよ。
嗯，有啊。

♪314-03 ❷ うちのクラスじゃない、別のクラスに
いる。
不是我們班的，是在別班。

♪314-04 ❸ 好きな人はうちの学校の人じゃないん
だ。
我喜歡的人不是我們學校的人。

♪314-05 ❹ つい、この前、告白されたんです。
我最近才被告白。

♪314-06 ❺ いるよ。気持ちを打ち明けるつもり。
有啊，我打算要告白。

♪314-07 ❻ 好きだった人とは、もう別れちゃっ
た。
跟喜歡的人已經分手了。

♪314-08 ❼ いたんだけど、告白したら断られちゃ
った。
雖然有，但是我告白後被拒絕了。

♪314-09 ❽ 好きな人はいません。
沒有喜歡的人。

Q&A 現學現用

♪315-01 **A クラスに好きな人がいる？**
在班上有喜歡的人嗎？

♪315-02 **B つい、この前、告白されたんです。**
我最近才被告白。

♪315-03 **A それで、どうだった？**
然後呢？怎麼樣了？

♪315-04 **B タイプじゃないから断った。**
因為不是我的菜，所以我拒絕了。

♪315-05 **A モテる方だね。**
原來你是受歡迎的那一方呀。

Unit 9 | 畢業

[**場合 情境**]
ばあい

青木先生看到高中時的
畢業紀念冊覺得非常懷
念。談論畢業話題時可
能會説到哪些日文呢？

情境會話

♪316-01 Ⓐ それ、卒業アルバム？懐かしいね。
そつぎょう なつ

那是畢業紀念冊嗎？好懷念啊。

♪316-02 Ⓑ うん。卒業写真を見るたびに①、
そつぎょうしゃしん み

あの頃が昨日のことみたいに②感じ
ころ きのう かん

る。

嗯，每次看到畢業照，就覺得那時猶如昨日。

♪316-03 Ⓐ もう 15 年も経っちゃったね。みん
ねん た

な、どうしてるのかな。

已經過了十五年了耶。不知道大家過得如何？

♪316-04 Ⓑ できたら、あの頃に戻って、みんな
ころ もど

に会いたいなあ。
あ

可以的話，想回到那時候跟大家見見面。

♪316-05 Ⓐ 会うのはいいけど、戻りたくない
あ もど

な。

見面是可以，但我不想回到過去啦。

[這些句型還可以這樣用]

① ～たびに～ 每次～就～

♪317-01 ○ 楊さんは京都へ行くたびに和菓子を買ってくる。

楊小姐每次去京都就會買和菓子給我。

♪317-02 ○ 田中さんは私を見るたびに「最近太った？」と言う。

田中每次看到我就會問：「最近變胖了？」

♪317-03 ○ 私はこの食堂に来るたびに焼き魚定食を注文する。

我每次來這家食堂就會點烤魚定食。

② ～みたいに～ 像是～

♪317-04 ○ 謝さんは日本人みたいに敬語を使いこなしている。

謝小姐好像日本人一樣，敬語用得很好。

♪317-05 ○ 王さんの家はお城みたいに大きい。

王先生的家像城堡一樣大。

♪317-06 ○ 志賀さんは相撲取りみたいに体が大きくて力も強い。

志賀先生就像是相撲選手一樣，體形大，力氣也大。

Q&A 你其實可以這樣回答

♪318-01 **Q** 卒業(そつぎょう)したら何(なに)をするんですか。

畢業後要做什麼？

♪318-02 **A** ❶ 進学(しんがく)するつもりです。

打算升學。

♪318-03 ❷ 専門技術(せんもんぎじゅつ)を身(み)に付(つ)けようと思(おも)っています。

想要學一技之長。

♪318-04 ❸ まず海外(かいがい)でバイトしながら旅行(りょこう)するつもりです。

打算先去國外一邊打工一邊旅行。

♪318-05 ❹ 青年海外協力隊(せいねんかいがいきょうりょくたい)に参加(さんか)しようと考(かんが)えています。

我想參加青年海外志工。

♪318-06 ❺ 先(ま)ず色(いろ)んなところへ旅行(りょこう)に行(い)きたいですね。

想先去很多地方旅行。

♪318-07 ❻ プログラミングに興味(きょうみ)があるので、それに関連(かんれん)することを勉強(べんきょう)したいんです。

因為對寫程式有興趣，所以想學跟這個相關的東西。

♪318-08 ❼ 就職(しゅうしょく)するつもりです。

打算就業。

Q&A 現學現用

♪319-01 **Ⓐ 卒業したら何をするんですか。**
畢業後要做什麼？

♪319-02 **Ⓑ 就職するつもりです。**
打算就業。

♪319-03 **Ⓐ じゃ、もう就活してるの？**
那已經開始找工作了嗎？

♪319-04 **Ⓑ もう内定が決まったんだ。**
已經有被錄取了。

♪319-05 **Ⓐ 手が早いね。**
手腳很快耶。

319

[想多學一點點]

01 クラブ活動 學生社團

學生社團除了「クラブ活動」之外,也可以稱為「部活動」或「サークル活動」。一般最常看到的是「部活動」,簡稱「部活」。學生社團可分為「運動系」及「文化系」,許多企業喜歡任用運動系社團的學生,因為他們大多體力好又有禮貌。

例句

A: クラブ活動はどう選んだらいいですか。
學生社團要怎麼選好呢?

B: 自分の趣味に合うものを選べばいいんです。
選跟自己興趣相合的就好了。

---

02 幽霊部員 幽靈社員

意指有加入某個學生社團,但從未出席露面的社員即稱為「幽霊部員」。會產生幽靈社員有幾個因素,有些學校規定學生有加入社團的義務,但找不到想參加的社團,因此只好選擇一個社團,但是都不出席;或是需要在將來的履歷上留紀錄,但實際上不參加社團就直接回家。後者也稱為「帰宅部」,即「回家社」。

例句

A: 田中君は囲碁部所属ですが、出ているのを見たことがありません。幽霊部員ですね。
田中君隸屬圍棋社,但是我沒看過他出席。是幽靈社員吧。

B: 囲碁部じゃなくて、帰宅部に所属してるんじゃない?
他應該不是圍棋社,是回家社吧?

03 告る 告白

「告る」就是「告白する」的簡稱，實際上並沒有這個單字。跟「告白」的意思一樣，是向喜歡的人傳達情意，或是告訴他人隱瞞的事。「告る」通常用於表示對他人的愛意，例如：「メールで告る（用簡訊告白）」、「先輩に告る（向前輩告白）」。

例句

A: 私の誕生日に先輩に告ることに決めた。
我決定在我生日時跟學長告白。

B: ついに決心をしたのね。
總算下定決心了啊。

---

04 壁ドン 壁咚

此處的「ドン」是擬聲詞，是指拍打牆壁時發出的聲音。「壁ドン」其實有兩個意思，其一是於公寓大廈隔壁房間傳出吵雜的聲音，於是拍打牆壁表示抗議。其二是一方將另一方逼向牆壁，其中一方伸出手臂拍擊牆壁發出聲響的動作。第二種用法在 2008 年形成通稱，並成為日本女高中生的流行語。

例句

A: 一度でもいいから、壁ドンにされてみたい。
一次也好，我好想被壁咚看看喔。

B: ええっ、顔が近すぎて恥ずかしくない？
咦，臉靠那麼近不會很害羞嗎？

Chapter 7
工作職場
職場
しょくば

Unit 1 | 詢問職位

[場合 情境]

渡部小姐詢問久保先生目前是否任職於汽車公司。詢問他人職位時會說到哪些日文呢？

情境會話

♪324-01 Ⓐ 横浜自動車に勤めているそう①です
ね。

您好像任職於橫濱汽車公司，是嗎？

♪324-02 Ⓑ ええ。大学を卒業してからですか
ら、そろそろ② 20 年になります。

是的。大學畢業後就進去了，所以差不多有二十年了。

♪324-03 Ⓐ そうですか。失礼ですが、どちらの
部署にいるんですか。

這樣啊。冒昧請教，請問您任職於哪個部門？

♪324-04 Ⓑ 営業部の副部長をやっています。

我是業務部副部長。

♪324-05 Ⓐ きっと管理はお得意でしょうね。

您一定很擅長管理吧。

[這些句型還可以這樣用]

① 〜そう 聽說〜／好像〜（傳聞）

♪325-01 **天気予報によると、明日は雨が降るそうですよ。**
根據天氣預報，明天好像會下雨喔。

♪325-02 **札幌は昨日、吹雪で大変だったそうだよ。**
聽說昨天札幌因為有暴風雪，造成很大的麻煩。

♪325-03 **田中さん、昨日、赤ちゃんが生まれたそうですよ。**
聽說昨天田中的孩子出生了。

② そろそろ〜 將近／差不多〜

♪325-04 **あ、もうこんな時間。そろそろ失礼します。今日はありがとうございました。**
啊，已經這個時間了。我差不多要回去了。今天非常感謝大家。

♪325-05 **もう５月だよ。そろそろ夏休みの計画、立てたほうが良いんじゃない？**
已經五月了喔。差不多要來計劃一下暑假比較好吧？

♪325-06 **髪の毛が伸びたね。そろそろ切ったほうが良いんじゃない？**
頭髮長長了耶。差不多該去剪一下比較好吧？

Q&A 你其實可以這樣回答

♪326-01 **Q** 山中さんの役職は何ですか。
やまなか　　　やくしょく　　なん

山中先生的職位是什麼？

♪326-02 **A** ❶ 理事長です。
り　じ　ちょう

理事長。

♪326-03 ❷ 社長です。
しゃ　ちょう

老闆。

♪326-04 ❸ 専務取締役です。
せん　む　とりしまりやく

專務。

♪326-05 ❹ 執行役員です。
しっ　こう　やく　いん

執行委員。

♪326-06 ❺ 部長です。
ぶ　ちょう

部長。

♪326-07 ❻ 彼は店長です。
かれ　　てんちょう

他是店長。

♪326-08 ❼ マネージャーです。

經理。

♪326-09 ❽ 主任です。
しゅ　にん

主任。

♪326-10 ❾ ただの営業です。
えいぎょう

只是個業務。

山中さんの役職は何ですか。

彼は店長です。

Q&A 現學現用

♪327-01 **A** 山中さんの役職は何ですか。
山中先生的職位是什麼？

♪327-02 **B** 彼は店長です。
他是店長。

♪327-03 **A** そうなんですか。若いから店長には全然見えませんでした。
這樣啊，因為他很年輕，完全看不出來是店長。

♪327-04 **B** 本当に優秀な方なんですね。
真的是很有能力的人。

Unit 2 | 面試（めんせつ）

[場合（ばあい）情境]

日本人在畢業前就會開始積極地找工作面試，橫山同學正在詢問秋山學姐關於面試的東西。談論面試時會説到哪些日文呢？

情境會話

♪328-01 **Ⓐ** 今日（きょう）は、面接（めんせつ）の予定（よてい）が午前中（ごぜんちゅう）に1社（しゃ）、午後（ごご）は2社（しゃ）、入（はい）っているんだ。

今天面試的預定是早上一間，下午兩間。

♪328-02 **Ⓑ** 先輩（せんぱい）、大変（たいへん）ですね。今（いま）まで①何社（なんしゃ）の面接（めんせつ）を受（う）けたんですか。

學姐，很辛苦喔。到目前為止，一共面試了幾家公司呢？

♪328-03 **Ⓐ** 12社（しゃ）かな。景気（けいき）が悪（わる）いせいか②、どの会社（かいしゃ）も去年（きょねん）の3分（ぶん）の1くらいの人数（にんずう）しか採用（さいよう）しないんだ。

大概十二間吧。可能是景氣不好的關係吧，每間公司都只採用去年三分之一的人數。

♪328-04 **Ⓑ** 僕（ぼく）も来年（らいねん）、卒業（そつぎょう）ですから、就職戦線（しゅうしょくせんせん）に加（くわ）わるんです。ちょっと不安（ふあん）だなあ。

我明年也要畢業了，就要加入就職戰線了。有點不安呢。

[這些句型還可以這樣用]

① 今まで〜 到目前為止〜

♪329-01 ○ 今まで泊まったホテルで一番良かったのは、クラウンホテルです。

到目前為止住過的飯店中，最好的是皇冠飯店。

♪329-02 ○ 今日は、私がこの町に来てから今までで一番暑いです。

今天是我到這個城鎮以來最熱的一天。

♪329-03 ○ 台北の冬は寒いんですね。今までずっと台湾は常夏の国だと思っていましたよ。

台北的冬天很冷耶。到目前為止，我一直以為台灣是炎熱的國家。

② 〜せいか 或許是因〜的關係

♪329-04 ○ 最近、残業が続いて外食が多くなったせいか、太ってしまった。

或許是因為最近持續加班，外食變多的關係，所以變胖了。

♪329-05 ○ 台風が接近しているせいか、今日は天気が変だ。

或許是因為颱風接近的關係，今天的天氣很奇怪。

329

Q&A 你其實可以這樣回答

♪330-01 **Q** 面接のマナーには何がありますか。

面試禮儀有哪些呢？

♪330-02 **A** ❶ 開始5分前には着くこと、遅刻しないことです。

開始前五分鐘到，不要遲到。

♪330-03 ❷ 呼ばれるまで座って待つことです。

在被唱名之前坐著等待。

♪330-04 ❸ 面接室に入る時にはノックすることです。

進入面試室時要敲門。

♪330-05 ❹ 入室したらドアを閉めることです。

進入面試室後要關門。

♪330-06 ❺ 座る時には姿勢良くすることです。

坐的時候姿勢要良好。

♪330-07 ❻ 退室する時に一礼をすることです。

出面試室時要一鞠躬。

♪330-08 ❼ 書類を渡す時には両手で渡すことです。

傳遞資料時要用雙手給。

♪330-09 ❽ 靴をキレイに磨いておくことです。

鞋子要預先擦乾淨。

面接のマナーには
何がありますか。

開始 5 分前には着くこと、
遅刻しないことです。

Q&A 現學現用

♪331-01 **Ⓐ 面接のマナーには何がありますか。**
面試禮儀有哪些呢？

♪331-02 **Ⓑ 開始 5 分前には着くこと、遅刻しない
ことです。**
開始前五分鐘到，不要遲到。

♪331-03 **Ⓐ やむを得ない時はどうしたら？**
不得已遲到的時候呢？

♪331-04 **Ⓑ すぐ先方に連絡することです。**
馬上連絡對方。

331

Unit 3 | 詢問面試結果

[場合 情境]

武田小姐問千葉先生今天面試的結果如何。詢問面試結果時可能會說到哪些日文呢？

情境會話

♪332-01 **Ⓐ** 今日の面接の結果、どうだった？

今天的面試結果如何？

♪332-02 **Ⓑ** 見込みない。予想もしてないことを聞かれて、しどろもどろ。散々だったよ。

完全沒有希望。被問了完全沒想過的問題，答得亂七八糟。超慘的。

♪332-03 **Ⓐ** そうなんだ。でも、本当にダメかどうか①、まだわからないでしょう？意外と②気に入られたかもしれないじゃない。

這樣啊。但是，是不是真的不行還不知道吧？搞不好意外地符合他們的期望。

♪332-04 **Ⓑ** そんなわけがないよ。

不可能啦。

［這些句型還可以這樣用］

① ～かどうか～　是否～

♪333-01 ○ 新しくオープンしたレストラン、おいしいかどうか、食べに行きませんか。
要不要去吃吃看新開的餐廳是否好吃啊？

♪333-02 ○ すみません。今晩、空き室があるかどうか、知りたいんですが。
抱歉，我想知道今晚是否有空房。

② 意外と／に～　出乎意料～

♪333-03 ○ このラーメン、意外とさっぱりしていて、おいしいね。
這個拉麵出乎意料地清爽，好吃耶。

♪333-04 ○ 太田さんの家は駅から近いが、細い路地が複雑に入り組んでいて、意外とわかりにくい。
太田小姐的家離車站很近，但小巷錯綜複雜，出乎意料地難懂。

♪333-05 ○ 東京の繁華街なのに、このスーパーの商品は意外に安い。
雖然位於東京最繁華的路上，這間超市的商品卻出乎意料地便宜。

Q&A 你其實可以這樣回答

♪334-01 **Q** この前の面接はどうだった？
之前的面試怎麼樣了？

♪334-02 **A** ❶ 全滅でした。
全軍覆沒。

♪334-03 ❷ ３社から採用通知が来た。
有三間公司捎來錄取通知。

♪334-04 ❸ まだ採用通知が来ていません。
還沒收到錄取通知。

♪334-05 ❹ 採用が決まりました。
已經確定錄取了。

♪334-06 ❺ 採用となりました。
確定錄取了。

♪334-07 ❻ 就職できました。
找到工作了。

♪334-08 ❼ 何も知らせが来てません。
什麼消息也沒有。

♪334-09 ❽ また他の面接に行きます。
還要去其他的面試。

♪334-10 ❾ 見込みがないです。
沒希望了。

この前の面接はどうだった？

全滅でした。

Q&A 現學現用

♪335-01 **A この前の面接はどうだった？**
之前的面試怎麼樣了？

♪335-02 **B 全滅でした。**
全軍覆沒。

♪335-03 **A そうですか。大変ですね。**
這樣啊，真是辛苦了。

♪335-04 **B また他の面接に行きます。**
還要去其他的面試。

♪335-05 **A 応援します。**
我會支持你的。

Unit 4 | 電話禮儀

[**場合 情境**]

劉先生晚上時打電話給
真理小姐。與他人講電
話時，需要注意到哪些
電話禮儀呢？

情境會話

♪336-01 **A** もしもし。台湾の劉と申しますが、
真理さんはいらっしゃいますか①。

喂，我是台灣的劉先生，請問真理小姐在嗎？

♪336-02 **B** あ、劉さん。真理です。こんばん
は。

啊，劉先生。我就是真理，晚上好。

♪336-03 **A** まだ起きてた②？夜遅くに、ごめん
ね。今、ちょっと良いかな？

妳還醒著嗎？抱歉，那麼晚打電話來。請問現
在方便講一下電話嗎？

♪336-04 **B** だいじょうぶよ。どうしたの？

沒問題喔。怎麼了嗎？

♪336-05 **A** 急用で相談したいことがあるんだ。

突然有事想找妳商量。

［這些句型還可以這樣用］

① ～いらっしゃいますか ～在嗎（敬語）

♪337-01 高校時代の同級生の川村と申しますが、太郎さんはいらっしゃいますか。

我是太郎的高中同學川村，請問太郎在家嗎？

♪337-02 和也さんはいつだったら、いらっしゃいますか。

和也先生要何時才會在家呢？

② まだ起きている～ 還醒著～

♪337-03 まだ起きていたんだ。よかった。ちょっと相談があるの。

你還醒著啊。太好了，剛好有些事要跟你商量。

♪337-04 まだ起きていましたか。夜分にすみません。明日の説明会のことで確認したいことがあって。

還醒著嗎？三更半夜不好意思。關於明天的說明會，有些想確認的事。

♪337-05 まだ起きていらっしゃいましたか。ニューヨーク支社から緊急の連絡が来たものですから。

您還醒著嗎？紐約分公司傳來緊急連絡了。

337

Q&A 你其實可以這樣回答

♪338-01 **Q** 電話の基本マナーには何がありますか。
基本的電話禮儀有哪些？

♪338-02 **A** ❶ 相手が話した事を復唱することです。
複誦對方的話。

♪338-03 ❷ 情報をメモすることです。
資訊要記錄下來。

♪338-04 ❸ ３コール以内で取ることです。
鈴響三聲內要接起來。

♪338-05 ❹ 自分の名前を相手に伝えることです。
告訴對方自己的名字。

♪338-06 ❺ 電話をかけるタイミングを選ぶことです。
要選擇打電話的時機。

♪338-07 ❻ 電話が繋がったら、社名と自分の名前を言うことです。
電話接通後，告知對方公司名稱及自己的名字。

♪338-08 ❼ 優しく電話を切ることです。
掛電話要輕柔。

♪338-09 ❽ 明るい声で電話を受けることです。
以明朗的聲音接電話。

電話の基本マナーには
何がありますか。

電話をかけるタイミング
を選ぶことです。

Q&A 現學現用

♪339-01 Ⓐ **電話の基本マナーには何がありますか。**
基本的電話禮儀有哪些？

♪339-02 Ⓑ **電話をかけるタイミングを選ぶことです。**
要選擇打電話的時機。

♪339-03 Ⓐ **タイミングと言うのは何ですか。**
時機是指什麼？

♪339-04 Ⓑ **食事時や朝や夜など相手の迷惑になる時間を避けることです。**
避開會造成對方麻煩的時間，例如吃飯時間及早上、晚上。

[場合（ばあい）情境]

高木小姐正在做新商品
特色的簡報。在公司做
相關簡報時會說到哪些
日文呢？

情境會話

♪340-01 **A** 以上（いじょう）が新商品（しんしょうひん）の特徴（とくちょう）です。どうでしょうか。

以上就是新商品的特色。覺得如何呢？

♪340-02 **B** なるほど。デザインと言（い）い機能（きのう）と言（い）い①、前（まえ）の製品（せいひん）とはすっかり変（か）わりましたね。

原來如此。無論是設計或是機能，跟之前的製品相較之下完全不同了呢。

♪340-03 **A** はい。同（おな）じシリーズですが、実際（じっさい）には別（べつ）のものと考（かんが）えてください。

是的。雖說是相同系列，但請將它視為另一個產品。

♪340-04 **B** これなら価格（かかく）が少（すこ）し上（あ）がったのも受（う）け入（い）れ②易（やす）いですね。

這樣的話，價格稍微貴一些，也能讓人比較容易接受。

［這些句型還可以這樣用］

① ～と言い～と言い　無論是～或是～

♪341-01 ○ 梁さんと言い黄さんと言い、みんな日本語の習得が速くてびっくりした。

無論是梁先生或是黄先生，各位學習日文的速度快得讓我嚇一跳。

♪341-02 ○ もう5月なのに、昨日と言い今日と言い、どうしてこんなに寒いんだろう。

都已經五月了，但無論是昨天或是今天，為什麼都還是那麼冷呢？

♪341-03 ○ この新品種のイチゴは、味と言い香りと言い完璧だ。売れるに違いない。

這個新品種的草莓，無論是味道或是香味都很完美。一定會大賣。

② ～受け入れる　接受～

♪341-04 ○ 彼ら難民は紛争地域から逃げたとしても受け入れ先を見つけるのは簡単ではない。

就算難民從有紛擾的地區逃出來，但要找到能接納他們的地方不是那麼簡單。

♪341-05 ○ あなたの今の言葉は、私には受け入れられません。お断りします。

你現在說的話，我不能接受。我拒絕。

Q&A 你其實可以這樣回答

♪342-01 **Q** 明日のプレゼンテーションの準備は
できましたか。
明天的簡報準備好了嗎？

♪342-02 **A** ❶ 最後のまとめの部分がまだできていない
んです。
最後總結的部分還沒弄完。

♪342-03 ❷ 内容の数値を更新すれば完成です。
內容的數值更新好就完成了。

♪342-04 ❸ まだまだなんです。今ようやく作り始め
るところなんです。
還沒還沒，現在才要開始做。

♪342-05 ❹ 資料をコピーすれば終わりです。
資料印好就完成了。

♪342-06 ❺ 準備は必要ありません。以前と同じのも
のでやります。
不需要準備。跟以前用一樣的東西就好。

♪342-07 ❻ 資料はできたんですが、風邪で声が出な
くて。
資料做好了，但是因為感冒發不出聲音。

♪342-08 ❼ 残りは部長に確認してもらうだけです。
只剩下請部長確認而已。

明日のプレゼンテーション
の準備はできましたか。

まだまだなんです。今よう
やく作り始めるところなん
です。

Q&A 現學現用

♪343-01 **A** 明日のプレゼンテーションの準備はできましたか。
明天的簡報準備好了嗎？

♪343-02 **B** まだまだなんです。今ようやく作り始めるところなんです。
還沒還沒，現在才要開始做。

♪343-03 **A** ええっ、それで間に合うの？
咦，這樣來得及嗎？

♪343-04 **B** 残業しないとダメですね。
不加班不行了。

343

Unit 6 ｜ 會議

[場合 情境]

公司準備開會，水野詢
問是否大家都到齊了，
但伊勢課長還沒到。在
會議上可能會說到哪些
日文呢？

情境會話

♪344-01 **A** 全員、揃いました①か。

全員到齊了嗎？

♪344-02 **B** 技術部の伊勢課長がまだ来ていません。

技術部的伊勢課長還沒來。

♪344-03 **A** 彼は客先に寄って②から来ると言っていたから、遅れているんでしょう。

他說要先繞去客戶那邊再來，大概是遲到了。

♪344-04 **B** ちょうど伊勢課長からメールが来ました。あと 10 分以内に到着するそうです。

剛好伊勢課長傳訊息來了，他說大約十分鐘以內會到。

[這些句型還可以這樣用]

① ～揃う 到齊

♪345-01 お客様、ご注文のものはお揃いでしょうか。

客人，您點的餐點是否已經到齊了呢？

♪345-02 彼女たちのダンスは一人一人の動きが揃っていないから美しくない。

她們的舞蹈，每個人的動作都不整齊，這樣不美。

♪345-03 木村君が来て全員揃ったら、出発しますよ。

等木村到了之後，全員到齊後就出發吧。

② ～に寄る 繞過去～，順路去～

♪345-04 すみません。朝、病院に寄ってから行くので、出勤が少し遅くなります。

抱歉，早上我會先繞去醫院再過來，上班會有點遲到。

♪345-05 これ、良かったら、食べてください。ここへ来る途中で、ABデパートに寄って買ったんです。

這個，不介意的話請你吃。我來這裡的途中順路去AB百貨買的。

Q&A 你其實可以這樣回答

♪346-01 **Q** 会議の日程は決まりましたか。

會議日程決定好了嗎？

♪346-02 **A** ❶ 課長の出張予定がまだ分からないから、日程が決められません。

課長出差的時間還沒確定，所以無法決定日程。

♪346-03 ❷ 先方が今海外に出張しているので、帰るのを待っています。

對方現在在海外出差，要等他回來。

♪346-04 ❸ はい。会議は来週水曜日の午後三時に開催します。

是的，會議於下週三下午三點舉行。

♪346-05 ❹ 年明けに行う予定ですが、詳しい日程はまだこれからです。

預計過年後舉行，但是詳細時程現在才要開始敲定。

♪346-06 ❺ 今日中に決めます。

今天內會決定好。

♪346-07 ❻ 会議の日程は 3 月 4 日水曜の午前 10 時です。

會議日程是三月四日週三早上十點。

♪346-08 ❼ 日程は決まりましたが、場所がまだ未定なんです。

日程已確定，但地點還未定。

会議の日程は決まりましたか。

会議の日程は3月4日水曜の午前10時です。

Q&A 現學現用

♪347-01 Ⓐ **会議の日程は決まりましたか。**
會議日程決定好了嗎？

♪347-02 Ⓑ **会議の日程は3月4日水曜の午前10時です。**
會議日程是三月四日週三早上十點。

♪347-03 Ⓐ **場所は？**
地點呢？

♪347-04 Ⓑ **場所は会社の第三会議室です。**
地點是公司的第三會議室。

Unit 7 | 出差

富田先生即將去出差，
這次出差有在當地住宿
一晚。談論出差時會説
到哪些日文呢？

情境會話

♪348-01 **A** 今回の出張は泊まりだから、嬉しい
よ。いつもは日帰りで、本当にしん
どいからなあ。

這次的出差有住宿，好開心。每次都是當天來
回，真的很累。

♪348-02 **B** そうですか。その日の内に帰れたほ
うが楽①じゃないですか。

這樣啊，當天可以回來不是比較輕鬆嗎？

♪348-03 **A** 泊まりなら、夜ゆっくり地元のおい
しいものを食べたり飲んだり②でき
て楽しめるんだ。

如果有住一晚，那麼晚上就可以好好地吃當地
的美食，小酌一番輕鬆一下。

♪348-04 **B** 確かにそうですね。今回の出張はど
こなんですか。

的確是這樣呢。這次是去哪裡出差啊？

[這些句型還可以這樣用]

① 楽 輕鬆／舒服～

♪349-01 この仕事は楽だけど、給料はあまり良くない。

這份工作雖然輕鬆，但是薪水不好。

♪349-02 この世に楽をして儲かる方法なんて無いよ。

這個世界上沒有可以輕鬆賺錢的方法。

♪349-03 わあ、楽だなあ、このソファー。

哇，這個沙發坐起來很舒服耶。

② ～たり～たりする 做～（或是）做～

♪349-04 日曜日はいつも本を読んだり映画を見たりして過ごすよ。

週日大都是讀書或是看電影度過。

♪349-05 冬休みは、北海道へ行ってスキーをしたり蟹や石狩鍋を食べたりしました。

寒假去了北海道滑雪、吃螃蟹及石狩鍋。

♪349-06 モールの中では、買い物をしたり食事をしたり映画を見たり遊んだりできる。

在購物中心內可以買東西或吃東西、看電影或玩樂。

Q&A 你其實可以這樣回答

♪350-01 **Q** 来週から大阪へ一週間出張できますか。

下週能去大阪出差一週嗎？

♪350-02 **A** ❶ ちょっと調整してみます。

我調整看看。

♪350-03 ❷ いろいろありまして、ちょっと調整が難しいです。

有許多要事，有點難以調整。

♪350-04 ❸ はい、大丈夫です。出来ますよ。

好的，沒問題，我可以去。

♪350-05 ❹ 一週間ですか。ちょっと家族と相談します。

一個禮拜是嗎？我要跟家人商量一下。

♪350-06 ❺ 返事はいつまでですか。

何時以前要回覆呢？

♪350-07 ❻ 五日間に収められないでしょうか。

能縮為五天嗎？

♪350-08 ❼ 今回の出張は同行者はいますか。

這次出差有同行者嗎？

♪350-09 ❽ 今、骨折のリハビリをしているので、ちょっと無理です。

現在在做骨折的復健，所以沒辦法出差。

来週から大阪へ一週間出張できますか。

ちょっと調整してみます。

Q&A 現學現用

♪351-01 Ⓐ **来週から大阪へ一週間出張できますか。**
下週能去大阪出差一週嗎？

♪351-02 Ⓑ **ちょっと調整してみます。**
我調整看看。

♪351-03 Ⓐ **いつ返事できますか。**
何時可以回覆？

♪351-04 Ⓑ **明日返事します。**
明天我就回覆。

♪351-05 Ⓐ **返事待ちますね。**
那我等你消息。

[場合 情境]

永井小姐決定這個月底
辭職，因為她想要自行
創業。談論辭職話題時
可能會說到哪些日文
呢？

情境會話

♪352-01 **A** 今月いっぱいで会社を辞めることに
しました①。今まで、ありがとうご
ざいました。

這個月底我就要辭職了。謝謝您一直以來的照
顧。

♪352-02 **B** えっ、どうして？何かあった②？

咦，怎麼了？發生什麼事了嗎？

♪352-03 **A** 自分で起業することにしたんです。
悩んだんですが、やっと決心できた
んです。

我打算自行創業。煩惱了很久，總算下定決心
了。

♪352-04 **B** わあ、すごいね。どんなビジネス？
でも、決心したなら、応援するよ。

哇，好厲害。是怎麼樣的生意？不過，既然你
已下定決心，我會為你加油的。

[這些句型還可以這樣用]

① ～ことにした 決定要～

♪353-01。明日から毎朝３キロ走ることにしたんだ。

我決定明天開始每天早上要跑三公里。

♪353-02。もうタバコは吸わないことにしました。

我決定不再抽菸了。

♪353-03。会社を辞めて、しばらく外国を旅することにしたよ。

我決定辭去工作，暫時先到國外旅行。

② 何かあった～ 發生什麼事～

♪353-04。大丈夫？何かあった？顔色が真っ青だよ。

你還好嗎？發生什麼事了嗎？臉色很蒼白耶。

♪353-05。何かあったら、すぐ電話して。すぐ戻って来るから。

有什麼事的話馬上打電話給我，我會馬上回來。

♪353-06。渋滞がひどいな。さっきから全然動かないよ。何かあったのかな。

塞車塞得好厲害，從剛剛開始就完全沒動過。發生什麼事了嗎？

353

Q&A 你其實可以這樣回答

♪354-01 **Q** 仕事を辞めるの？何かあったのですか。
你要辭掉工作？發生什麼事了嗎？

♪354-02 **A** ❶ 実は結婚することになったんです。
其實是因為我要結婚了。

♪354-03 ❷ 上司からパワハラを受けたんです。
我遭受上司的權力騷擾。

♪354-04 ❸ 今の仕事は給料が少ないから、もうちょっと給料のいい会社へ行きたいんです。
因為現在的工作薪水太少，想去薪水更多的公司。

♪354-05 ❹ 毎日毎日残業で、ちょっとやってられません。
每天都要加班，有點吃不消。

♪354-06 ❺ 両親の介護に専念することになったんです。
想把心思放在雙親的看護上。

♪354-07 ❻ 将来性が見えないから、辞めたいんです。
因為看不到未來性，所以想辭職。

♪354-08 ❼ 仕事の内容にやりがいを感じないんです。
感受不到工作內容的價值。

♪354-09 ❽ 職場の人間関係がちょっと良くないんです。
職場的人際關係有點不好。

仕事を辞めるの？
何かあったのですか。

実は結婚することに
なったんです。

Q&A 現學現用

♪355-01 **Ⓐ 仕事を辞めるの？何かあったのですか。**

你要辭掉工作？發生什麼事了嗎？

♪355-02 **Ⓑ 実は結婚することになったんです。**

其實是因為我要結婚了。

♪355-03 **Ⓐ えっ、そうなんですか。それはおめでと
うございます。**

咦？這樣啊，那真是恭喜你了。

♪355-04 **Ⓑ ありがとうございます。**

謝謝。

[場合 情境]

小池小姐突然被上司告知要被解僱了，她非常驚訝。談論解僱時，可能會說到哪些日文呢？

情境會話

♪356-01 Ⓐ 申し訳ないが、君はリストラの対象になった。再来月いっぱいで辞めてもらわなければならないんだ。少しずつ、業務を他の者に引き継いでおいて欲しい①んだ。

非常抱歉，你被解僱了。下下個月就要請你離開。我希望你可以慢慢地把業務交接給其他人。

♪356-02 Ⓑ クビということ②ですか。

是開除的意思嗎？

♪356-03 Ⓐ クビじゃない。退職金も少し多目に出すよ。

不是開除。遣散費也會多給你一些。

♪356-04 Ⓑ でも、クビにされたような気分です。

但是感覺就像被開除一樣。

[這些句型還可以這樣用]

① ～て欲しい 希望～

♪357-01 ○ 戦争や飢餓のない平和な世界になって欲しい。

希望變成一個沒有戰爭及飢餓的世界。

♪357-02 ○ 彼には成功して欲しい。

希望他能成功。

♪357-03 ○ 明日は晴れて欲しいなあ。

好希望明天可以放晴啊。

② ～ということ 也就是説～

♪357-04 ○ 少子化による労働者人口減少問題を外国人労働者で解決しようなんて、日本人が仕事を奪われても構わないということか。

因少子化而造成的勞動人口減少的問題，要用外國人勞動者來解決，也就是説日本人的工作被搶走也沒關係嗎？

♪357-05 ○ 山本君、試験会場からニコニコして出てきた。試験がうまくいったということかな。

山本同學從考試會場笑咪咪地走出來。也就是説考試考得不錯吧。

Q&A 你其實可以這樣回答

♪358-01 Q 木元さんが解雇されたと聞いたんですが、何があったんですか。

聽說木元先生被解僱了，發生什麼事了嗎？

♪358-02 A ❶ 業績が大変落ち込んだかららしいです。

好像是業績大幅下滑的關係。

♪358-03 ❷ 業務ミスでお客さんをすごく怒らせてしまったらしいです。

似乎是因為業務過失讓客戶很生氣的關係。

♪358-04 ❸ 会社の金を横領したらしいです。

好像是因為盜領公司的錢。

♪358-05 ❹ 出勤不良が多くて、注意されても直らなかったようです。

好像是因為出席率不佳，經勸阻仍無法改善的關係。

♪358-06 ❺ 無断欠勤が多いからみたいです。

似乎是因為曠職過多的因素。

♪358-07 ❻ 経歴を偽造していたらしいです。

好像是偽造經歷的樣子。

♪358-08 ❼ セクハラをしたそうなんです。

據說是因為性騷擾。

Q&A 現學現用

♪359-01 **A 木元さんが解雇されたと聞きましたが、何があったんですか。**
聽説木元先生被解僱了，發生什麼事了嗎？

♪359-02 **B セクハラをしたそうなんです。**
據説是因為性騷擾。

♪359-03 **A そうなんですか。それは解雇されますよね。**
那樣啊，那一定是會被解僱的啊。

♪359-04 **B いちばん、しちゃまずいことだからね。**
因為這是最不能做的事啊。

359

[想多學一點點]

01 寿退社 （ことぶきたいしゃ）光榮離職

因為結婚而離職的狀況，我們稱為「寿退社」，也就是「光榮離職」的意思。所謂的「寿」是指慶祝或是慶祝某個儀式所用的字，特別是指結婚。以往認為女性的幸福就是結婚生子，進而衍生出這樣的詞彙。所以基本上「寿退社」是只用來形容女生結婚離職的。

例句

A: 彼女（かのじょ）は今月（こんげつ）いっぱいで 寿 退職（ことぶきたいしょく）するらしいですよ。

她好像做到這個月底就要光榮離職了。

B: ええっ、まだ入社半年（にゅうしゃはんとし）も経（た）っていないのに？

咦，進公司還不到半年耶？

----

02 内定長者 （ないていちょうじゃ）內定富翁

日本的大學四年級生，都會一邊上課一邊開始找工作。此時如果有公司行號屬意的學生，企業就會把該名學生納入正式錄取人員，等該學生畢業即可馬上上班。這樣的情況我們稱為「內定」。被數家企業正式錄取的人，就稱為「內定長者」，也就是「內定富翁」的意思。

例句

A: 木村先輩（きむらせんぱい）は凄（すご）いよ。10 社（しゃ）も内定（ないてい）もらったそうだよ。

木村學長好厲害哦！聽說收到十家公司的內定了。

B: わあ、チョー凄（すご）いじゃん。先輩（せんぱい）は内定長者（ないていちょうじゃ）だね。

哇，超厲害的耶！學長根本就是內定富翁啊。

03 ブラック企業 黑心企業

漠視勞工權益，迫使員工長時間勞動，或是薪資過低，或不按時發薪，導致員工生活品質受到損害的公司，稱為「ブラック企業」，也就是「黑心企業」。黑心企業以中小型企業居多，當然也有少數大公司。與黑心企業相反的是「ホワイト企業」，也就是「白色企業」，是良心企業的意思。

例句

A: 昨日もまた夜中まで残業。もう耐えられません。
昨天又加班到半夜。我快受不了了。

B: そんなブラック企業、早く辞めた方がいいよ。
那樣的黑心企業，早點辭職比較好。

---

04 単身赴任 單身赴任

指家庭中夫妻的其中一方，因工作調動因素，而獨自一人去工作地工作，並與家人分開居住。這樣的狀況較常發生在家裡正在就學的孩子，因為不願孩子因父母工作調度的關係，而喪失建立的人際關係。較多的情況是爸爸單身赴任，媽媽和孩子留在原居住地。

例句

A: 田中さんが沖縄に転勤になったよ。本当に大変だな。
田中先生被調職到沖繩了。真是太慘了。

B: えっ、田中さんのお子さん、今、中三でしょう？じゃ、田中さんは単身赴任にするのかな？
咦，田中先生的小孩現在國三了吧？那田中先生會單身赴任嗎？

361

Chapter 8

觀光旅遊
かんこうりょこう
観光旅行

かんこうりょこう
観光旅行

觀光旅遊

[場合 情境]

木村小姐正計劃要去日
本旅遊，於是先去兌換
日幣。兌換日幣時會說
到哪些日文呢？

情境會話

♪364-01 **A** すみません。日本円で５万円という
と、台湾元でいくらですか。

不好意思，日幣五萬元的話，大概是臺幣多少？

♪364-02 **B** 今日のレートで13,800元です。ここ
から手数料を引くと48,820円になり
ます。

今天的匯率是 13,800 元。我這裡直接扣除手續
費的話，是 48,820 日元。

♪364-03 **A** そのくらいあれば大丈夫です。じゃ、
ここに13,800元あります。これを日本
円に換えて①ください。細かいのも少
し混ぜて②もらえますか。

有那些應該就沒問題了。那麼這裡有 13,800 元，
請幫我換成日圓。也可以幫我換一些零錢嗎？

♪364-04 **B** はい。では、手数料1,195円頂きます。

好的，那麼手續費是 1,195 日圓。

[這些句型還可以這樣用]

① ～に換える　換成～

♪365-01 台湾ドルを日本円に換えてもらえますか。
可以幫我把臺幣換成日幣嗎？

♪365-02 どこで日本円を台湾元に換えることができますか。
哪裡可以把日圓換成臺幣呢？

♪365-03 この商品券を現金に換える。
把這個商品券換成現金。

② ～混ぜる　混合～

♪365-04 オレンジジュースに炭酸水を混ぜたら、オレンジソーダになった。
把柳橙汁加入碳酸水混合後，就會變成柳橙蘇打。

♪365-05 うちでは、白味噌と赤味噌を混ぜて、味噌汁を作っています。
我們家是用白味噌加紅味噌混合來煮味噌湯。

♪365-06 ポテトフライを食べる時は、ケチャップにマヨネーズを混ぜたものをつけて食べる。
吃薯條時沾番茄醬及美奶滋的混合沾醬。

Chapter 8 觀光旅遊

Q&A 你其實可以這樣回答

♪366-01 **Q** こんにちは。外貨（がいか）ですか、日本円（にほんえん）ですか。

您好，請問是買外幣還是換日幣？

♪366-02 **A** ❶ ドルを日本円（にほんえん）に両替（りょうがえ）したいんですが。

我想把美元兌換成日幣。

♪366-03 ❷ 人民元（じんみんげん）を日本円（にほんえん）に両替（りょうがえ）へお願（ねが）いします。

請幫我把人民幣換成日幣。

♪366-04 ❸ ポンドを日本円（にほんえん）に。

英鎊換成日幣。

♪366-05 ❹ 3万（まん）フランを日本円（にほんえん）に両替（りょうがえ）して下（くだ）さい。

請幫我把三萬法郎換成日幣。

♪366-06 ❺ ルピーを日本円（にほんえん）に両替（りょうがえ）できますか。

請問可否把盧比換成日幣？

♪366-07 ❻ ユーロを日本円（にほんえん）10万円（まんえん）に両替（りょうがえ）したいんですが。

我想要把歐元換成十萬日圓。

♪366-08 ❼ ウォンから日本円（にほんえん）へのレートはいくらですか。

韓元兌換日圓的匯率是多少？

♪366-09 ❽ リラを日本円（にほんえん）に両替（りょうがえ）して下（くだ）さい。

請幫我把里拉換成日幣。

こんにちは。外貨ですか、日本円ですか。

ドルを日本円に両替したいんですが。

Q&A 現學現用

♪367-01 **A** こんにちは。外貨ですか、日本円ですか。

您好，請問是買外幣還是換日幣？

♪367-02 **B** ドルを日本円に両替したいんですが。

我想把美元兑換成日幣。

♪367-03 **A** かしこまりました。

我知道了。

♪367-04 **B** ちなみに、今日のレートはいくらですか。

順道請問一下，今天的匯率是多少？

Unit 2 | 訂機票

[場合 情境]

早川先生與中田小姐要
去日本旅行，但早川先
生卻忘記訂機票了。訂
機票時會説到哪些日文
呢？

情境會話

♪368-01 Ⓐ うっかりして①たよ。飛行機のチケ
ット、取るのを忘れていたんだ。

我疏忽了，忘了訂機票。

♪368-02 Ⓑ ええっ。まずいよ。もう再来週だ
よ、旅行。今からじゃ取れないか
も。

咦！糟糕了。下下週就要去旅行了耶。現在訂
可能會訂不到。

♪368-03 Ⓐ うん。とにかく、急いで探すよ。

嗯，總之趕緊找機票。

♪368-04 Ⓑ 取れるとすれば、よほど②値段が高
いか不便な時間の便だけね。覚悟す
るしかないね。

就算訂到，也要有費用很貴或是時間很差的覺
悟。

［這些句型還可以這樣用］

① うっかり～する　疏忽／大意～

♪369-01　うっかりしたなあ。機内食（きないしょく）をベジタリアンにするのを忘（わす）れていた。

我疏忽了，忘記要訂素食的飛機餐。

♪369-02　元旦（がんたん）の朝（あさ）、初日（はつひ）の出（で）を見（み）ようと起（お）きていたのに、夜明（よあ）け直前（ちょくぜん）にうっかり寝（ね）てしまった。

元旦的早上為了看第一道曙光而特別早起，結果在清晨時分不小心又睡著了。

② よほど～　非常～

♪369-03　あの店（みせ）には毎日（まいにち）、長蛇（ちょうだ）の列（れつ）ができている。よほどおいしいのだろう。

那間店每天都大排長龍，應該是非常好吃吧。

♪369-04　彼（かれ）はあの本（ほん）に夢中（むちゅう）だ。よほど面白（おもしろ）いのか、昨日（きのう）から食事（しょくじ）も睡眠（すいみん）もほとんどとらないで、ずっと読（よ）んでいる。

他沈浸在那本書裡。應該是很有趣吧，昨天開始不吃飯也不睡覺，一直在看書。

♪369-05　よほど疲（つか）れていたのか、彼（かれ）は家（いえ）に着（つ）くとすぐに寝（ね）てしまった。

可能是非常累了吧，他到家後馬上就睡著了。

Q&A 你其實可以這樣回答

♪370-01 **Q** 日本に行く飛行機のチケットは取れましたか。

買到去日本的機票了嗎？

♪370-02 **A** ❶ 今は桜の季節だから花見に行く人が多くて、全く取れません。

最近因為櫻花季，很多人去賞花，完全買不到機票。

♪370-03 ❷ 夜中の便しか取れないんです。

只能買到深夜的航班。

♪370-04 ❸ 片道だけ取りました。

只買到單程票。

♪370-05 ❹ 今はキャンセル待ちです。

現在在等候補。

♪370-06 ❺ 格安航空のチケットを取ったよ。

買到了廉價航空的機票。

♪370-07 ❻ 夜更かしや目覚ましフライトの格安チケットを狙っているから、まだ取っていません。

因為我鎖定深夜或清晨的班機，所以還沒買到。

♪370-08 ❼ 取れたよ。意外と簡単に取れたよ。

買到啦，意外地，很簡單就買到了。

Q&A 現學現用

♪371-01 **A** 日本に行く飛行機のチケットは取れ
ましたか。
買到去日本的機票了嗎？

♪371-02 **B** 格安航空のチケットを取ったよ。
買到了廉價航空的機票。

♪371-03 **A** いくらでしたか？
多少錢啊？

♪371-04 **B** 三万円ちょっとだった。
三萬多日圓。

[場合 情境]

山下小姐正在尋找飯店
住宿，他想要找有續住
優惠的飯店。訂房時會
說到哪些日文呢？

情境會話

♪372-01 **A** 今、宿泊先を探しているんですが、そちらのホテルには連泊割引はありませんか。

我正在找住宿設施，請問貴飯店有沒有續住優惠？

♪372-02 **B** はい、ございます。2泊以上のお客様には、2泊目以降の宿泊代が1割引き①となっています。

是的，我們有。續住兩晚以上的客人，第二晚以後的住宿費有 10% 折扣。

♪372-03 **A** じゃ、4月30日から5泊、シングルルームで予約できますか。

那麼可以預約四月三十日開始的五晚單人房嗎？

♪372-04 **B** ちょうどゴールデンウィークと重なって②いて、その期間、全室いっぱいでございます。

這個期間剛好跟黃金週重疊，所以全部都客滿了。

[這些句型還可以這樣用]

① ～引き／～を引く 折扣～

♪373-01 ○ この店では、バーゲンセール期間中は全商品5割引きだそうだ。

這間店特賣期間所有商品都打五折。

♪373-02 ○ この割引券を持っていくと、100円引きで買えるとここに書いてあるよ。

這邊有寫，拿折扣券去的話可折價一百日圓。

♪373-03 ○ ニンジンと大根と牛蒡、それにジャガイモも買うんだから、少し引いてよ。

我要買紅蘿蔔、蘿蔔、牛蒡，還有馬鈴薯，算我便宜一點啦。

② ～重なる ～重疊／重複

♪373-04 ○ リストラと病気が重なってしまって、彼は今、人生のどん底にいるような気持ちだろうな。

被解僱跟生病重疊在一起，對他來說現在應該是跌到人生谷底的感覺吧。

♪373-05 ○ おととい降った雪の上に、今日また降った雪が重なって、2メートル以上の雪が積もっている。

前天下的雪，又疊上今天下的雪，一共積了兩公尺以上的雪。

Q&A 你其實可以這樣回答

♪374-01 **Q** ご予約された方のお名前を教えていただけますか。

可以告知預約者的姓名嗎？

♪374-02 **A** ❶ 山口です。三泊でツインの禁煙室を予約してあります。

我姓山口。我預約了三晚的禁菸雙人房。

♪374-03 ❷ マイケルです。インターネットで予約したんです。

我是麥克，我用網路預約的。

♪374-04 ❸ 予約していないんですが、今日宿泊できますか。

我沒預約，請問今天能住宿嗎？

♪374-05 ❹ チェです。朝食付きのシングルルームを予約したんですが。

我姓崔。我預約了附早餐的單人房。

♪374-06 ❺ 松本です。禁煙ルームを予約したんですが、喫煙ルームに変更できますか。

我姓松本。我預約的是禁菸房，可以換成吸菸房嗎？

♪374-07 ❻ 高橋です。朝食なしのプランを予約したんですが、朝食を追加できますか。

我姓高橋。我預約的是沒早餐的方案，請問可以追加早餐嗎？

ご予約された方のお名前を教えていただけますか。

松本です。禁煙の部屋を予約したんですが、喫煙の部屋に変更できますか。

Q&A 現學現用

♪375-01 **A** ご予約された方のお名前を教えていただけますか。

可以告知預約者的姓名嗎？

♪375-02 **B** 松本です。禁煙の部屋を予約したんですが、喫煙の部屋に変更できますか。

我姓松本。我預約的是禁菸房，可以換成吸菸房嗎？

♪375-03 **A** はい。ちょっと確認させて頂きます。

好的，請讓我確認一下。

♪375-04 **B** お願いします。

麻煩你了。

Unit 4 | 詢問班機時間

［ 場合 情境 ］

中山小姐想要從日本搭
機到台灣，正在詢問班
機時間。詢問班機時間
時會說到哪些日文呢？

情境會話

♪376-01 Ⓐ 羽田発台北行きの便は何時のがあり
ますか。

羽田出發往台北的班機有幾點的呢？

♪376-02 Ⓑ 毎日3便あります。午前9時、午後
2時、午後7時です。

每天有三個航班。早上九點、下午兩點、晚上
七點。

♪376-03 Ⓐ 明後日なんですが、午前9時の便、
まだ空いてます①か。

後天的話，早上九點的班機有空位嗎？

♪376-04 Ⓑ 午前9時、午後2時とも、もう全席
埋まっています②。午後7時の便に
一席キャンセルが出て空いていま
す。

早上九點及下午兩點的已經全部都客滿了。晚
上七點的班機有一個取消的位子。

[這些句型還可以這樣用]

① ～空いている　空的～

♪377-01
すみません。この席、空いていますか。

抱歉，這個位置有人坐嗎？

♪377-02
今度の日曜日、空いてる？チケットがあるんだけど、見に行かない？

下週日有空嗎？我有票，要不要一起去看？

♪377-03
彼女は空いている時間を利用して、資格試験の勉強をしている。

她利用空閒時間來準備資格考試。

② ～埋まっている　填滿～

♪377-04
連休直前だったので、どこのホテルの部屋も予約で埋まっていた。

因為是連假前，所以每間飯店的房間都客滿了。

♪377-04
窓側の席も通路側の席も埋まっていて、真ん中の席しか取れなかった。

靠窗及靠走道的位置都被選完了，只能訂中間的位置。

♪377-06
ごめん。今週はスケジュールが埋まってて、動けないんだ。

抱歉。我這週行程都滿了，沒辦法調整。

Q&A 你其實可以這樣回答

♪378-01 **Q** 武さんは何時の飛行機で来るの？
阿武，你會搭幾點的飛機來呢？

♪378-02 **A** ❶ 朝11時の便で行くよ。
我搭早上十一點的班機去喔。

♪378-03 ❷ 朝8時の便だけど、途中香港で乗り継ぎするから、到着するのは夜。
雖然是早上八點的班機，但中途要去香港轉機，所以到達時應該是晚上了。

♪378-04 ❸ 今回はLCCのチケットだから、夜中の3時の便だよ。
這次是買廉航機票，所以是半夜三點的班機。

♪378-05 ❹ もともと夜中の格安チケットを買うつもりだったけど、荷物があるから昼の便に変更したよ。
本來打算買半夜的便宜機票，但有行李，所以換買中午的機票。

♪378-06 ❺ 午後7時半の便なので、到着は夜11時前後かな。
傍晚七點半的班機，所以晚上十一點左右抵達。

♪378-07 ❻ 朝10時の便。迎えに来てくれるの？
早上十點的班機。你要來接我嗎？

Q&A 現學現用

♪379-01 **A** 武さんは何時の飛行機で来るの？

阿武，你會搭幾點的飛機來呢？

♪379-02 **B** 今回はLCCのチケットだから、夜中の３時の便なんだ。

這次是買廉航機票，所以是半夜三點的班機。

♪379-03 **A** じゃ、どうやって空港まで行くの？

那要怎麼去機場？

♪379-04 **B** 空港線の終電で行くよ。それから、空港で搭乗時間を待つしかないね。

搭機場線的末班電車去。然後只能在機場等待登機了。

Unit 5 | 班機延遲

[場合 情境]

早川小姐在候機時發現
班機延遲了，於是詢問
機場工作人員。班機延
遲時會説到哪些日文
呢？

Destination	Status
Narita	Delayed
Narita	Cancelled
Narita	Delayed
Narita	Delayed
Narita	Cancelled
Haneda	Cancelled
Narita	Delayed

情境會話

♪380-01 Ⓐ この便、「遅延」になっているんで
すが、どのくらい遅れるんですか。
這個班機延遲了，請問會晚多久？

♪380-02 Ⓑ 申し訳ありません。天候悪化で現地
出発がかなり遅れた関係で、こちら
への到着も遅れると思います。
非常抱歉。由於天候惡化，導致出發地的起飛
大幅延遲的關係，抵達這邊的時間也會延遲。

♪380-03 Ⓐ じゃあ、ここからの出発時間もまだ
わからないということですか。
那麼也就是説，從這裡出發的時間也還不清楚
是嗎？

♪380-04 Ⓑ ええ、申し訳ありません。気象状況
にもより①ますので、まだ見込みが
立って②いないんです。
是的，非常抱歉。因為要看天候狀況，所以還
無法預測。

[這些句型還可以這樣用]

① 〜による　根據〜

♪381-01　寿司といっても、味も値段も店によります。

就算是壽司，味道跟價錢也根據店家而有所不同。

♪381-02　日本料理でも地域によって、ずいぶん異なります。

就算是日本料理，根據區域也有很大的差異。

② 〜見込みが立つ　可以評估／預測〜

♪381-03　建設途中で地下から古代遺跡が見つかったので、このビルはいつできるか見込みが立たない。

在建設時發現地下有古代遺跡，因此還無法預估這棟大樓何時能蓋好。

♪381-04　やっと会社から正式に予算が出た。これで、プロジェクトの見込みが立った。

公司總算有正式的預算了，如此一來就可以預估計畫了。

♪381-05　連日の雨で、いつイベントを開催できるか、見込みが立たない。

因為連日下雨，活動是否可開幕還無法預估。

381

Q&A 你其實可以這樣回答

♪382-01 **Q** すみません。台湾へ行く便はまだ搭乗
できないんですか。

抱歉，請問往台灣的航班還不能登機嗎？

♪382-02 **A** ❶ 機体整備の都合で30分ほど遅延とな
ります。

因為機械整備的問題，會延遲三十分鐘左右。

♪382-03 ❷ 吹雪の為、搭乗時間は状況を見て調整
します。

因為暴風雪的關係，登機時間將視情況調整。

♪382-04 ❸ たいへん申し訳ございません、大雪の
為、欠航となりました。

非常抱歉，因為大雪，所以今天停飛了。

♪382-05 ❹ 台風の為、今日は各航空会社とも欠航
することになりました。

由於颱風的關係，今天各大航空公司都停飛了。

♪382-06 ❺ 悪天候の為、本日は遅延の便が多くな
っています。今、確認をしてみます。

因為天候惡劣，所以今天延遲的班機很多。我現
在幫您確認。

♪382-07 ❻ 火山噴火の為、本日は全便欠航が決定
しました。

由於火山噴發，所以決定今日所有航班全面停飛。

382

すみません。台湾へ行く便は
まだ搭乗できないんですか。

Q&A 現學現用

♪383-01 **A すみません。台湾へ行く便はまだ搭乗
できないんですか。**

抱歉，請問往台灣的航班還不能登機嗎？

♪383-02 **B 火山噴火の為、本日は全便欠航が決定
しました。**

由於火山噴發，所以決定今日所有航班全面停飛。

♪383-03 **A それでは、変更はできますか。**

那麼，可以變更嗎？

♪383-04 **B はい、大丈夫です。**

可以，沒問題喔。

Unit 6 │ 機場報到

[場合（ばあい） 情境]

松本先生與妻子要搭機到台北松山機場，正在櫃檯報到。在機場報到時可能會説到哪些日文呢？

情境會話

♪384-01 Ⓐ 2名様（めいさま）。台北松山国際空港（たいぺいまつやまこくさいくうこう）まででございますね。

両位，到台北松山國際機場是嗎？

♪384-02 Ⓑ はい。

對。

♪384-03 Ⓐ すみません。今日（きょう）は大変混（たいへんこ）み合（あ）っていて、あいにく①隣同士（となりどうし）の座席（ざせき）がご用意（ようい）できないので、前後（ぜんご）または通路（つうろ）を挟（はさ）んで②隣（となり）となってしまいます。

很抱歉，今日人數眾多，很不湊巧沒有辦法安排左右相鄰的位置。只有前後或隔走道相鄰的位置。

♪384-04 Ⓑ かまいません。じゃ、通路側（つうろがわ）で前後（ぜんご）の席（せき）でお願（ねが）いします。

沒關係。那麼請給我靠走道前後的位置。

［這些句型還可以這樣用］

① あいにく〜　不湊巧〜

♪385-01
昨日（きのう）わざわざ家（うち）に来（き）てくださったそうですね。あいにく急用（きゅうよう）で出（で）かけていて、申（もう）し訳（わけ）ありませんでした。

昨天您好像特別跑來我家一趟，不巧我剛好有急事外出了，非常抱歉。

♪385-02
あいにくの雨（あめ）ですが、駅（えき）の目（め）の前（まえ）ですから、問題（もんだい）ありませんよ。

雖然不巧下雨，但是已經快到車站了，所以沒關係。

♪385-03
佐藤（さとう）はあいにく出張中（しゅっちょうちゅう）で、今（いま）おりません。よろしければ、私（わたし）がご用件（ようけん）を伺（うかが）いますが。

不巧佐藤正在出差，現在不在。如果方便的話，我來為您服務。

② 〜を挟（はさ）む　夾著／隔著〜

♪385-04
台北盆地（たいぺいぼんち）は淡水河（たんすいがわ）を挟（はさ）んで西側（にしがわ）が新北市（しんほくし）、東側（ひがしがわ）が台北市（たいぺいし）となっています。

台北盆地隔著淡水河西側是新北市，東側是台北市。

♪385-05
パンにとんかつを挟（はさ）んで食（た）べると、なかなか美味（おい）しいんですよ。

用麵包夾著豬排來吃，非常好吃呢。

Q&A 你其實可以這樣回答

♪386-01 **Q** 搭乗手続きをする時に、何か注意点はありますか。

辦理登機手續時，有什麼要注意的點嗎？

♪386-02 **A** ❶ リチウム電池はスーツケースに入れないことです。

鋰電池不能放進行李箱內。

♪386-03 ❷ 液体やペースト状の物は100mlまで持ち込み可能です。

液體及膏狀物100ml以內可手提至機內。

♪386-04 ❸ パスポートの有効期限が切れていないことです。

護照不能超過有效期限。

♪386-05 ❹ 食べ物を小さく切るためのハサミは機内に持ち込むことはできません。

把食物剪小用的剪刀不能帶進機內。

♪386-06 ❺ 赤ん坊のミルクの持ち込みは大丈夫です。

小嬰兒的牛奶可帶進機內。

♪386-07 ❻ どんなに遅くても、出発する30分前までには搭乗手続きを終わらせること。

不管多晚，也必須在出發前三十分鐘辦理完登機手續。

搭乗手続きをする時に、何か注意点はありますか。

パスポートの有効期限が切れていないことです。

Q&A 現學現用

♪387-01 **A 搭乗手続きをする時に、何か注意点はありますか。**

辦理登機手續時，有什麼要注意的點嗎？

♪387-02 **B 何と言っても、パスポートの有効期限が切れていないことです。**

無論怎麼說，護照不能超過有效期限。

♪387-03 **A パスポートの有効期限はどのぐらい要りますか。**

護照的有效期限需要多久？

♪387-04 **B 6ヶ月以上の期間が必要ですよ。**

需要六個月以上的期間喔。

Unit 7 | 託運行李

[場合 情境]

佐藤先生正在進行登機手續，櫃檯人員詢問他是否需要託運行李。在託運行李時會説到哪些日文呢？

情境會話

♪388-01 Ⓐ パスポートをお預かりします①。お預けになる②お荷物はありますか。

我先收下您的護照。請問有要託運的行李嗎？

♪388-02 Ⓑ この段ボール箱です。この中はお菓子なので、壊れ物注意のシールを貼ってもらえますか。

這個紙箱。因為裡面是零食餅乾，可以幫我貼「易碎品注意」的貼紙嗎？

♪388-03 Ⓐ はい、かしこまりました。では、お荷物1点、お預かりします。

好的，我知道了。那麼幫您託運一件行李。

♪388-04 Ⓑ お願いします。

麻煩你了。

♪388-05 Ⓐ こちらお控えになります。

這裡是您的存根。

[這些句型還可以這樣用]

① ～預かる 保管／看管～

♪389-01 田中さんは出張で2週間海外に行かなくちゃいけないから、私が田中さんの犬を預かっているんです。

田中先生因為出差要去國外兩週，他把狗託付給我。

♪389-02 このマンションは管理人が宅急便の荷物を預かってくれるので助かります。

這間大樓的管理員可以代收宅急便的貨物，真是幫了我大忙。

② ～預ける 寄放／交付～

♪389-03 しかたない。命を医者に預けて手術を受けるしかないな。

沒辦法，我只能接受手術，把命交付給醫生。

♪389-04 飛行機のチェックインまでまだ時間がかなりあるから、荷物を一時預かり所に預けて、買い物か食事でもしよう。

離班機的報到還有一點時間，我們把行李拿去寄放，去買東西或吃東西吧。

♪389-05 昼間、私は家にいないので、荷物は管理人に預けてください。

白天我不在家，所以貨物請交給管理員保管。

389

Q&A 你其實可以這樣回答

♪390-01 **Q** 預ける荷物はありますか。
有要託運的行李嗎？

♪390-02 **A** ❶ スーツケースをお願いします。
行李箱麻煩你了。

♪390-03 ❷ ベビーカーを預けられますか。
嬰兒車可以託運嗎？

♪390-04 ❸ 荷物はいくつ預けられますか。
行李可以託運幾件？

♪390-05 ❹ 預けられる荷物は何キロまでですか。
可託運的行李到幾公斤為止呢？

♪390-06 ❺ リチウム電池は預けられますか。
鋰電池可以託運嗎？

♪390-07 ❻ 高圧ガスのスプレーは預けられますか。
高壓瓦斯的噴瓶可以託運嗎？

♪390-08 ❼ リチウム電池内蔵のスーツケースは預けられますか。
附鋰電池的行李箱可以託運嗎？

♪390-09 ❽ お酒は預けられますか。
酒類可以託運嗎？

預ける荷物はありますか。

Q&A 現學現用

♪391-01 **Ａ 預ける荷物はありますか。**
有要託運的行李嗎？

♪391-02 **Ｂ スーツケースをお願いします。**
行李箱麻煩你了。

♪391-03 **Ａ はい、わかりました。**
好的，我知道了。

♪391-04 **Ｂ ちなみに、リチウム電池は預けられますか。**
順道請問一下，鋰電池可以託運嗎？

Unit 8 | 過海關

[場合 情境]
ば あい

鈴木先生在過海關時，
被要求將身上穿戴的金
屬物品放入籃子裡。過
海關時會說到哪些日文
呢？

情境會話

♪392-01 **A** パスポートだけ手に持って、荷物は
すべてトレーに載せて置いてくださ
い。
只剩護照拿在手上，行李請全部都放進籃子
裡。

♪392-02 **B** スマホもですか。
手機也要嗎？

♪392-03 **A** ええ。身に付けている①金属のもの
は、すべてお願いします。
對。穿戴在身上的金屬物品請全部都要放。

♪392-04 **B** 俺、靴もズボンもベルトもジャンパ
ーも帽子もブレスレットもネックレ
スもピアスも、どれもこれも②金属
を使っているんですけど。
我的鞋子、褲子、皮帶、外套、帽子、手環、
項鍊、耳環，全部都有用到金屬耶。

［這些句型還可以這樣用］

① 〜身に付ける　穿戴在身上〜

♪393-01　会員は皆、集まりの時は赤いバラの花を身に付けて参加することになっている。

各位會員，集合時請將紅色玫瑰花別在身上參加。

♪393-02　今度の出張先は危険な紛争地帯です。このお守りを身に付けて行ってください。

這次的出差地點是危險的戰亂地帶，請把這個護身符戴在身上去吧。

♪393-03　マナーやエチケットを身に付けないと、社会人として信頼してもらえないよ。

沒有好好地學習禮貌及禮儀，作為社會人士是不會被信賴的。

② どれもこれも〜　每個／全部〜

♪393-04　この店の商品は、どれもこれも 100 円だ。

這間店的商品全部都一百日圓。

♪393-05　彼のコレクションはどれもこれも国宝か文化財級のすごいものばかりだ。

他收集的全部都是國寶或文化財等級的東西，非常屬害。

Q&A 你其實可以這樣回答

♪394-01 **Q** 保安検査を通る時に注意する事は
なにかある？
通過安全檢查時有什麼要注意的事嗎？

♪394-02 **A** ❶ 携帯やタブレット、パソコンは別のカ
ゴに入れること。
手機、平板及電腦要放在其他盒子裡。

♪394-03 ❷ ポケットにある小銭やカギを出さない
といけない。
口袋裡的零錢和鑰匙都要拿出來。

♪394-04 ❸ 軽々しく爆弾とか爆発なんていう言葉
は言わない方が無難だよ。
不要輕易說出炸彈或爆炸之類的詞比較好。

♪394-05 ❹ 酒に酔っていないこと。
不要喝醉酒。

♪394-06 ❺ 荷物から目を離さないこと。
不要讓行李離開視線範圍。

♪394-07 ❻ ふざけて通らないこと。
不要打打鬧鬧地通過。

♪394-08 ❼ 待たされても怒らないようにする。
就算等很久也不要生氣。

♪394-09 ❽ ルールを守ること。
要遵守規則。

保安検査を通る時に注意する事はなにかある？

軽々しく爆弾とか爆発なんていう言葉は言わない方が無難だよ。

Q&A 現學現用

♪395-01 **A** 保安検査を通る時に注意する事はなにかある？

通過安全檢查時有什麼要注意的事嗎？

♪395-02 **B** 軽々しく爆弾とか爆発なんていう言葉は言わない方が無難だよ。

不要輕易說出炸彈或爆炸之類的詞比較好。

♪395-03 **A** 確かに、冗談感覚で言ってしまったら大事件になるかもしれないね。

的確是，如果用開玩笑的感覺說這句話，可能會變成大事件。

Unit 9 | 登機

高橋小姐正要將行李放
到上方的置物櫃，剛好
有一位先生要幫忙她。
登機時會說到哪些日文
呢？

情境會話

♪396-01 Ⓐ 荷物、重そうですね。手伝いましょ
うか。①

行李好像很重啊。要不要我來幫忙？

♪396-02 Ⓑ すみません。

麻煩你了。

♪396-03 Ⓐ これ、横にして②置いても大丈夫で
すか。

這個可以放橫的嗎？

♪396-04 Ⓑ 大丈夫です。ありがとうございま
す。

沒問題。謝謝你。

♪396-05 Ⓐ 降りるときまた遠慮なく声をかけて
下さい。

下飛機時不用客氣，再叫我就可以了。

［這些句型還可以這樣用］

① 〜ましょうか。　要不要我幫你〜？

♪397-01 ○ 荷物、持ちましょうか。
要不要我幫你提行李？

♪397-02 ○ 弁当でも買ってきましょうか。
要不要我幫你買個便當？

♪397-03 ○ お茶でも入れましょうか。
我來泡個茶吧？

♪397-04 ○ よかったら、この電子辞書、貸しましょうか。
需要的話，這個電子字典借你用吧？

② 〜横にする　把〜橫放

♪397-05 ○ コーヒーは蓋がしてあるけど、こぼれるから、横にしないでください。
咖啡雖然有加蓋，但還是會漏，請勿橫放。

♪397-06 ○ その箱、横にして入れたら、この戸棚に収まるよ。
那個箱子打橫之後放進去，就可以收到樹櫃裡了。

♪397-07 ○ その棒は立てておいても横にしておいても構いません。
那根棒子直放或橫放都沒關係。

Q&A 你其實可以這樣回答

♪398-01 **Q** 搭乗した時に機内安全ビデオは見なくてはいけないんですか。

搭機時一定要看機內安全指示影片嗎?

♪398-02 **A** ❶ 命の安全に繫がるんですから、きちんと見なくちゃだめですよ。

是跟生命安全有關的東西,當然要認真看。

♪398-03 ❷ 「備えあれば憂いなし」ですから見ましょう。

有備無患,一起看吧。

♪398-04 ❸ 今まで見たことはありません。いつも搭乗したら免税商品のカタログを見ているんです。

我從來沒看過,因為我每次登機後就開始看免稅商品的目錄。

♪398-05 ❹ 万が一の場合の為ですから、見ておいた方が良いですよ。

是為了以防萬一的東西,看一下比較好。

♪398-06 ❺ 今まで何十回も飛行機に乗ったから、見なくても平気です。

我搭過幾十次的飛機了,不看沒關係啦。

♪398-07 ❻ どの航空会社も同じものですから、もう見ません。

每家航空公司都一樣,我不看了。

398

搭乗した時に機内安全ビデオは見なくてはいけないんですか。

今まで見たことはありません。いつも搭乗したら免税商品のカタログを見ているんです。

Q&A 現學現用

♪399-01 **A** 搭乗した時に機内安全ビデオは見なくてはいけないんですか。

搭機時一定要看機內安全指示影片嗎？

♪399-02 **B** 今まで見たことはありません。いつも搭乗したら免税商品のカタログを見ているんです。

我從來沒看過，因為我每次登機後就開始看免稅商品的目錄。

♪399-03 **A** 万が一の時は、どうするつもり？

如果有個萬一的話，你打算怎麼辦？

Unit 10 | 飛機上

[場合 情境]

伊藤先生經常在搭飛機，已經看過太多電影，反而不知道該怎麼打發時間了。飛機上會說到哪些日文呢？

情境會話

♪400-01 Ⓐ しょっちゅう①、飛行機に乗ってるから、映画は全部見ちゃったし、ゲームは却って疲れるしなあ。暇だなあ。

經常在搭飛機，電影也都看完了，玩遊戲反而很累，好閒啊。

♪400-02 Ⓑ このマンガ、読みますか。暇潰し②になりますよ。

要不要看漫畫？可以打發時間哦。

♪400-03 Ⓐ おっ、良いねえ。じゃ、ちょっと借りるね。

哦！不錯耶。那借我看一下。

♪400-04 Ⓑ もし良かったら、たくさん持って来ましたから、遠慮なくどうぞ。

如果不介意的話，我有帶很多，不用客氣。

［這些句型還可以這樣用］

① しょっちゅう～ 經常～

♪401-01 ○ 田森さん、最近、しょっちゅう遅刻してるけど、何かあったのかなあ。

田森先生最近經常遲到，是不是發生什麼事了？

♪401-02 ○ 台湾は費用も安いし近いから気楽に行けるし、週末にしょっちゅう遊びに行ってますよ。

去台灣的費用便宜，又很近，可以輕鬆前往。經常在週末去玩。

♪401-03 ○ 彼ほどのイケメンはなかなかいないわね。しょっちゅう阿部寛に間違われるんだって。

沒有人像他那麼帥了。經常被誤認為阿部寬。

② 暇潰し～ 打發時間～

♪401-04 ○ 暇潰し用に、適当に買った小説が面白くて、今はまってるんだ。

本來是隨便買來打發時間的小說，結果很有趣，現在則是著迷了。

♪401-05 ○ 今日、暇？暇だったら、暇潰しがてら買い物に付き合ってよ。

今天有空嗎？有空的話，陪我去買東西順便打發時間吧。

Q&A 你其實可以這樣回答

♪402-01 **Q** お客様、何かご入用ですか。
這位客人，請問需要什麼嗎？

♪402-02 **A** ❶ 水を下さい。
請給我水。

♪402-03 ❷ 毛布、下さい。
請給我毛毯。

♪402-04 ❸ スリッパ、もらえますか。
可以給我拖鞋嗎？

♪402-05 ❹ ジュースをもう1杯もらえませんか。
可以再給我一杯果汁嗎？

♪402-06 ❺ 枕、もう一つ下さい。
請再給我一個枕頭。

♪402-07 ❻ この免税商品が欲しいんですが。
我想買這個免稅商品。

♪402-08 ❼ ワインを二つ下さい。
請給我兩杯紅酒。

♪402-09 ❽ ぬるま湯を一杯もらえませんか。
可以給我一杯溫水嗎？

♪402-10 ❾ ちょっと気分が悪いですから、薬とか
ありますか。
有點不太舒服，請問有藥嗎？

Q&A 現學現用

♪403-01 Ⓐ **お客様、何かご入用ですか。**
きゃくさま　なに　　　いりよう
這位客人，請問需要什麼嗎？

♪403-02 Ⓑ **薬を飲みたいので、ぬるま湯を一杯も**
くすり　の　　　　　　　　　　　　ゆ　　いっぱい
らえませんか。
因為我想吃藥，可以給我一杯溫水嗎？

♪403-03 Ⓐ **温かいお湯ですね。少々お待ち下さ**
あたた　　　ゆ　　　　　しょうしょう　ま　　くだ
い。
溫開水嗎？請稍等一下。

♪403-04 Ⓑ **お願いします。**
ねが
麻煩你了。

Unit 11 | 租車

[場合 情境]

王小姐在網路上預約了
租車服務，她正在取
車。在日本租車時可能
會說到哪些日文呢？

情境會話

♪404-01 **A** ネットで予約した王と言いますが。

我是在網路上預約的，我姓王。

♪404-02 **B** 台湾の王さまですね。今日から２日間で、明後日の朝、浅草支店での返却ということで間違いない①でしょうか。

台灣的王小姐是吧。您預約從今天開始租兩天，後天早上到淺草分店還車，請問有誤嗎？

♪404-03 **A** はい。そうです。

是的，沒錯。

♪404-04 **B** 料金はネットでお支払いが済んでいる②ようですから、あとは浅草支店で返却の時にガソリン代の精算をお願いします。

費用似乎已經在網路上付清了，剩下就是麻煩到淺草分店還車時要精算加油費。

［這些句型還可以這樣用］

① ～間違いない 無誤／沒錯～

♪405-01 ○ こちらが契約書です。内容を読んで、お名前とご住所に間違いなければ、捺印をお願いします。

這裡是契約書，閱讀完內容後，確認姓名及住址無誤的話請蓋章。

♪405-02 ○ この店は創業二百年の老舗です。店はボロですが、味は間違いありません。

這間店是創業兩百年的老店。店有點破舊，但味道是沒問題的。

♪405-03 ○ あの人です。さっき私の財布を盗んで逃げたのは、あの人で間違いありません。

就是那個人。剛剛偷了我的錢包逃跑的，就是那個人沒錯。

② ～済む 結束

♪405-04 ○ 夜、空いてる？晩ご飯が済んだら、花火大会に行かない？

晚上有空嗎？吃完晚餐後要不要去煙火大會？

♪405-05 ○ 外国人登録の手続きが済んだから、これで日本で銀行口座を開ける。

外國人登錄的手續已經結束了，這樣就可以在日本的銀行開戶了。

Q&A 你其實可以這樣回答

♪406-01 **Q** レンタカーを借りる時に注意点は何かありますか。

租車時有哪些要注意的點呢？

♪406-02 **A** ❶ 荷物の数や大きさを考えるべきです。

應該先考慮到行李數量和大小。

♪406-03 ❷ ベビーシートが必要なら事前に予約した方が良いです。

如果需要兒童汽座的話，事先預約比較好。

♪406-04 ❸ 乗り捨ての場合の料金は考慮しないとね。

必須要考慮甲地借乙地還的費用。

♪406-05 ❹ 店で、実際に車を借りる際に、車についた傷を確認しないといけません。

在租車店實際租車時，必須先確認一下車上已有的刮傷。

♪406-06 ❺ カーナビの音量を確認しておいた方がいいです。

先確認一下導航的音量會比較好。

♪406-07 ❻ 何よりも先ず車の操作方法をわかっておくことです。

比什麼都重要的是，要先了解一下汽車的操作方法。

レンタカーを借りる時に
注意点は何かありますか。

乗り捨ての場合の料金
は考慮しないとね。

Q&A 現學現用

♪407-01 **A** レンタカーを借りる時に注意点は何か
ありますか。
租車時有哪些要注意的點呢？

♪407-02 **B** 乗り捨ての場合の料金は考慮しないと
ね。
必須要考慮甲地借乙地還的費用。

♪407-03 **A** 乗り捨ての料金は何か違うんですか。
甲地借乙地還的費用有什麼不同嗎？

♪407-04 **B** それはもちろん、料金が高くなること
だよ。倍くらい違うよ。
那當然，費用會變貴，大概差了一倍喔。

407

[場合 情境]
ば あい

中村先生跟須藤小姐在
旅行時迷路了，想要找
路人問路。在迷路時可
能會説到哪些日文呢？

情境會話

♪408-01 **A** 参ったな。地図どおりに①来たはず②
まい ち ず き
なのに、目的地に着かないし、今い
もくてきち つ いま
る場所も分からなくなっちゃった。
ば しょ わ
糟了，我照著地圖走，結果到不了目的地，連
現在在哪裡也搞不清楚了。

♪408-02 **B** スマホでグーグルマップを見てみた
み
ら？
用手機看一下 Google 地圖呢？

♪408-03 **A** だめだ。ここ、Wi-Fiの電波、来てな
でん ぱ き
いみたい。
不行。這裡好像沒有 Wi-Fi 的訊號。

♪408-04 **B** あ、あのおじさんに聞いてみよう。
き
あの、すみません。
啊，問一下那個阿伯好了。那個，不好意思！

[這些句型還可以這樣用]

① ～とおりに～ 照著～

♪409-01 ○ 説明書のとおりに操作したのに、このブルーレイプレーヤー、全然映らないよ。

我照著說明書來操作，結果這個藍光播放器完全沒辦法播映。

♪409-02 ○ ひらがなの練習をします。先生が書くとおりに書いてみましょう。

來練習寫平假名。按照老師寫的筆順來寫看看吧。

♪409-03 ○ この店では、機械を使わないで昔どおりの方法で手作業で作っています。

這間店不使用機器，按照傳統方法進行手工作業。

② ～はず 照理來說／應該～

♪409-04 ○ 田中さんは昨日出張から帰って来たから、今日は会社に来るはずだよ。

田中先生昨天出差回來，所以今天應該會來公司喔。

♪409-05 ○ 楊さんは5年くらい日本に住んでいたから、日本語はできるはずだよ。

楊小姐住在日本五年左右，應該會說日語。

409

Q&A 你其實可以這樣回答

♪410-01 **Q** 道に迷ったら、どうすればいいですか。
如果迷路的話該怎麼辦？

♪410-02 **A** ❶ 動かないで、そのまま待つことです。
先不要隨便走，在原來的位置等。

♪410-03 ❷ 知り合いや宿泊しているホテルに電話するしかありません。
只能打電話給朋友或住宿的飯店。

♪410-04 ❸ だから、行き先の住所や電話番号はチェックしてから出発するべきなんですよ。
所以，應該事先確認好目的地的地址或電話號碼後再出發。

♪410-05 ❹ 遊園地やデパートの中なら、インフォメーションカウンターでアナウンスしてもらうことですね。
如果在遊樂園或百貨公司裡面的話，到服務台請他們廣播。

♪410-06 ❺ タクシーに乗って目的地に行った方が速いですよ。
搭計程車去目的地比較快。

♪410-07 ❻ 一緒に来た人に電話すればいいんじゃない？
打電話給一起來的人就好了吧？

道に迷ったら、どう
すればいいですか。

一緒に来た人に電話す
ればいいんじゃない？

Q&A 現學現用

♪411-01 **A** 道に迷ったら、どうすればいいですか。
如果迷路的話該怎麼辦？

♪411-02 **B** 一緒に来た人に電話すればいいんじゃない？
打電話給一起來的人就好了吧？

♪411-03 **A** 電話を持ってない場合はどうする？
如果沒帶電話怎麼辦？

♪411-04 **B** やたらと動き回らないで、その位置で待つしかないよ。
先不要隨便走動，只能在原來的位置等。

Unit 13 | 購買紀念品

かんこうりょゆう かんこうりょこう

[場合 情境]
ばあい

齋藤先生和吉田小姐在
討論要購買什麼紀念
品。談論購買紀念品時
會說到哪些日文呢？

情境會話

♪412-01 **A** このお菓子、おいしそうだなあ。お
かし
みやげに買って帰ろうかな。
か　　かえ

這個零食看起來好好吃，買回去當禮物好了。

♪412-02 **B** でも、食べてしまったら、それで終
た　　　　　　　　　　　　　　　お
わり。記念にならないじゃない？
きねん

但是吃完的話就沒有了，不就不能當作紀念了
嗎？

♪412-03 **A** このお菓子は友達にあげる①んだ。
かし　　ともだち
自分の為には何か②記念になるもの
じぶん　ため　　なに　　きねん
が良いね。
い

這個零食是要給朋友的。自己的話，買個什麼
可以紀念的東西比較好。

♪412-04 **B** じゃ、この木彫りの人形は？かわい
きぼ　　にんぎょう
くない？記念に買っちゃおうかな。
きねん　か

那麼，這個木雕的人像如何？不覺得很可愛
嗎？買回去當紀念好了。

［這些句型還可以這樣用］

① ～にあげる　送給～

♪413-01　辞書や参考書は、卒業する時に後輩に全部あげた。

字典和參考書在畢業時全部送給學弟妹了。

♪413-02　友達の子供におもちゃをあげたら、大声を上げて喜んでいた。

給朋友的小孩玩具後，他開心得大叫。

② 何か～　什麼～

♪413-03　何か聞こえなかった？さっき人の叫び声が聞こえたような気がするんだけど。

有沒有聽到什麼聲音？我感覺剛剛好像聽到有人在大叫的聲音。

♪413-04　何かおいしいものを食べに行かない？

要不要去吃點什麼好吃的？

♪413-05　食欲がなくても、何か食べないと体に良くないよ。

就算沒食慾，不吃點什麼的話對身體不好。

♪413-06　今日は暇だなあ。何か面白いこと、ないかなあ？

今天好閒喔。有沒有什麼有趣的事啊？

Chapter 8　觀光旅遊

Q&A 你其實可以這樣回答

♪414-01 **Q** こちらのいちばん売れている記念品
は何ですか。

這裡最暢銷的紀念品是什麼？

♪414-02 **A** ❶ コアラのマグネットです。

無尾熊的磁鐵。

♪414-03 ❷ 熊の栓抜きが一番売れています。

熊的開瓶器賣得最好。

♪414-04 ❸ 先住民の織物で作ったコースターが
人気商品です。

原住民的織物所做的杯墊很受歡迎。

♪414-05 ❹ 木で作った写真立てです。

木製相框。

♪414-06 ❺ キーチェーンがベストセラー商品で
す。

鑰匙圈是我們最暢銷的商品。

♪414-07 ❻ ここの風景を描いた葉書です。

畫有此處風景的明信片。

♪414-08 ❼ Tシャツです。

T恤。

♪414-09 ❽ 携帯のストラップです。

手機吊飾。

Q&A 現學現用

♪415-01 **A** こちらのいちばん売れている記念品は
何ですか。

這裡最暢銷的紀念品是什麼？

♪415-02 **B** 熊の栓抜きが一番売れています。

熊的開瓶器賣得最好。

♪415-03 **A** ほかに何かありますか。

其他還有什麼嗎？

♪415-04 **B** ここの風景を描いた葉書はいかがです
か。

畫有此處風景的明信片如何？

Unit 14 | 緊急狀況

[場合 情境]

加藤小姐把手提包忘在
電車裡了，於是趕緊回
車站去拿。出外旅行難
免會發生緊急狀況，這
時會説到哪些日文呢？

情境會話

♪416-01 **A** あ、バッグを電車の中に忘れて来
ちゃった①。

啊，我的手提包忘在電車裡了！

♪416-02 **B** ええっ。何が入っていたの？

咦？裡面有什麼？

♪416-03 **A** パスポートとか財布とか②。財布に
は現金はあまり入ってないけど、ク
レジットカードとかキャッシュカー
ドが入ってた。

護照和錢包。錢包裡的現金雖然不多，但是有
信用卡跟現金卡。

♪416-04 **B** それ、まずいよ。急いで駅に戻ろ
う。

那糟糕了，趕緊回車站去吧。

[這些句型還可以這樣用]

① ～を～に忘れて来た　把～忘在～

♪417-01 あ、傘をコンビニに忘れて来ちゃった。
啊，我把傘忘在超商了。

♪417-02 辞書を家に忘れて来たので、取りに帰ります。
我把字典忘在家裡了，我回去拿。

♪417-03 そちらにケータイを忘れて来たようなんですが、無かったでしょうか。
我把手機忘在你那邊了，有看到嗎？

② ～とか～とか　～和～

♪417-04 日本で温泉とかスキーとかを楽しみたいです。
在日本想享受溫泉和滑雪。

♪417-05 京都では、清水寺とか嵐山とかに行きました。
在京都去了清水寺及嵐山。

♪417-06 日本料理で食べたことがあるのは、天ぷらとかお好み焼きとかです。
日本料理中吃過的有天婦羅和大阪燒。

Q&A 你其實可以這樣回答

♪418-01 **Q** 緊急事態が発生した場合、一番重要なのは何ですか。

發生緊急狀況時，最重要的是什麼？

♪418-02 **A** ❶ 落ち着くことです。

要冷靜。

♪418-03 ❷ すぐに警察や救急隊に通報することです。

馬上通報警察或救難隊。

♪418-04 ❸ 普段からの準備が一番重要です。

平常的準備是最重要的。

♪418-05 ❹ 親しい人に連絡することです。

聯絡熟人。

♪418-06 ❺ 通帳など身分証明になる書類を持つことです。

帶存摺等證明身分用的文件。

♪418-07 ❻ とにかく、誰かに助けを求めること。

總之要向他人求助。

♪418-08 ❼ 事件や事故なら110番、火事や救急なら119番に連絡すること。

如果發生事件或意外要打 110，火災和急救的話要打 119。

緊急事態が発生した場合、一番重要なのは何ですか。

普段からの準備が一番重要です。

Q&A 現學現用

♪419-01 **A** 緊急事態が発生した場合、一番重要なのは何ですか。

發生緊急狀況時，最重要的是什麼？

♪419-02 **B** 普段からの準備が一番重要です。でないと、慌てて何もできませんよ。

平常的準備是最重要的。不然的話，驚慌時什麼都無法做。

♪419-03 **A** どんな準備が必要ですか。

需要怎麼樣的準備呢？

♪419-04 **B** 例えば、大事な書類はすぐ持ち出せるようにまとめて置くとかね。

例如把重要的文件都放在一起，才能立刻拿出去。

[想多學一點點]

01 格安航空 廉價航空

低成本航空公司（Low-cost Carrier），簡稱 LCC，
也就是「格安航空」，廉價航空的意思。是指把營運
成本控制得比傳統航空公司還低的航空公司。與一般
航空公司在航路及乘客服務上有明顯差異。大多以網
路或電話來購買機票，且有限度的服務乘客，並對部
分服務收取費用。

例句

**A: 今回タイへ行くチケットは格安航空のチケット
を取ったよ。**

這次去泰國的機票是買廉航的機票哦。

B: そうですか、いくらだったの？

是喔，多少錢？

---

02 チップ 小費

「チップ」也就是英文的 tip。指給予服務生消費額
以外的賞錢，作為感謝、表揚之用。一般來説，小費
都不是規定要給的，數目也沒有明確規定。在某些國
家，小費是服務員的主要所得；不過最近有些國家開
始認為經營者應該以較高的薪資來取代小費。

例句

A: 今日、枕元にチップを置いた？

今天有在枕頭下放小費嗎？

B: あ、忘れてしまった。

啊，我忘了。

03 ダークツーリズム　黑暗觀光

「黑暗觀光」是指去參觀受災地的災後遺跡或是戰爭遺跡等，以人類的死亡及哀傷為觀光目的行程。又稱為「ブラックツーリズム（黑色旅遊）」或「悲しみのツーリズム（悲情旅遊）」。其中著名的有德國奧斯威辛納粹集中營，以及日本原爆穹頂。

例句
A: 日本のダークツーリズムって知ってます？
你知道日本的黑暗觀光嗎？

B: 原爆ドームのこと？
是指原爆穹頂嗎？

---

04 プレミアム・エコノミー　優質經濟艙

所謂的「優質經濟艙」是指介於經濟艙及商務艙之間的艙等。價位較經濟艙高，且座椅寬度及椅距都較經濟艙高。較常出現於中、長程航線。航空公司推出此種艙等的目的，主要是想吸引那些想享受較好的服務，又不想花太多錢的旅客。而旅行團通常不會使用此艙等。

例句
A: アメリカへ行くチケットは取りましたか。
去美國的機票買了嗎？

B: 取ったよ。いつもの窮屈な席とは違って、今回はプレミアム・エコノミーの席を取ったよ。
買啦。跟以往窄小的位置不同，我買了優質經濟艙的位置。

421

Chapter 9
娛樂休閒
レクリエー
ション

レクリエーション

娯樂休閒

Unit 1 | 海邊

[場合 情境]
ば あい

佐佐木先生和山田小姐
一起到海邊遊玩，海浪
跟太陽都很大。在海邊
玩時可能會説到哪些日
文呢？

情境會話

♪424-01 Ⓐ ここ、いい砂浜だね。でも、今日
　　　　　　　　　すな はま　　　　　　　　　　きょう
　　　　は風も強いし波がこんなに大きく
　　　　　かぜ つよ　　なみ　　　　　　おお
　　　　ちゃ① 海に入れないな。
　　　　　　　　うみ はい

這裡是很棒的沙灘耶。不過今天風很強，
而且浪那麼大的話也沒辦法下海。

♪424-02 Ⓑ うん。でも、日差しは十分だから、
　　　　　　　　　　　ひ ざ　　じゅう ぶん
　　　　ここで少し日に焼こう。
　　　　　　　すこ ひ や

嗯，不過這裡日照很夠，我們在這裡曬一下太
陽吧。

♪424-03 Ⓐ あ、サンオイルを車の中に忘れ
　　　　　　　　　　　　くるま なか わす
　　　　ちゃった。取ってくるよ。
　　　　　　　　と

啊！防曬油忘在車裡了，我去拿來。

♪424-04 Ⓑ じゃ、ついでに②、何か飲み物を
　　　　　　　　　　　　なに の もの
　　　　買ってきて。
　　　　か

那順便去買點什麼喝的來。

［這些句型還可以這樣用］

① 〜ちゃ 難以〜

♪425-01 こんなに高くちゃ、買えないよ。
這麼貴的話買不起啦。

♪425-02 そんなに風がひどくちゃ、水泳なんて無理だよ。今日はやめたほうが良いよ。
風那麼大的話，沒辦法游泳啦。今天取消比較好。

♪425-03 こんなに人がいたんじゃ、ゆっくり観光なんてできないよ。
有那麼多人的話，無法好好地觀光。

② ついでに〜 順便〜

♪425-04 コンビニに行くついでに、この手紙をポストに投函してきて。
去便利商店時順便把信投到信箱裡。

♪425-05 今、駅に着いた。これから帰るけど、ついでに何か飲み物でも買って帰ろうか。
現在到車站了。等一下就要回去了，我順便買些什麼喝的回去吧。

♪425-06 悪いけど、トイレに行くなら、ついでに電気のスイッチを入れてくれる？
抱歉，如果你要去廁所的話，可以順便幫我把電燈打開嗎？

425

Q&A 你其實可以這樣回答

♪426-01 **Q** この夏、海に遊びに行かない？

這個夏天要不要去海邊玩？

♪426-02 **A** ❶ いいね。行こう。

好啊，我們走吧。

♪426-03 ❷ 日焼けしちゃうから、行かない。

會曬黑，我不去。

♪426-04 ❸ 私、あまり泳げないから、プールでいいよ。

我不太會游泳，去游泳池就好。

♪426-05 ❹ 準備するものが多いから面倒だな。今回はいいや。

要準備的東西很多，好麻煩。我這次還是算了。

♪426-06 ❺ 海は人が多そうだなあ。川はどう？

海邊感覺人好多，去河邊怎麼樣？

♪426-07 ❻ 私は海より山のほうが行きたい。

比起海邊，我比較想去山上。

♪426-08 ❼ 海に行くなら、早目に行ったほうが良いよね。6月末はどう？

要去海邊的話早點去比較好吧，六月底如何？

♪426-09 ❽ ちょっとスケジュールを確認してから返事してもいい？

我先確認一下行程再回覆你可以嗎？

426

Q&A 現學現用

♪427-01 **A** **この夏、海に行かない？**

這個夏天要不要去海邊玩？

♪427-02 **B** **海は人が多そうだなあ。川はどう？**

海邊感覺人好多，去河邊怎麼樣？

♪427-03 **A** **そうねえ、川ね。じゃ、川でバーベ
キューしようか。**

這樣啊，河邊呀。那麼去河邊烤肉如何？

♪427-04 **B** **いいね。いつにしようか。**

好耶，何時去好呢？

Unit 2 | 登山

[場合 情境]

佐佐木小姐第一次認真
登山，山口先生跟她説
最重要的就是別逞強。
登山時可能會説到哪些
日文呢？

情境會話

♪428-01 **A** 本格的な登山は初めてなんです。
這是我第一次正式登山。

♪428-02 **B** じゃ、無理をしない①ことが大切だ
よ。
那麼，最重要的是別逞強。

♪428-03 **A** 迷惑を掛ける②かもしれませんが、
よろしくお願いします。
或許會給您帶來困擾，但還請您多指教。

♪428-04 **B** 大事なのは、自分のペースを崩さな
いように歩くことと定期的に休憩を
とることだよ。
重點是攀登時別打壞自己的步調，也要定時休
息。

♪428-05 **A** わかりました。
我知道了。

［這些句型還可以這樣用］

① 無理をする 逞強～

♪429-01 ○ 仕事は大事だけど、無理をして体を壊
したら意味がありませんよ。

工作雖然重要，但逞強搞壞身體的話沒有意義。

♪429-02 ○ 風邪で調子が悪かったけど、大事な会
議があるので、無理をして会社へ行っ
た。

雖然因為感冒而身體不適，但有很重要的會議，所
以勉強去了公司。

♪429-03 ○ ローンを借りて、無理をして買った家
だったが、津波で全部流されてしまっ
た。

勉強貸款買了房子，但全都被海嘯沖走了。

② 迷惑を掛ける 帶來困擾～

♪429-04 ○ 納品が遅れてしまい、ご迷惑をお掛けし
ました。

交期延遲給您帶來困擾了。

♪429-05 ○ この前は急に仕事を休んで迷惑を掛け
ちゃったね。今度、ご飯でもおごるよ。

之前突然請假帶給你困擾了。下次我請你吃個飯吧。

429

Q&A 你其實可以這樣回答

♪430-01 **Q** 山登りはどんなものを用意すればいい
ですか。

登山要準備哪些東西好呢？

♪430-02 **A** ❶ 歩き易い靴ですね。

好走的鞋子。

♪430-03 ❷ 日差しが強いから、帽子とサングラス
を持って行った方がいいよ。

因為日照很強，所以帶帽子跟太陽眼鏡去比較好。

♪430-04 ❸ 杖を用意したほうがいいです。

準備手杖比較好。

♪430-05 ❹ 水は必ず持って下さい。

請一定要帶水。

♪430-06 ❺ 疲れを取ったり栄養補給のための飴や
お菓子も準備したほうがいいですよ。

最好準備為了消除疲勞或補充營養的糖果或餅乾
零食。

♪430-07 ❻ できるだけ軽いリュックで行った方が
いいです。

盡可能帶輕的背包去比較好。

♪430-08 ❼ 薄手の防水コートを持って行くと役立
ちます。

帶薄的防水外套去會有幫助。

山登りはどんなものを用意すればいいですか。

日差しが強いから、帽子とサングラスを持って行った方がいいよ。

Q&A 現學現用

♪431-01 **A** 山登りはどんなものを用意すればいい
ですか。
登山要準備哪些東西好呢？

♪431-02 **B** 日差しが強いから、帽子とサングラス
を持って行った方がいいよ。
因為日照很強，所以帶帽子跟太陽眼鏡去比較好。

♪431-03 **A** 分かりました。ほかに何か注意する事
がありますか。
我知道了。其他還有哪些要注意的事呢？

♪431-04 **B** あと、水は必ず持って下さい。
再來就是請一定要帶水。

Unit 3 | 野餐

[**場合 情境**]
<small>ば あい</small>

山口小姐和松本小姐一
起去公園野餐。談論野
餐或是去野餐時可能會
說到哪些日文呢？

情境會話

♪432-01 **A** 久しぶり①にピクニックするなあ。
<small>ひさ</small>
何年ぶりだろう。
<small>なん ねん</small>

好久沒野餐了，上次野餐不知道是幾年前了。

♪432-02 **B** たまには良いものだろう？
<small>い</small>

偶一為之還不賴吧？

♪432-03 **A** うん。青空の下で、お弁当を広げ
<small>あおぞら</small> <small>した</small> <small>べん とう</small> <small>ひろ</small>
て、景色を見ながら皆で食べるのも
<small>け しき</small> <small>み</small> <small>みな</small> <small>た</small>
悪くない。
<small>わる</small>

嗯，在藍天下打開便當，大家邊看風景邊吃
飯，感覺還不賴。

♪432-04 **B** 気分転換やストレス発散にもなる
<small>き ぶん てん かん</small> <small>はっ さん</small>
し、大人こそ、ピクニックをどんど
<small>おとな</small>
んやるべき②だと思う。
<small>おも</small>

可以轉換氣氛也可以消除壓力。我覺得大人才
更應該常去野餐。

[這些句型還可以這樣用]

① ～ぶり 好久～

♪433-01 ○ 海で泳ぐなんて 10 年ぶりだ。
距離上次去海邊游泳已經十年之久。

♪433-02 ○ テニスをするのは久しぶりだから、
下手になったと思うよ。
很久沒有打網球了，我想我變得很糟。

♪433-03 ○ 久しぶりに、一緒に旅行にでも行かない？
很久沒去旅行了，要不要一起去旅行？

② ～べき 應該～

♪433-04 ○ どんな病気でも早目に治療をするべきだよ。
無論什麼病都應該早點治療。

♪433-05 ○ 学生は、やはり勉強をしっかりするべきだよ。
學生果然還是應該好好讀書。

♪433-06 ○ 君は彼女のことをもっと大切にするべきだよ。
你應該更重視她一些。

Q&A 你其實可以這樣回答

♪434-01 **Q** ピクニックには何を持って行くんですか。

野餐要帶哪些東西去呢？

♪434-02 **A** ❶ レジャーシートは必ず持って行く。

一定要帶帆布墊。

♪434-03 ❷ 当然、お弁当と飲み物を持って行くよ。

當然要帶便當和飲料去。

♪434-04 ❸ 子供を連れて行くから、遊ぶ道具を準備しなくちゃ。

因為要帶小孩去，所以一定要準備玩具。

♪434-05 ❹ テーブルと椅子があれば便利です。

有桌子和椅子的話很方便。

♪434-06 ❺ タオルを持って行った方がいいです。

帶毛巾去比較好。

♪434-07 ❻ ウェットティッシュも用意したほうがいいです。

最好要準備濕紙巾帶去。

♪434-08 ❼ ビニール袋があると、いろいろ使えて便利です。

有塑膠袋的話，許多地方用得上，很方便。

♪434-09 ❽ 虫除けスプレーとかゆみ止め。

除蟲噴霧跟止癢藥膏。

ピクニックには何を持って
行くんですか。

当然、お弁当と飲み物
を持って行くよ。

Q&A 現學現用

♪435-01 **A** ピクニックには何を持って行くんです
か。
野餐要帶哪些東西去呢？

♪435-02 **B** 当然、お弁当と飲み物を持って行くよ。
當然要帶便當和飲料去。

♪435-03 **A** どんなお弁当がいいですか。
怎麼樣的便當比較好呢？

♪435-04 **B** 僕はおにぎりを作って持って行く。
我會做飯糰帶去。

435

[場合 情境]
ば あい

幸太郎一行人去到山中
露營，正在搭帳棚和做
其他準備。露營時會説
到哪些日文呢？

情境會話

♪436-01 **A** 僕と幸太郎でテントを設営するか
ら、健二は焚き木になる枯れ枝をで
きるだけたくさん集めて、翔太は川
で水を汲んで来て。

我跟幸太郎搭帳棚，健二去找可以當柴的枯樹
枝，盡可能多收集點，翔太去河邊汲水過來。

♪436-02 **B** 谷に下りて、それから、水を持って
山を登って来るのか。きついなあ。

先下山谷，然後再提著水爬山過來，太難了吧。

♪436-03 **C** お前、いつも体力には自信があるっ
て自慢してる①だろう？

你不是對自己的體力很自豪嗎？

♪436-04 **B** まあまあ、そう言わずに②頑張って
よ。テントの設営が終わったら、俺
と幸太郎も手伝うよ。

好啦好啦別那麼説，加油吧，帳棚搭好後，我
跟幸太郎也會幫忙。

436

［這些句型還可以這樣用］

① 〜自慢する／〜自慢だ 吹噓／自豪〜

♪437-01
彼はいつも学生時代の成績を自慢している。

他總是自豪學生時期的成績。

♪437-02
佐藤さんは、手作りのチョコレートケーキが自慢なんです。

佐藤小姐自豪自己的手工巧克力餅乾。

♪437-03
彼女は自分の子供が東京大学を出て大蔵省の官僚になったことを自慢したいんだね。

她想要炫燿自己的孩子從東京大學畢業後，成為經濟部的官員。

② まあまあそう言わずに。 好啦好啦別那麼說。

♪437-04
まあまあそう言わずに。今晩はおいしい焼肉をご馳走するから。

好啦好啦別那麼說，我今晚請你吃好吃的燒肉啦。

♪437-05
まあまあそう言わずに、付き合ってよ。この店の焼き鳥、けっこう美味しいんだから。

好啦好啦別那麼說，陪我去啦。這間店的烤雞肉串真的很好吃。

437

Q&A 你其實可以這樣回答

♪438-01 **Q** キャンプでどんな料理を作りますか。
露營時都做哪些料理呢？

♪438-02 **A** ❶ よく作るのはカレーライスですね。
最常做咖哩飯。

♪438-03 ❷ そうですねえ、手間を掛けたくないから、いつも即席麺を持って行きます。
這個嘛，我不想花太多時間，所以都帶泡麵去。

♪438-04 ❸ シーフードパエリアは意外と簡単に作れますよ。
海鮮燉飯的作法意外地簡單哦。

♪438-05 ❹ この前、友たちがフランスパンのホットサンドを作ったんですが、すごくおいしかったですよ。
之前朋友做了法國麵包的熱三明治，非常美味。

♪438-06 ❺ ポップコーンは簡単で大人気です。
爆米花簡單又受歡迎。

♪438-07 ❻ 果物のワッフルをよく作ります。見た目もいいし、食べやすいです。
最常做水果鬆餅。好看又好吃。

♪438-08 ❼ 私の定番は、あさりのホイル包み焼きです。
我必做的是烤鋁箔紙包蛤蜊。

キャンプでどんな料理を作りますか。

果物のワッフルをよく作ります。見た目もいいし、食べやすいです。

Q&A 現學現用

♪439-01 **Ⓐ キャンプでどんな料理を作りますか。**
露營時都做哪些料理呢？

♪439-02 **Ⓑ 果物のワッフルをよく作ります。見た目もいいし、食べやすいです。**
最常做水果鬆餅。好看又好吃。

♪439-03 **Ⓐ 作るのは難しいんですか。私は料理が苦手で……。**
會很難做嗎？料理方面我不太拿手……。

♪439-04 **Ⓑ いいえ。三歳の子供でも作れますよ。**
不會，連三歲小孩都會做哦。

439

Unit 5 | 園藝

井上小姐到日野先生家
作客，討論到自己打造
庭院的樂趣。談論園藝
時會說到哪些日文呢？

情境會話

♪440-01 Ⓐ 日野さんの家の庭は広いから、ガーデニングを楽しむには申し分ない①ですね。

日野先生家的庭院很大，很適合享受打造庭院的樂趣。

♪440-02 Ⓑ でも、妻が家事を手伝えとか子供の世話をしろとかうるさくて、ただでさえ趣味をゆっくり楽しむ暇も無いんですから、ガーデニングまでは手が出ませんよ。

不過，老婆一直吵著說要我幫忙做家事或是照顧孩子，就連好好享受興趣的時間都沒有，更別說園藝了。

♪440-03 Ⓐ ガーデニングできれいな庭を造ったら、奥さんにも喜ばれる②んじゃないですか。

打造一個漂亮庭園的話，太太應該也會很高興，不是嗎？

［這些句型還可以這樣用］

① 申し分ない〜 享受／滿足〜／意見〜

♪441-01 **藤井選手は申し分ない年俸を提示したA チームの誘いを断って、自分の故郷にあ る小さなBチームに移った。**

藤井選手拒絕了提供令人滿意年薪的 A 隊，轉移到 自己家鄉的小團 B 隊。

♪441-02 **申し分がないわけではないですが、会社 の待遇には満足しています。**

雖然不是沒有怨言，但是對於公司的薪水是滿意的。

② 〜に喜ばれる 令人高興〜

♪441-03 **このお菓子は誰に上げても喜ばれるか ら、贈り物としてよく買うんです。**

這個小點心不管送給誰都會讓人感到開心，我經常買 來當禮物。

♪441-04 **私は皆に喜ばれる仕事がしたいんです。**

我想做會讓大家開心的工作。

♪441-05 **披露宴出席者へのプレゼントには、最近 はこういう実用品が喜ばれています。**

婚禮的贈品，最近這種實用物品很受歡迎。

441

Q&A 你其實可以這樣回答

♪442-01 **Q** ガーデニング初心者でも育てやすい
植物は何ですか。

園藝初學者也種得起來的植物是什麼？

♪442-02 **A** ❶ マーガレットはとても強くて育てやす
いですよ。

瑪格麗特很強韌、很好養。

♪442-03 ❷ オステオスペルマムは色とりどりで可
愛いですよ。

藍眼菊的色彩繽紛可愛。

♪442-04 ❸ マリーゴールドは夏の暑さに強いです
よ。

萬壽菊耐得住夏天的暑氣。

♪442-05 ❹ よく見られる朝顔も育てやすいんです
よ。

隨處可見的牽牛花也是很好種的。

♪442-06 ❺ ヒマワリはかわいいし、初心者が育て
るのに向いていますよ。

向日葵既可愛又適合初學者種植。

♪442-07 ❻ 多肉植物のセダムも初心者にぴったり
ですよ。

多肉植物的佛甲草也非常適合初學者栽種。

ガーデニング初心者でも育てやすい植物は何ですか。

ヒマワリはかわいいし、初心者が育てるのに向いていますよ。

Q&A 現學現用

♪443-01 A **ガーデニング初心者でも育てやすい植物は何ですか。**
園藝初學者也種得起來的植物是什麼？

♪443-02 B **ヒマワリはかわいいし、初心者が育てるのに向いていますよ。**
向日葵既可愛又適合初學者種植。

♪443-03 A **でも、背が高くなると倒れ易くなりませんか。**
但是長高時不會容易斷掉嗎？

♪443-04 B **支え棒をしてあげれば大丈夫です。**
做支架支撐就沒問題了。

Unit 6 | 攝影

[場合 情境]
ば あい

木村先生要幫大家拍紀
念照，於是請大家排
好。在攝影拍照時可能
會說到哪些日文呢？

情境會話

♪444-01 **A** ここは記念撮影に、うってつけ①の
き ねん さつ えい
場所だ。ここで撮ろう。
ば しょ と

這裡是拍紀念照最好的地方。就在這邊照吧。

♪444-02 **B** さあ、みんな、ここに並んで。
なら

來，各位請在這邊排好。

♪444-03 **A** じゃ、撮るよ。思い思い②のポーズ
と おも おも
をして。はい、チーズ！

那麼我要拍囉。擺好自己的姿勢。說「起司」！

♪444-04 **B** 目をつぶっちゃった。もう一度、お
め いち ど
願い。
ねが

我剛剛閉眼睛了，麻煩再拍一次。

♪444-05 **A** はい、もう一回いくよ。
いっ かい

好，那再拍一次喔。

♪444-06 **B** どうも。

謝謝。

[這些句型還可以這樣用]

① うってつけ～ 適合／剛好～

♪445-01 彼女は山歩きとスキーが趣味なのか。じゃ、自然大好きの井上さんにうってつけの見合い相手だな。

她的興趣是健行和滑雪。對喜歡大自然的井上而言，是很適合的相親對象。

♪445-02 今日は浜辺を散歩するには、うってつけの天気だ。

今天是適合去沙灘散步的好天氣。

② 思い思い～ 各隨己願～

♪445-03 ハロウィンの夜、大勢の人が思い思いの仮装をして町中を歩き回る。

萬聖節的晚上，許多的人各隨己願，變裝後在城市中閒逛。

♪445-04 転校する江川くんの為に、クラスメートたちは思い思いの言葉を書いて贈った。

為了即將轉校的江川同學，班上同學寫下各自想說的話送給他。

♪445-05 同窓会の時は、皆で思い思いに懐かしい出来事を話して盛り上がった。

同學會的時候，每個人說了各自懷念的事，讓場面相當熱絡。

445

Q&A 你其實可以這樣回答

♪446-01 **Q** 婚礼写真は、どんなプランがあるんでしょうか。

婚禮攝影有哪些方案呢？

♪446-02 **A** ❶ 婚礼当日は忙しいので、前撮りプランを選ぶ人が多いです。

因為婚禮當天很忙，所以很多人會選事前拍攝方案。

♪446-03 ❷ 和装と洋装のプランがあります。

有和服及洋裝的方案。

♪446-04 ❸ 撮影場所によってスタジオ撮影とロケーション撮影、そして海外撮影もあります。

根據拍攝場地，我們有棚內攝影、戶外攝影及國外攝影。

♪446-05 ❹ この機会に家族写真を撮る特別プランもあります。

藉此機會拍全家福的特別方案也有。

♪446-06 ❺ ハンドメイドのアルバム付きプランもあります。

也有附手工相本的方案。

♪446-07 ❻ 婚礼写真じゃなくて、私服のエンゲージメント撮影もあります。

我們也有不是婚紗照的私服紀念照方案。

Q&A 現學現用

♪447-01 **A** 婚礼写真は、どんなプランがあるんで
しょうか。

婚禮攝影有哪些方案呢？

♪447-02 **B** 和装と洋装のプランがあります。

有和服及洋裝的方案。

♪447-03 **A** 和装か洋装か、どちらか一つしか選べ
ないっていうことですか。

是指和服或洋裝只能選一種的意思嗎？

♪447-04 **B** いいえ、和装プラス洋装のプランもあ
りますよ。

不，也有和服加洋裝的方案喔。

447

Unit 7 │ 滑雪

[場合 情境]

山崎小姐説她不太會滑雪，但是清水先生拜託她今天陪他一起滑。談論滑雪時會説到哪些日文呢？

情境會話

♪448-01 Ⓐ **スキーはあまり得意じゃないんだ。**
我不太會滑雪。

♪448-02 Ⓑ **俺なんか、今、バンコクに住んでいるから、滑りたくても滑れないんだ。めったにない① ことなんだから、今日一日スキーに付き合って② よ。**
像我現在住在曼谷，就算想滑也不能滑。難得的機會，今天妳陪我滑吧。

♪448-03 Ⓐ **わかったよ。付き合うよ。**
我知道了，今天陪你滑啦。

♪448-04 Ⓑ **でも、長い間、滑ってないんだろう？忘れちゃったんじゃないのか？**
但是，妳很久沒滑了對嗎？會不會已經忘記了啊？

[這些句型還可以這樣用]

① めったに～ない 很少～

♪449-01 ○ 山ばかりの内陸部に住んでいるから、海にはめったに行きませんね。

因為住在四周環山的內陸，很少去海邊。

♪449-02 風邪を引いても、めったに休まない花村さんなのに。突然、会社を休むなんて、どうしたんでしょうね？

就算感冒也很少休假的花村先生，突然向公司請假，是不是發生什麼事了？

♪449-03 ○ ステーキはめったに自分で注文しないけど、この店は安くて美味しいから、ここに来ると必ず注文するんだ。

我很少自己點牛排，但這間店便宜又好吃，所以來這裡我一定會點牛排。

② ～付き合う 陪著做～

♪449-04 ○ ネクタイを選ぶのに付き合ってくれますか。

可以陪我去挑領帶嗎？

♪449-05 田中さんが台湾に行きたいけど一人じゃ嫌だというので、僕も付き合って一緒に行くことになった。

田中先生想去台灣，但不想一個人去，所以變成我也陪著一起去。

449

Q&A 你其實可以這樣回答

♪450-01 **Q** スキーが上達するには、どうすれば
いいですか。

想讓滑雪更進步該怎麼做才好？

♪450-02 **A** ❶ まず、スピードへの恐怖心を克服する
ことです。

首先要先克服對速度的恐懼心。

♪450-03 ❷ よく言われるのは「転んだ数だけスキ
ーが上達する」と言う言葉で、練習を
重ねれば必ず上達するということで
す。

最常聽到的一句話是「跌得愈多滑得愈好」，只
要反覆練習一定會進步的。

♪450-04 ❸ カニ歩きで斜面を登る練習をすること
です。

在斜面上練習橫著走。

♪450-05 ❹ 練習でブレーキの掛け方を覚えるこ
と。

練習時記住煞車的方法。

♪450-06 ❺ スピードを徐々に出すことも恐怖心を
無くす方法の一つです。

慢慢地提高速度也是去除恐懼心的方法之一。

スキーが上達するには、
どうすればいいですか。

まず、スピードへの恐怖
心を克服することです。

Q&A 現學現用

♪451-01 Ａ **スキーが上達するには、どうすればい
いですか。**
想讓滑雪更進步該怎麼做才好？

♪451-02 Ｂ **まず、スピードへの恐怖心を克服する
ことです。**
首先要先克服對速度的恐懼心。

♪451-03 Ａ **確かにそうですね。どうしても怖く
て、体が固くなってしまうんです。**
的確是這樣。我總是會覺得害怕，然後就全身僵
硬。

Unit 8 │ 遊樂園

[場合 情境]

山崎媽媽這個星期六要帶孩子們去遊樂園玩。談論遊樂園或是去遊樂園時會説到哪些日文呢？

情境會話

♪452-01 **A** 子供が遊園地に行きたいと言うので、それなら、いっそのこと①ディズニーランドに行こうと思いまして、今度の土曜日に行ってきますよ。

孩子們説想去遊樂園，我想這樣的話乾脆就去迪士尼樂園好了，所以這禮拜六去。

♪452-02 **B** そうですか。平日でも人が多いですから、週末はなおさら②だと思いますよ。覚悟して行ったほうがいいですよ。

這樣啊。我覺得平日人就很多了，假日更不用説。要先有心理準備再去比較好。

♪452-03 **A** 子供と約束してしまいましたからね。覚悟して行ってきます。

但因為已經跟孩子們約好了，所以我會做好心理準備出發的。

[這些句型還可以這樣用]

① いっそのこと〜　乾脆〜

♪453-01
みんな食べたいものが違うから、レストランが決まらないよ。じゃ、いっそのこと、デパートのフードコートにでも行こうか。あそこなら、いろんな料理が食べられるから。

因為大家想吃的東西都不一樣，所以無法決定餐廳。那麼乾脆去百貨公司美食街好了，那邊的話可吃到各式料理。

♪453-02
高い家賃を払い続けるなら、いっそのこと家をローンで買っちゃおうか？

持續付昂貴租金的話，要不要乾脆貸款買房子呢？

② なおさら〜　更何況〜

♪453-03
この地域全体で土地価格が上がっているんだ。駅周辺ならなおさらのことだよ。

這個地區的地價全面性上揚，更不用說車站附近了。

♪453-04
なぜ外国人が受ける試験にこんな難解な文章を出題するんだ。日本人でも分からないんだから、外国人にはなおさらだろう。

為何外國人考的考試要出那麼難解的題目呢？連日本人都看不懂了，更何況是外國人。

453

Q&A 你其實可以這樣回答

♪454-01 **Q** 遊園地の中には、どんな乗り物があり
ますか。

遊樂園裡有哪些遊樂器具呢？

♪454-02 **A** ❶ 急流滑りです。夏に涼しさを感じられ
る乗り物です。

急流滑水道。在夏天可以感受清涼感的遊樂器具。

♪454-03 ❷ 観覧車は小さい子供でも乗れます。

摩天輪是小小孩也可以搭。

♪454-04 ❸ メリーゴーランドが一番人気です。

旋轉木馬是最受歡迎的。

♪454-05 ❹ ジェットコースターは遊園地の目玉で
す。

雲霄飛車是遊樂園的賣點。

♪454-06 ❺ お化け屋敷は若者の間で流行っていま
す。

鬼屋在年輕人之中很流行。

♪454-07 ❻ ミラーハウスはちょっと不思議な空間
で面白いです。

鏡子屋會營造出不可思議的空間，很有趣。

♪454-08 ❼ コーヒーカップがあります。ファミリ
ーで乗れていいですよ。

咖啡杯。可以全家人一起坐很棒。

遊園地の中には、どんな乗り物がありますか。

コーヒーカップがあります。ファミリーで乗れていいですよ。

Q&A 現學現用

♪455-01 **A** 遊園地の中には、どんな乗り物があり
ますか。

遊樂園裡有哪些遊樂器具呢？

♪455-02 **B** コーヒーカップがあります。ファミリ
ーで乗れていいですよ。

咖啡杯。可以全家人一起坐很棒。

♪455-03 **A** 他に何がありますか。

其他還有哪些呢？

♪455-04 **B** 観覧車です。小さい子供でも乗れま
す。

摩天輪。小小孩也可以搭。

455

Unit 9 | 電影院

[場合 情境]

中島先生想找池田小姐去看恐怖片，但是被拒絕了。看電影或是在電影院時會說到哪些日文呢？

情境會話

♪456-01 Ⓐ **この映画、おもしろそうじゃない？**
這部電影感覺很有趣耶。

♪456-02 Ⓑ **ええっ。ホラー映画でしょう？これ。**
咦！這不是恐怖片嗎？

♪456-03 Ⓐ **こういうの、嫌いだっけ？① 最近すごく話題になってて、アメリカでは映画館で失神者続出したらしいよ。**
你不喜歡這種的嗎？最近超多人在討論的，在美國聽説很多人在電影院昏倒。

♪456-04 Ⓑ **冗談② じゃないわ。お断りします。**
別開玩笑了，我拒絕。

♪456-05 Ⓐ **怒ったの？悪い悪い。**
你生氣啦？抱歉抱歉。

［這些句型還可以這樣用］

① 〜っけ？ （再次做確認的語氣）

♪457-01 予約したホテルは何ていう名前だっけ？
預約的飯店叫什麼名字啊？

♪457-02 今日は木曜日だっけ？
今天是禮拜四嗎？

♪457-03 昨日の晩ご飯、何を食べたんだっけ？
昨天晚餐吃了什麼啊？

♪457-04 あのレストラン、あまりおいしくなかったっけ？
那家餐廳是不是不太好吃啊？

② 冗談〜 開玩笑〜

♪457-05 学生時代、遊んでばかりいた工藤が学校の先生になった？冗談だろ？
學生時期都在玩的工藤變成學校老師？開玩笑的吧？

♪457-06 5万円貸してくれって？冗談言うなよ。この前、3万円貸してまだ返してもらってないのに。
你説要借你五萬？別開玩笑了。之前你跟我借的三萬都還沒還耶。

457

Q&A 你其實可以這樣回答

♪458-01 **Q** 映画館で映画を見る時の注意点は何ですか。

在電影院看電影時要注意的點有哪些呢？

♪458-02 **A** ❶ 映画上映中は携帯電話の電源を切ったりマナーモードに切り替えることです。

電影放映中請把行動電話的電源關閉或是切換成靜音模式。

♪458-03 ❷ 館内は禁煙です。

電影院內禁止吸菸。

♪458-04 ❸ 上映中に大きな声でお喋りしないで下さい。

電影放映中請勿大聲喧嘩。

♪458-05 ❹ 匂いのきつい食べ物や音が出る食べ物は持ち込まないことです。

味道重及會發出聲響的食物請勿攜帶入內。

♪458-06 ❺ ゴミは指示に従って捨てて下さい。

垃圾請依照指示丟棄。

♪458-07 ❻ 上映中の写真撮影や録音、録画は固く禁じられています。

放映中嚴格禁止拍照、錄音或錄影。

映画館で映画を見る時の注意点は何ですか。

匂いのきつい食べ物や音が出る食べ物は持ち込まないことです。

Q&A 現學現用

♪459-01 **A** 映画館で映画を見る時の注意点は何ですか。

在電影院看電影時要注意的點有哪些呢？

♪459-02 **B** 匂いのきつい食べ物や音が出る食べ物は持ち込まないことです。

味道重及會發出聲響的食物請勿攜帶入內。

♪459-03 **A** ペットボトルの飲み物は大丈夫ですか。

可以帶寶特瓶裝的飲料嗎？

♪459-04 **B** はい、大丈夫ですよ。

可以，沒問題喔。

Unit 10 │ 博物館

[**場合** 情境]
ば あい

橋本先生和森小姐正在
討論參觀博物館的事
情。參觀博物館時會說
到哪些日文呢？

情境會話

♪460-01 Ⓐ 博物館って、なんかワクワクします①
はく ぶつ かん
よね。好奇心をくすぐられるという
こう き しん
か。

說到博物館就讓人感覺很興奮呢。感覺好奇心被
挑起來了。

♪460-02 Ⓑ 俺には、どちらかと言うと②退屈な場
おれ　　　　　　　　い　　　　　　たい くつ　ば
所かな。
しょ

對我而言，博物館是屬於比較無聊的地方。

♪460-03 Ⓐ だって、知らなかったことがいっぱい
集まる場所なんですよ。子供の時から
あつ　　ば しょ　　　　　　　　こ ども　とき
大好きなんです。
だい す

因為博物館是匯集了許多不了解的東西的地方
啊，我從小就超愛的。

♪460-04 Ⓑ でも、どうして社員旅行で博物館を見
しゃ いん りょ こう　　はく ぶつ かん　けん
学しなくちゃいけないんだろう。
がく

但是為何員工旅遊非得要來參觀博物館不可呢？

[這些句型還可以這樣用]

① わくわくする～ 歡欣雀躍～

♪461-01 いよいよ来週よ。1年前から計画していたタヒチ旅行。わくわくして、最近よく眠れないの。

就是下週了。一年前開始計劃的大溪地旅遊。覺得好興奮，最近都睡不著。

♪461-02 子供の時、遠足や旅行の前の晩などは、わくわくして寝られなかったものだ。

孩提時只要是遠足或旅行的前一晚，就會興奮得睡不著覺。

② どちらかと言うと～ 説起來偏～

♪461-03 風間さんはどちらかと言うと、冒険より安全を求めるタイプだと思います。

說到風間是哪種類型，我覺得比起冒險，他屬於比較追求安全的類型。

♪461-04 私はどちらかと言うと、冬より夏のほうが好きです。

說到喜歡哪個季節，我喜歡夏天多於冬天。

♪461-05 この地域はどちらかと言うと、治安があまり良くない気がします。

說到這個地區，我覺得這裡治安不太好的樣子。

Q&A 你其實可以這樣回答

♪462-01 **Q** 博物館デートをしようと思うんだけど、どの博物館へ行きたい？

我想來個博物館約會，你去哪個博物館呢？

♪462-02 **A** ❶ 最近ニュースで紹介していた家具の博物館なんか面白そう。

最近新聞介紹的傢俱博物館好像很有趣。

♪462-03 ❷ 東京にお札と切手の博物館があるらしいよ。行ってみない？

在東京好像有一個鈔票及郵票的博物館，要不要去看看？

♪462-04 ❸ 東京国立博物館へ行きたい。

我想去東京國立博物館。

♪462-05 ❹ 江戸東京博物館なんかどう？

江戶東京博物館怎麼樣啊？

♪462-06 ❺ 日本科学未来館はどう？

日本科學未來館怎麼樣？

♪462-07 ❻ 地下鉄博物館へ行こう。

我們去地下鐵博物館吧。

♪462-08 ❼ デザインが好きだから上野の森美術館へ行きたいなあ。

我喜歡設計，所以想去上野的森美術館。

Q&A 現學現用

♪463-01 Ⓐ 博物館デートをしようと思うんだけど、どの博物館へ行きたい？
我想來個博物館約會，你想去哪個博物館呢？

♪463-02 Ⓑ デザインが好きだから上野の森美術館へ行きたいなあ。
我喜歡設計，所以想去上野的森美術館。

♪463-03 Ⓐ そっか。上野の森美術館はいいかもね。
這樣啊，上野的森美術館感覺不錯喔。

♪463-04 Ⓑ それから、アメ横でも行こう。
結束後再一起去阿美横町吧。

Unit 11 │ 健身房

[**場合 情境**]
<small>ば あい</small>

石川小姐問前田先生最
近是不是還持續有去健
身房。談論健身房時會
說到哪些日文呢？

情境會話

♪464-01 **A** **どう？スポーツジムは？続いてる？**
<small>つづ</small>

健身房怎麼樣啊？還有繼續去嗎？

♪464-02 **B** **ええ、なんとか。ダイエットの為に入ったんですけどね。**
<small>ため</small>
<small>はい</small>

嗯，去是有去啦，雖然我是為了減肥去的。

♪464-03 **A** **確かに、最近なんとなく①スリムになった感じがするよ。**
<small>たし</small> <small>さい きん</small>
<small>かん</small>

的確，難怪最近總感覺你好像有變得比較苗條。

♪464-04 **B** **でも、今は払った年会費がもったいない②から、必死に通っている感じです。**
<small>いま</small> <small>はら</small> <small>ねん かい ひ</small>
<small>ひっ し</small> <small>かよ</small> <small>かん</small>

但是，現在感覺是因為有繳年費，為了不浪費才努力地去。

［這些句型還可以這樣用］

① なんとなく〜　總覺得〜

♪465-01 ○ 今日は朝からなんとなく熱っぽいんだ。
風邪かな。

今天從早上開始總覺得好像有點發燒的感覺。是感冒了嗎？

♪465-02 ○ この魚、なんとなく変な味がする。傷んでいるのかな。

總覺得這條魚味道好像怪怪的，是不是壞了啊？

♪465-03 ○ あの人、なんとなく高校時代の杉村先生に似ていない？

那個人，你不覺得他很像高中時的杉村老師嗎？

② 〜もったいない　可惜／浪費〜

♪465-04 ○ 料理は残したらもったいないから、食べる分だけ注文しなさい。

菜有剩的話就浪費了，請只點我們要吃的量。

♪465-05 ○ 宝くじに、そんな大金を使うなんて、もったいないなあ。

用那麼多錢買彩券真是浪費。

♪465-06 ○ その服、捨てちゃうの？もったいないよ。

那件衣服要丟掉嗎？很可惜耶。

Q&A 你其實可以這樣回答

♪466-01 **Q** ジムは、どんな服装（ふくそう）で行（い）けばいいですか。

去健身房穿什麼樣的服裝比較好呢？

♪466-02 **A** ❶ スポーツウェアのトップスが無難（ぶなん）です。

穿運動上衣比較保險。

♪466-03 ❷ トレーナーを用意（ようい）した方（ほう）が良（い）いです。

準備長袖運動衫比較好。

♪466-04 ❸ ショートパンツの方（ほう）が動（うご）きやすいです。

短褲的話比較好活動。

♪466-05 ❹ 露出（ろしゅつ）したくない場合（ばあい）は、レギンスの着用（ちゃくよう）をお勧（すす）めします。

不想露太多的話，建議穿內搭衣物。

♪466-06 ❺ 最近（さいきん）ショートパンツとレギンスを組（く）み合（あ）わせて着（き）るのが人気（にんき）です。

最近短褲加內搭褲組合的穿搭很受歡迎。

♪466-07 ❻ トレーニングタイツは筋肉痛（きんにくつう）を緩和（かんわ）できるから、最近（さいきん）大変（たいへん）人気（にんき）があります。

訓練用緊身褲因為可以緩和肌肉酸痛，所以最近超夯的。

♪466-08 ❼ 汗（あせ）を吸収（きゅうしゅう）したり熱（ねつ）を発散（はっさん）できるような機能服（のうふく）がいいかもしれません。

可以吸汗或排熱的機能服或許也不錯。

ジムは、どんな服装で行けばいいですか。

ショートパンツの方が動きやすいです。

Q&A 現學現用

♪467-01 **A** ジムは、どんな服装で行けばいいですか。

去健身房穿什麼樣的服裝比較好呢？

♪467-02 **B** ショートパンツの方が動きやすいです。

短褲的話比較好活動。

♪467-03 **A** でも、ショートパンツは肌の露出が気になるんです。

但是我很在意穿短褲腿會露太多。

♪467-04 **B** 露出したくなければ、レギンスを着用すればいいです。

如果不想露，那就多穿個內搭褲就好。

Unit 12 | 球類運動

[**場合** 情境]
ば あい

小川先生問藤田先生要
不要去外面打籃球或是
玩接球。談論球類運動
時會說到哪些日文呢？

情境會話

♪468-01 **Ⓐ** 天気が良いから、外でバスケか、
てん き い そと
キャッチボールでも①やらない？

因為天氣不錯，要不要到外面打籃球或是玩接球？

♪468-02 **Ⓑ** 球技は昔から、どうも苦手なんだ。
きゅう ぎ むかし にが て
遠慮して②おくよ。
えん りょ

我從以前就不擅長球類運動，我還是不去好了。

♪468-03 **Ⓐ** 試合するわけじゃないから、だい
し あい
じょうぶだよ。ボールで遊ぶだけだ
あそ
よ。

又不是要比賽，沒關係啦。只是玩球罷了。

♪468-04 **Ⓑ** そうかな。じゃ、キャッチボールく
らいなら。

這樣喔，好吧，如果只是玩接球的話。

[這些句型還可以這樣用]

① ～でも ～之類的（邀約時經常使用）

♪469-01 ○ 暇だねえ。映画でも見に行かない？

好閒喔，要不要去看個電影之類的？

♪469-02 ○ ちょっと話があるんだ。喫茶店でコーヒーでも飲みながら、話を聞いてくれないかな？

我有些話想說。我們去咖啡廳喝個咖啡之類的，然後你聽我說說話好嗎？

♪469-03 ○ お腹空かないけど、コンビニに行くなら、ついでにおにぎりかサンドイッチでも買ってきて。

肚子雖然不餓，不過如果要去超商的話，順便幫我買個飯糰或三明治之類的回來。

② ～遠慮する 謝絕／推辭～

♪469-04 ○ この時間にコーヒーを飲むと、夜眠れなくなっちゃうんで、コーヒーは遠慮します。

這個時間喝咖啡的話，晚上就會睡不著，所以咖啡我就不喝了。

♪469-05 ○ 室内での喫煙はご遠慮ください。

請勿在室內吸菸。

469

Q&A 你其實可以這樣回答

♪470-01 **Q** 球技はどんなものがあるんですか。
球類運動有哪些？

♪470-02 **A** ❶ 一番知られているのは野球です。
最為人所知的是棒球。

♪470-03 ❷ よくやっていたのはドッジボールですね。
我最常玩的是躲避球。

♪470-04 ❸ ビーチボールを見るのは好きです。
我喜歡看沙灘排球。

♪470-05 ❹ うちのお婆ちゃんがよくやっているのは、ゲートボールというものです。
我奶奶常在玩叫做槌球的東西。

♪470-06 ❺ 私はゴルフをやっています。
我在打高爾夫球。

♪470-07 ❻ 学生時代はバレーボールをしていました。
我在學生時期打過排球。

♪470-08 ❼ 男の子の間では、サッカーが流行っています。
男孩子之間很流行足球。

Q&A 現學現用

♪471-01 **Ⓐ** 球技_{きゅうぎ}にはどんなものがあるんですか。
球類運動有哪些？

♪471-02 **Ⓑ** 子供_{こども}の頃_{ころ}、よくやっていたのはドッジボールですね。
我小時候最常玩的是躲避球。

♪471-03 **Ⓐ** 確_{たし}かに小学生_{しょうがくせい}の頃_{ころ}、よくやっていましたね。
的確，我小學生的時候也經常玩呢。

♪471-04 **Ⓑ** 私_{わたし}はいつも一番最初_{いちばんさいしょ}にやられていました。
我每次都第一個被打到。

Unit 13 │ 書店

小川先生和藤田小姐在
討論買書時的習慣。在
書店或是買書、看書時
會說到哪些日文呢？

情境會話

♪472-01 Ⓐ 本がビニールで密封されていて中が
見られない。

書被塑膠袋密封了，看不到內容。

♪472-02 Ⓑ 立ち読みを防止する為だろうね。でも、おもしろい本を買いに来た人も
買いようがない① よね。

為了防止只讀不買吧。但是想來買有趣的書的
人，就沒辦法買了。

♪472-03 Ⓐ でも、僕はおもしろいと思うと、すぐ買っちゃうから、家には読まない
本がたくさんあるんだ。

但我是一旦覺得有趣就馬上買回去，所以家裡
有好多沒讀過的書。

♪472-04 Ⓑ 本の中身を見なければ、無駄に② 本
を買わないから、かえって良いかも
しれない。

看不到書的內容就不會亂買書，或許反而是好
事。

[這些句型還可以這樣用]

① ～ようがない　想～也沒辦法

♪473-01　山の中ではWi-Fiどころかケータイの電波も届かないので、連絡しようがなかった。

在山裡面別說 Wi-Fi 了，連電話的訊號都收不到，想聯絡也沒辦法。

♪473-02　両足を骨折してしまったから、今は歩きたくても歩きようがないんだ。

因為雙腳都骨折了，所以現在就算想走也沒辦法走。

♪473-03　こんなに暑くては寝ようにも寝ようがありません。

這麼熱，想睡也無法睡。

② 無駄（に）～する　浪費～

♪473-04　子供の頃、お金を無駄使いして、よく親に叱られたものだ。

孩提時經常亂花錢，然後被父母罵。

♪473-05　早朝に車で家を出たのに、途中で車が故障して無駄に時間を費やしてしまった。

早上開車出門，結果半路車壞了，白白浪費了時間。

Q&A 你其實可以這樣回答

♪474-01 **Q** どのような本をお探しですか。

請問要找什麼書嗎？

♪474-02 **A** ❶ 今年の「本屋大賞」の本を探してるんですが。

我在找今年「書店大賞」的書。

♪474-03 ❷ 去年の文学賞の本を探しています。

我在找獲得去年文學賞的書。

♪474-04 ❸ 江戸川乱歩賞をとった本がありますか。

有江戶川亂步賞的書嗎？

♪474-05 ❹ 直木賞のものはありますか。

有直木賞的書嗎？

♪474-06 ❺ 大江賞の「夕子ちゃんの近道」と言う本がありますか。

有獲得大江賞的《夕子的近道》這本書嗎？

♪474-07 ❻ 文学界の新人賞を受賞した本は何かありますか。

獲得文學界新人獎的書有哪些呢？

♪474-08 ❼ 本の名前が分からないんですが、お笑いタレントが書いた本はありますか。

我不知道書名。請問有沒有搞笑藝人寫的書呢？

Q&A 現學現用

♪475-01 **A** どのような本をお探しですか。
請問要找什麼書嗎？

♪475-02 **B** 本の名前が分からないんですが、お笑い
タレントが書いた本はありますか。
我不知道書名，請問有沒有搞笑藝人寫的書呢？

♪475-03 **A** 又吉直樹さんの本でしょうか。「火花」
と言う本ですが。
是又吉直樹的書嗎？叫做《火花》的書。

♪475-04 **B** あっ、そうです。それです。
啊，沒錯，就是那本。

Unit 14 | 唱片行

[場合 情境]

岡田先生和後藤小姐去逛了全國規模最大的唱片行，發現一天可能逛不完。在唱片行時可能會說到哪些日文呢？

情境會話

♪476-01 **A** この店、全国最大規模のＣＤショップだから、最新のから昔のまで何でも売ってるよ。このビル、1階から6階まで全部ＣＤとレコードなんだ。

這間店是全國規模最大的唱片行，因此從最新的到最舊的什麼都有賣。這棟大樓一到六樓全部都是 CD 和唱片。

♪476-02 **B** 1階入口を入ると、今一番売れている①曲が並んでいるんだね。

從一樓入口進來，就陳列著現在賣得最好的唱片。

♪476-03 **A** 上の階に行くほど、昔の曲なんだ。視聴もできるよ。1日じゃ全部回り切れない②ね。

愈往樓上走，擺放的都是老歌。也可以試聽。一天可能逛不完全部。

［這些句型還可以這樣用］

① 〜売れる　暢銷〜

♪477-01　**Ａ社のスマホ、性能は良いけど、重くて大きいから売れるかどうか微妙ですね。**

Ａ公司的智慧型手機，雖然性能好但又重又大，不曉得賣不賣得出去，有些難說。

♪477-02　**うちで一番売れているのは、チーズたこ焼きです。**

本店最暢銷的是起司章魚燒。

♪477-03　**この商品、以前はよく売れていたんですが、最近はほとんど売れないからメニューから外そうかな。**

這個商品以前超暢銷，但最近幾乎賣不出去，所以可能會從菜單上被剔除。

② 〜切る／〜切れる　〜完（動作結束）

♪477-04　**どんなに美味しくても、こんなにたくさん食べ切れないよ。**

無論再怎麼好吃，那麼多吃不完啦。

♪477-05　**この小説、厚いけど面白いから、1日で読み切りました。**

這本小說雖然厚，但因為很有趣，所以一天就看完了。

477

Q&A 你其實可以這樣回答

♪478-01 **Q** 台北はどこにＣＤショップがあるん
ですか。

台北哪裡有唱片行呢？

♪478-02 **A** ❶ 今はもうないんじゃない？

現在應該已經沒有了吧？

♪478-03 ❷ 今、ＣＤを買う人いるの？

現在還有人在買 CD 嗎？

♪478-04 ❸ ＣＤは今、ほとんどネットで買ってる
から、ＣＤショップは分かりません。

現在大多在網路上買 CD，所以我不知道哪裡有
唱片行。

♪478-05 ❹ 西門町にＣＤショップがありますよ。

在西門町有唱片行唷。

♪478-06 ❺ 昔は駅周辺に２、３軒ＣＤショップが
あったんだけど、今は無いよ。

以前車站附近有兩、三間唱片行，但現在都沒了。

♪478-07 ❻ ちょっと友達に聞いてみる。

我問一下朋友。

♪478-08 ❼ ＣＤショップですか。中古のなら知っ
てるんですが。

唱片行嗎？如果是中古的話我知道。

ＣＤショップですか。中古のなら知ってるんですが。

Q&A 現學現用

♪479-01 **A** 台北はどこにＣＤショップがあるんですか。

台北哪裡有唱片行呢？

♪479-02 **B** ＣＤショップですか。中古のなら知ってるんですが。

唱片行嗎？如果是中古的話我知道。

♪479-03 **A** いえ、中古のじゃないです。

不，不是中古的。

♪479-04 **B** ちょっとグーグルで検索してみます。

我用 Google 查一下。

[**場合 情境**]
ば あい

後藤先生和長谷川小姐
在討論這次耶誕節音樂
會的事情。談論音樂會
時會説到哪些日文呢？

情境會話

♪480-01 Ⓐ 今度のクリスマスコンサート、有名
こん ど　　　　　　　　　　　　　　　　　　ゆう めい
な海外の交響楽団のクラシックコン
かい がい　こう きょう がく だん
サートなんでしょう？

這次的耶誕節音樂會，是著名的外國交響樂團
的古典音樂會，對嗎？

♪480-02 Ⓑ そうそう。楽しみにしている①ん
たの
だ。

對啊，我很期待。

♪480-03 Ⓐ 正装していかなくちゃいけないの？
せい そう

是不是一定要穿正式服裝？

♪480-04 Ⓑ 汚らしい格好じゃなければ②だい
きたな　　　　　かっ こう
じょうぶだよ。堅苦しいコンサート
かた くる
じゃないから安心して。
あん しん

不要邋里邋遢的話，沒問題的。不是那麼死板
的音樂會，別擔心。

［這些句型還可以這樣用］

① 〜を楽<small>たの</small>しみにする／〜が楽<small>たの</small>しみだ　期待〜

♪481-01　**来月<small>らいげつ</small>、台北<small>タイペイ</small>に来<small>く</small>るんだって？久<small>ひさ</small>しぶりに
会<small>あ</small>えるのを楽<small>たの</small>しみにしているよ。**

你說下個月要來台北嗎？很久不見了，我好期待喔。

♪481-02　**今年<small>ことし</small>の社員旅行<small>しゃいんりょこう</small>はハワイだって。楽<small>たの</small>しみ
だなあ。**

聽說今年的員工旅遊是去夏威夷耶。好期待喔。

♪481-03　**今<small>いま</small>、自分<small>じぶん</small>の家<small>いえ</small>を建<small>た</small>てているんですよ。完
成<small>かんせい</small>が楽<small>たの</small>しみなんです。**

現在我的房子正在蓋，很期待它的完成。

② 〜じゃなければ〜　不是〜的話

♪481-04　**あの人<small>ひと</small>、日本人<small>にほんじん</small>っぽいなあ。日本人<small>にほんじん</small>じゃ
なければ、電話<small>でんわ</small>で話<small>はなし</small>をしながら、あんな
に何度<small>なんど</small>もお辞儀<small>じぎ</small>しないよ。**

那個人很像日本人。如果不是日本人的話，不會一邊
打電話一邊那樣鞠躬好幾次。

♪481-05　**朝<small>あさ</small>、パンはあまり食<small>た</small>べないんだ。いつ
も、ご飯<small>はん</small>じゃなければお粥<small>かゆ</small>を食<small>た</small>べている
よ。**

早上不太吃麵包，通常不是吃飯就是吃粥。

Q&A 你其實可以這樣回答

♪482-01 **Q** クラシックコンサートを聴きに行っ
たことがありますか。

你有去聽過古典音樂會嗎？

♪482-02 **A** ❶ クラシックはあまり好きじゃないんで
す。

我不太喜歡古典樂。

♪482-03 ❷ クラシックですか。ないですねえ。

古典樂嗎？沒去過耶。

♪482-04 ❸ クラシックはなんか堅苦しそうなの
で、あまり行きたいとは思わないです
ね。

古典樂感覺很死板，不會很想去。

♪482-05 ❹ 子供の頃からピアノをやってるんで、
クラシックがとても好きです。

孩提時期就在彈鋼琴，所以很喜歡古典樂。

♪482-06 ❺ よく聴きに行っていますよ。

我很常去聽唷。

♪482-07 ❻ クラシックコンサートは一回も聴きに
いったことがありません。

我一次也沒聽過古典音樂會。

♪482-08 ❼ 無いです、今度誘って下さい。

沒有耶，下次請約我一起去。

Q&A 現學現用

♪483-01 **A** **クラシックコンサートを聴きに行ったことがありますか。**
你有去聽過古典音樂會嗎？

♪483-02 **B** **クラシックはなんか堅苦しそうなので、あまり行きたいとは思わないですね。**
古典樂感覺很死板，不會很想去。

♪483-03 **A** **そんなことありませんよ、面白いコンサートもありますよ。**
不會啦，也是有有趣的音樂會。

Unit 16 | 酒吧

[場合 情境]

近藤先生和坂本小姐一
起去了一間氣氛不錯的
酒吧。在酒吧時可能會
說到哪些日文呢？

情境會話

♪484-01 **A** このバー、なんとなく雰囲気が良さ
そう。入ってみない？①

這個酒吧，感覺氣氛好像不錯，要不要進去看
看？

♪484-02 **B** そうだね。ちょっと寄ってみよう
か。

對啊。那我們就去看看吧。

♪484-03 **A** 落ち着いた②高級感があって、やっ
ぱりいい感じだね。じゃ、とりあえ
ず、水割り。

有種沉靜的高級感。果然讓人感覺很舒適。那
麼首先來個兌水。

♪484-04 **B** 私はカクテルがいいな。飲み易いカ
クテルは何があるんですか。

我想喝雞尾酒。有什麼好喝的雞尾酒嗎？

[這些句型還可以這樣用]

① ～みませんか／～みない？ 要不要試試看？

♪485-01
この映画、見てみない？おもしろそう。

要不要去看看這部電影？好像很有趣。

♪485-02
この本、なかなか面白いよ。読んでみない？

這本書很有趣喔，要不要讀看看？

♪485-03
澎湖ツアーに参加してみようと思うんですが、一緒に行ってみませんか。

我想去參加看看澎湖的旅行團，要不要一起去看看呢？

② 落ち着く～ 沉著/穩重～

♪485-04
落ち着いた色のジャケットを探しているんです。

我在找顏色樸素的外套。

♪485-05
この部屋のインテリアは落ち着いていて好きです。

我喜歡這個房間樸素的裝潢。

♪485-06
この壁紙は色もデザインも派手過ぎて、落ち着かないですよ。

這個壁紙顏色及設計都太花俏，一點都不穩重。

485

Q&A 你其實可以這樣回答

♪486-01 Q **今日は何をお飲みになりますか。**
今天想喝什麼呢？

♪486-02 A ❶ **ビールをお願いします。**
請給我啤酒。

♪486-03 ❷ **シャンパンを下さい。**
請給我香檳。

♪486-04 ❸ **赤ワインをボトルで。**
給我一瓶紅酒。

♪486-05 ❹ **日本酒を燗でお願いします。**
請給我溫熱的日本酒。

♪486-06 ❺ **麦焼酎をお湯割りでお願いします。**
請給我麥燒酎兌熱水。

♪486-07 ❻ **ウイスキーのロックをください。**
請給我威士忌加冰塊。

♪486-08 ❼ **梅酒の水割りをください。**
請給我梅酒兌水。

♪486-09 ❽ **芋焼酎、ストレートでお願いします。**
請給我芋燒酎純飲。

♪486-10 ❾ **女性に人気あるもので。**
受女生歡迎的飲料。

Q&A 現學現用

♪487-01 **A** 今日は何をお飲みになりますか。
今天想喝什麼呢？

♪487-02 **B** 梅酒の水割りをください。
請給我梅酒兌水。

♪487-03 **A** 濃い目とか、薄目にしますか。
要濃一點還是淡一點嗎？

♪487-04 **B** 普通でお願いします。
普通的就好了。

♪487-05 **A** おつまみはいかがですか。
需要下酒菜嗎？

Unit 17 | 派對

[**場合 情境**]
<small>ば あい</small>

遠藤小姐下週六要在家
裡辦家庭派對，他邀請
青木先生出席。談論派
對時會說到哪些日文
呢？

情境會話

♪488-01 **A** 来週の土曜日に、うちでホームパー
<small>らいしゅう　ど ようび</small>
ティーをやるんです。もし暇だった
<small>ひま</small>
ら、来てください。
<small>き</small>

下週六要在我們家開家庭派對。如果你有空的
話歡迎來玩。

♪488-02 **B** ありがとうございます。何か食べ物
<small>なに　た　もの</small>
か飲み物を持っていきましょうか。
<small>の もの　も</small>

謝謝。要不要帶什麼吃的或喝的過去呀？

♪488-03 **A** 各自、食べたいもの飲みたいものが
<small>かく じ　た　の</small>
あったら、自由に持ってくることに
<small>じ ゆう　も</small>
なっている①ので、どうぞ。

如果有自己喜好的食物跟飲品，歡迎自由帶來。

♪488-04 **B** 私の国の料理に、大勢で食べるのに
<small>わたし　くに　りょう り　おお ぜい　た</small>
ぴったり②のものがあるんです。楽
<small>たの</small>
しみにしていてください。

我國家的料理有很適合多人享用的菜，請期待。

［這些句型還可以這樣用］

① ～ことになっている　是～這樣的

♪489-01 　この会社では、タバコは1階か7階の喫煙ルームで吸うことになっているんです。

在這間公司，抽菸要到一樓或七樓的吸菸室才可以。

♪489-02 　来週木曜日から1週間、シンガポールへ出張することになっているんです。

下週四開始的一個禮拜，我要去新加坡出差了。

♪489-03 　この学生寮では外泊の場合は、寮長に連絡することになっている。

這間學生宿舍規定學生外宿時要聯絡舍監。

② ～ぴったり　理想／適合～

♪489-04 　手先の器用な彼女に、この仕事はぴったりだ。

她的手很巧，這份工作很適合她。

♪489-05 　あの服はぴったりし過ぎていて、体のラインがはっきり出てしまう。

那件衣服太合身，導致身體的線條嶄露無遺。

Q&A 你其實可以這樣回答

♪490-01 **Q** 明日のパーティは何か持参するんですか。

明天的派對要帶什麼去嗎？

♪490-02 **A** ❶ おつまみを持って行こうと思います。

我想帶下酒菜去。

♪490-03 ❷ お酒を持って行きます。

帶酒去。

♪490-04 ❸ デザートを用意して行きます。

準備甜點帶去。

♪490-05 ❹ 甘い物を持って行きます。

帶甜食去。

♪490-06 ❺ ドライフルーツを持って行こうと考えています。

我考慮帶水果乾去。

♪490-07 ❻ 最近人気のアイスタルトを買って行きます。

我會買最近很受歡迎的冰淇淋塔去。

♪490-08 ❼ 上質のチーズを買って行きます。

我會買品質很好的起司去。

♪490-09 ❽ インスタ映えするチョコレートを買って行きます。

我會買適合在 IG 炫照的巧克力去。

490

明日のパーティは何か
持参するんですか。

最近人気のアイスタルト
を買って行きます。

Q&A 現學現用

♪491-01 **Ⓐ** 明日のパーティは何か持参するんですか。

明天的派對要帶什麼去嗎？

♪491-02 **Ⓑ** 最近人気のアイスタルトを買って行きます。

我會買最近很受歡迎的冰淇淋塔去。

♪491-03 **Ⓐ** あのアイスタルトですか。並ぶのは大変でしょう。

那個冰淇淋塔嗎？排隊很辛苦吧。

♪491-04 **Ⓑ** まあ。そんなに大変じゃないですよ。

還好啦，沒那麼辛苦啦。

Unit 18 | 美髮院

藤井小姐到美髮院做頭髮，因為要出席朋友的婚禮。在美髮院時可能會説到哪些日文呢？

情境會話

♪492-01 Ⓐ 今日はどうなさいますか。
今天想要做什麼呢？

♪492-02 Ⓑ 友人の結婚式に出席するのでセットだけしてもらいたいんです。
因為要出席朋友的婚禮，想要做髮型設計。

♪492-03 Ⓐ この前、セットしてから大して経ってない①から、簡単に整えるだけでだいじょうぶそうですね。
不久前才剛整理過，簡單整理一下應該就沒問題了。

♪492-04 Ⓑ やっぱりプロにセットしてもらうと、持ちが良い②ですね。
果然請專業的來整理真的很持久。

♪492-05 Ⓐ 気に入っていただいてありがとうございます。
謝謝您的欣賞。

[這些句型還可以這樣用]

① 大して～ない 沒什麼～

♪493-01 この店は雑誌やテレビで紹介されているので、食べてみたけど大しておいしくなかった。

這間店被雜誌及電視介紹過,但是吃過後覺得也沒那麼好吃。

♪493-02 風邪を引きましたが、大して熱はなかったので会社に行きました。

雖然感冒了,但是因為沒什麼發燒,所以去了公司。

♪493-03 この日本語の本、大して難しくないから読んでみたら？

這本日文的書不會太難,要不要讀讀看?

② 持ちが良い ～持久/耐用

♪493-04 この和菓子は持ちがあまり良くないから、早目に食べてください。

這個和菓子不耐放,請盡早吃完。

♪493-05 この着物、持ちが良いねえ。百年前のものなのに、まだ普通に着られる。

這件和服很耐用。雖是一百年前的東西,但還是跟一般的一樣可以穿。

Q&A 你其實可以這樣回答

♪494-01 **Q** 今日はどうしますか。
今天想要做些什麼呢？

♪494-02 **A** ❶ シャンプーをお願いします。
我要洗頭。

♪494-03 ❷ ちょっとパーマをかけたいんです。
我想要燙髮。

♪494-04 ❸ カラーをお願いします。
請幫我染髮。

♪494-05 ❹ トリートメントはお願いできますか。
可以做護髮嗎？

♪494-06 ❺ パンチパーマは出来ますか。
請問可以做電棒燙嗎？

♪494-07 ❻ カットをお願いします。
請幫我剪髮。

♪494-08 ❼ カットとカラーをしたいんです。
我要剪髮和染髮。

♪494-09 ❽ パーマとカラーをお願いします。
我要做燙髮和染髮。

♪494-10 ❾ ストレートをかけたい。
想燙直。

今日はどうしますか。

ちょっとパーマをかけたいんです。

Q&A 現學現用

♪495-01 **A** **今日はどうしますか。**
今天想要做些什麼呢？

♪495-02 **B** **ちょっとパーマをかけたいんです。**
我想要燙髮。

♪495-03 **A** **はい、わかりました。**
好的，我知道了。

♪495-04 **B** **トリートメントもお願いします。**
護髮也麻煩你了。

♪495-05 **A** **ついでに頭皮マッサージはいかがですか。**
要順便按摩頭皮嗎？

[場合 情境]

藤田小姐提早到達飯店，但因為還在清掃所以不能入住。在飯店時可能會説到哪些日文呢？

情境會話

♪496-01 **A** 早く着いてしまったんですが、まだチェックインはできませんよね。

我提早到了，是不是還不能辦理住房手續？

♪496-02 **B** 申し訳ありません。まだ清掃中ですので、早くても①午後２時にならないと部屋の準備ができないんです。

非常抱歉，因為還在清掃中的關係，最快也要下午兩點房間才能準備好。

♪496-03 **A** じゃ、それまで、商店街をぶらぶらして②きたいので、この荷物だけ置かせてもらえませんか。

那麼，在那之前我想去商店街逛逛，這個行李可以寄放在這裡嗎？

♪496-04 **B** はい、かしこまりました。いってらっしゃいませ。

好的，我知道了。您請慢走。

[這些句型還可以這樣用]

① ～ても ～也

♪497-01 ○ **遅**くても10時までには**着**くから、11時の**会議**には**間**に**合**うよ。

再怎麼晚也大概十點就會到，趕得上十一點的會議。

♪497-02 ○ あのブランドのシャツは、**安**くても1万**円**はすると**思**います。

那個品牌的襯衫，我想就算是便宜的也要一萬日圓。

♪497-03 ○ このノートPCのバッテリー、**長**くても3**時間**しか**持**ちませんよ。

這台筆電的電池，最長也只能用三小時。

♪497-04 ○ **日本**には、**少**なくても30**回**は**行**きました。

日本最少也去過三十次了。

② ～ぶらぶらする 走走逛逛～

♪497-05 ○ **私**は**休**みの**日**にデパートをぶらぶらするのが**好**きなんです。

我休假時喜歡去逛逛百貨公司。

♪497-06 ○ **彼**は**若**い**時**、**世界中**をアルバイトしながらぶらぶらしていたらしい。

他年輕時好像在世界各地邊打工邊遊覽。

497

Q&A 你其實可以這樣回答

♪498-01 **Q** ホテルのサービスで、何が一番重要だと思いますか。

飯店的服務你覺得什麼最重要？

♪498-02 **A** ❶ 私はルームサービスを一番重視しています。

我認為客房服務最重要。

♪498-03 ❷ コインランドリーの有無が一番大事です。

有沒有投幣洗衣是最重要的。

♪498-04 ❸ 両替がないと不便なので、それが重要だと思う。

因為不能換錢很不方便，所以我覺得那是最重要的。

♪498-05 ❹ アメニティグッズです。よく使いますから。

盥洗用品。因為很常用。

♪498-06 ❺ 備品のメーカーです、知らない名前の物は気になります。

備品的牌子。我很在意用到不知名的東西。

♪498-07 ❻ レストランが一番重要だと思います。

我覺得餐廳是最重要的。

ホテルのサービスで、何が
一番重要だと思いますか。

アメニティグッズです。
よく使いますから。

Q&A 現學現用

♪499-01 **A** **ホテルのサービスで、何が一番重要だと思いますか。**
飯店的服務你覺得什麼最重要？

♪499-02 **B** **アメニティグッズです。よく使いますから。**
盥洗用品。因為很常用。

♪499-03 **A** **確かに、ブランドのアメニティがあるだけで気持ちが良くなりますね。**
的確。只要有名牌的盥洗用品，心情都會變好呢。

♪499-04 **B** **そう。テンションが上がりますよ。**
對。情緒會變高昂。

[想多學一點點]

01 ボトムス 下半身服裝

「ボトムス」也就是英文的「Bottoms」。泛指所有下半身的服裝。從褲子、裙子、短褲、長褲等等，都算是「ボトムス」。通常下半身服裝的尺寸會比上半身服裝的尺寸分得更多更細，大多以腰圍來做區分。許多郵購的服飾還會分臀圍、大腿圍、褲長，有些還有分褲襠長等等。

例句
A: こちらの店はボトムスはありますか。
請問貴店有下半身服飾嗎？

B: すみません、うちはトップス専門なんです。
抱歉，我們是上衣專賣店。

-----

02 ダフ屋 賣黃牛票的人

票券的日文是「チケット」，但這是外來語，也就是英文的「ticket」。以日本傳統和語來說的話，叫做「札」，是所有票券的總稱。而「～屋」是指販賣某種類型產品的人，例如：「魚屋」是指賣魚的人；「花屋」是指賣花的人。而把「ふだ」倒著唸，後面再加上「屋」字，就是指令人可恨的賣黃牛票的人了。

例句
A: 大好きな歌手のコンサートのチケットをどうしても買いたいので、ダフ屋で買おうかなと思って。
我最喜歡的歌手的演唱會的票，無論如何我都想買到，我想去跟黃牛買。

B: ダメだよ。あれ、違法なんだよ。
不行啦，那是違法的耶。

500

03 ジャケ買い 只看封面就買

是指在購買媒體商品（例如：唱片、CD、DVD、書籍）時，在完全不知道內容的情況下，僅憑在店面看到的封面包裝的設計所帶來的好感，藉此帶來購買的動機。近年有些著作翻拍成電影或電視劇，藉由劇照或插畫的包裝，使書籍銷售增加，也算是一種「ジャケ買い」。

例句
A: このアイドルグループの歌、好きなの？知らなかった。

你喜歡這個偶像團體的歌？我都不知道。

B: これ、あのアイドルグループのCDだなんて知らなかった。ジャケ買いしただけなんだ。

我不知道這是那個偶像團體的 CD。我只是看封面就買了。

---

04 パケ買い 只看包裝就買

與「ジャケ買い」有些類似，不過不侷限於媒體商品。各種商品的包裝都算。大家都知道日本是一個重視包裝的國家，在產品包裝上也下了許多功夫，現在更是再進化了。下次如果您到日本旅遊時，不妨記得找找看有哪些有趣的包裝喔。

例句
A: このお菓子が面白い。ちょっと買ってみようかな。

這個零食好有趣，想買來看看。

B: またパケ買い？この前、可愛いと言って買ったクッキーはぜんぜんおいしくなかったよ。

又是只看包裝就買嗎？之前說覺得可愛買的餅乾，一點都不好吃耶。

Chapter 10

醫療保健
いりょうほけん
医療保健

医療保健
い りょう ほ けん

醫療保健

[場合 情境]

德永先生的小孩好像感冒了，所以帶他去看醫生。在醫院或診所掛號時會説到哪些日文呢？

情境會話

♪504-01 Ⓐ こんにちは。あれ、徳永さん、また胃痛ですか。

您好，咦？德永先生，您又胃痛了嗎？

♪504-02 Ⓑ いえいえ、今日は子供が風邪気味①なんで、連れて来たんです。

不不，今天是孩子好像有點感冒，所以帶他來。

♪504-03 Ⓐ そうですか。では、お子さんの保険証をお預かりしますね。熱は計りましたか。

這樣啊，那麼請先給我小朋友的健保卡。量過體溫了嗎？

♪504-04 Ⓑ いえ、まだ。でも、触ったら、かなり②熱かったので診てもらおうと思って。

不，還沒。但是摸起來滿燙的，所以想説先帶來給醫生看。

［這些句型還可以這樣用］

① ～気味 （覺得）有點～

♪505-01
最近、残業が続いていて、疲れ気味なんです。

最近持續加班，覺得有點疲累。

♪505-02
今年は長雨の影響で、農作物が不作気味です。

今年因為持續下雨的影響，覺得農作物可能會欠收。

♪505-03
今、株価は上がり気味ですが、これからどうなるかはわかりません。

現在覺得股價有點上揚，不過之後會如何也很難說。

② かなり～ 滿～／很～

♪505-04
外はかなり日差しが強いから、帽子を忘れないでね。

外面日照滿強烈的，別忘了戴帽子。

♪505-05
今晩は帰るのがかなり遅くなると思うから、先に休んでね。

我想今晚會滿晚回家的，所以你先休息吧。

♪505-06
彼の腕はかなりのものだ。ベテランの先生たちも彼の作品を絶賛している。

他的技巧很好，連資深的老師都對他的作品稱讚不已。

Q&A 你其實可以這樣回答

♪506-01 **Q** あのクリニックは、受付は何時まで
ですか。

那間診所掛號到幾點？

♪506-02 **A** ❶ 確か午後6時まで受付できます。

我記得是到下午六點。

♪506-03 ❷ あそこは予約制です。臨時の受付はし
ていません。

那間是預約制。不接受臨時預約。

♪506-04 ❸ 土曜日は昼12時まで受付できるよ。

星期六可以接受到中午十二點的預約。

♪506-05 ❹ 祝日はやってないから、他の所にした
ほうがいいと思います。

因為假日沒有開，我覺得去別間掛號比較好。

♪506-06 ❺ あそこは整形外科ですよ。風邪は診て
ないですよ。

那間是整形外科診所。沒有在看感冒喔。

♪506-07 ❻ 受付は午後7時までです。夜間はやっ
ていません。

掛號到下午七點。晚上沒有營業。

♪506-08 ❼ 受付の開始時間は知ってますが、終了
時間は分かりません。

我知道掛號開始的時間，但不清楚結束的時間。

Q&A 現學現用

♪507-01 Ⓐ **あのクリニックは、受付は何時までですか。**

那間診所掛號到幾點？

♪507-02 Ⓑ **受付の開始時間は知ってるけど、終了時間は分からない。**

我知道掛號開始的時間，但不清楚結束的時間。

♪507-03 Ⓐ **ホームページに書いてあるのかな？**

網頁上會不會有寫啊？

♪507-04 Ⓑ **あそこ、ホームページなんかないと思うよ。**

我覺得那間應該不會有什麼網頁。

507

Unit 2 | 看診 ─ 感冒

[場合 情境]

福田小姐覺得自己好像
感冒了，於是去診所看
病。因為感冒去看診時
會說到哪些日文呢？

情境會話

♪508-01 **A** ここ二三日、食欲もないし、今日は朝から寒気もするし頭も痛いんです。

這兩三天不但沒食慾，今早開始一直覺得發冷，頭也很痛。

♪508-02 **B** シャツを脱いで、ここに座ってください。よく眠れていますか。

請脫下襯衫坐在這裡。晚上睡得好嗎？

♪508-03 **A** 最近はいくら寝ても寝た気がしない①んです。

最近不管睡多久，都覺得好像沒睡過的感覺。

♪508-04 **B** 風邪のようですが、問題はストレスと疲れによる②免疫力低下ですね。

雖然好像是感冒，但主要問題是壓力及疲勞所引發的免疫力下降。

［這些句型還可以這樣用］

① ～気がしない　不覺得～

♪509-01。 旅先で台風が来てほとんどホテルの中にいたから、旅行した気がしないよ。

因為在旅行目的地遇到颱風來襲，幾乎一直待在飯店裡，完全沒有去旅行的感覺。

♪509-02。 また今日も、あの上司に嫌味を言われるのか。もう会社へ行く気がしないなあ。

今天又要被那位上司挖苦嗎？已經不想再去公司了。

♪509-03。 あの店のおいしくないラーメンじゃ、お腹が空いていても食べる気がしないなあ。

如果是那間店的難吃拉麵的話，即便肚子餓也不會想要去吃。

② ～による　因～的緣故

♪509-04。 観光による経済効果は年々大きくなっていて、政府も大きな政策転換を迫られている。

因觀光所帶來的經濟效益年年擴大，政府也被迫進行大規模的政策轉換。

♪509-05。 海洋大学による調査で、うなぎの繁殖地が明らかになった。

經海洋大學調查表示，已經確定鰻魚的繁殖地了。

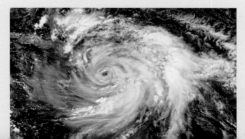

Q&A 你其實可以這樣回答

♪510-01 **Q** どうすれば風邪が早く治るの？
要怎麼做，感冒才會快點好呢？

♪510-02 **A** ❶ ビタミンCを取ることだよ。
攝取維他命C。

♪510-03 ❷ みかんなどの柑橘類の果物を食べることだね。
吃橘子等柑橘類的水果。

♪510-04 ❸ 生姜は風邪の予防と治癒にとても効果的だよ。
生薑對於預防及治療感冒都非常有效。

♪510-05 ❹ 栄養ドリンクを飲むと早く治るよ。
飲用營養補給品就可以讓感冒早點好。

♪510-06 ❺ ねぎをたくさん食べると良いよ。
多吃蔥就有幫助。

♪510-07 ❻ 葛根湯を飲んだらいいよ。
喝葛根湯比較好。

♪510-08 ❼ ちゃんと睡眠をとること。
好好睡覺。

♪510-09 ❽ 体を休めるのが一番。
讓身體好好休息是最好的。

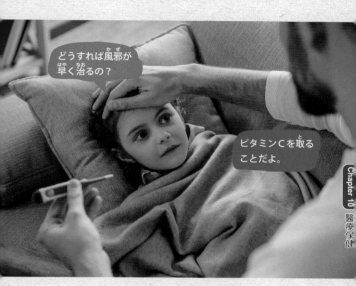

Q&A 現學現用

♪511-01 **A どうすれば風邪が早く治るの？**
要怎麼做，感冒才會快點好呢？

♪511-02 **B ビタミンCを取ることだよ。**
攝取維他命 C。

♪511-03 **A どんな物にビタミンCがいっぱいあるの？**
什麼東西富含維他命 C 呢？

♪511-04 **B みかんなどの柑橘類の果物には、ビタミンCがたくさん含まれているよ。**
橘子等柑橘類的水果，含有豐富的維他命 C 喔。

Unit 3 | 看診 — 牙痛

福永小姐説她最近牙痛得很嚴重，三浦先生勸她去看醫生。因為牙痛而去看診時會説到哪些日文呢？

情境會話

♪512-01 **A** 歯が痛くて食事も勉強もできないし、寝ることもできないんです。

牙齒痛到無法吃飯也無法讀書，連睡覺也沒辦法。

♪512-02 **B** 虫歯を放っておく① から、ひどくなるんだよ。

因為你放著蛀牙不管，才會變嚴重。

♪512-03 **A** でも、歯の治療って、怖いんですよ。

可是治療牙齒很恐怖啊。

♪512-04 **B** そんなことを言っていると、全部入れ歯をすることになる② よ。

如果你這樣説的話，會變全口假牙喔。

♪512-05 **A** 驚かさないでよ。

不要嚇我啦。

[這些句型還可以這樣用]

① ～ておく ～著（維持原狀）

♪513-01 ○ 車をここに止めておくとレッカー移動されてしまうから、早く移動させた方がいいよ。

把車子停在這裡的話會被拖吊，趕快移走比較好。

♪513-02 ○ バターを使って、出しておくと融けてしまうよ。使ったら、早く冷蔵庫にしまいなさい。

奶油拿出來放著的話會溶化喔。用完後請早點放回冰箱。

♪513-03 ○ 窓を開けておくと蚊が入ってくるから、閉めてエアコンをつけましょう。

因為窗戶開著的話蚊子會進來，我們關窗戶開冷氣吧。

② ～ことになる 變成～（不好的結果）

♪513-04 ○ 貯金をしておかないと、いざという時に困ることになるよ。

不存錢的話，遇到萬一時會很煩惱喔。

♪513-05 ○ 飲酒運転なんかすると、人生を棒に振ることになるよ。

如果酒駕的話，人生是會被毀掉的喔。

Q&A 你其實可以這樣回答

♪514-01 **Q** 歯の痛みを緩和するのに、どんな方法がありますか。
為了緩和牙痛有什麼方法呢？

♪514-02 **A** ❶ やはり先ずは、市販の鎮痛剤を服用するのが良いでしょう。
還是先服用市售止痛藥比較好吧。

♪514-03 ❷ 痛みのある部分を冷やすことです。
冷卻疼痛的部位。

♪514-04 ❸ 歯痛に効くツボを押してみたら？
按壓對牙痛有效的穴道如何？

♪514-05 ❹ 口の中をキレイにすることです。
將口腔內清潔乾淨。

♪514-06 ❺ 喫煙をしないことです。
不要抽菸。

♪514-07 ❻ アルコールを控えることです。
不攝取酒精。

♪514-08 ❼ 血行を促進する入浴も控えるべきです。
也不要做會促進血液循環的泡澡。

♪514-09 ❽ 痛み止めの塗り薬を塗る方法もあります。
也有塗抹止痛藥劑的方法。

歯の痛みを緩和するのに、どんな方法がありますか。

やはり先ずは、市販の鎮痛剤を服用するのが良いでしょう。

Q&A 現學現用

♪515-01 **Ⓐ 歯の痛みを緩和するのに、どんな方法がありますか。**

為了緩和牙痛有什麼方法呢？

♪515-02 **Ⓑ やはり先ずは、市販の鎮痛剤を服用するのが良いでしょう。**

還是先服用市售止痛藥比較好吧。

♪515-03 **Ⓐ ちょうど家にない時はどうすればいいですか。**

如果家裡剛好沒有的話怎麼辦？

Unit 4 | 看診 — 腸胃炎

[場合 情境]

藤原小姐最近只要吃東西就會覺得肚子不舒服，於是去看醫生。因為腸胃不舒服而去看醫生時會説到哪些日文呢？

情境會話

♪516-01 Ⓐ 最近、何か食べると気持ちが悪くなる①んです。

最近，只要吃東西就會覺得很不舒服。

♪516-02 Ⓑ 聴診器を当てますから、シャツをあげてお腹を出してもらえますか。

我用聽診器聽一下。請打開襯衫露出腹部。

♪516-03 Ⓐ はい。食べても、お腹が痛くなったり、下痢をしたりするんです。

好的，只要吃東西就會肚子痛或是拉肚子。

♪516-04 Ⓑ 感染性胃腸炎かもしれませんね。今の季節は流行る②んですよ。

可能是感染性腸胃炎，現在的季節是好發時期。

♪516-05 Ⓐ 当たったかな。

我中鏢了是嗎？

[這些句型還可以這樣用]

① ～くなる　變成～

♪517-01 ○ この調味料（ちょうみりょう）を少（すこ）し入（い）れるだけで、料理（りょうり）はおいしくなる。

只要加一點這個調味料，料理就會變好吃。

♪517-02 ○ カレーにミルクやヨーグルトなど乳製品（にゅうせいひん）を入（い）れると辛（から）くなくなる。

把牛奶或優格等乳製品加到咖哩裡面，就會變得不辣了。

♪517-03 ○ 夏（なつ）の暑（あつ）い日（ひ）でも、風鈴（ふうりん）の音（おと）を聞（き）くと、なんとなく涼（すず）しくなった感（かん）じがするね。

就算是在夏天炎熱的日子，只要聽到風鈴的聲音就會不自覺地感到清涼。

② 流行（はや）る～　流行～

♪517-04 ○ 今年（ことし）の夏（なつ）に流行（はや）る色（いろ）はグリーンです。

今年夏天流行的顏色是綠色。

♪517-05 ○ 最近（さいきん）の流行（はや）り言葉（ことば）には、ついていけないよ。流行（はや）り廃（すた）りが速（はや）過（す）ぎるんだもの。

完全跟不上最近的流行語。流行實在退得太快了。

♪517-06 ○ そんな考（かんが）え方（かた）、今（いま）どき流行（はや）らないよ。

現在不流行那種想法了。

517

Q&A 你其實可以這樣回答

♪518-01 **Q** 胃腸炎の時はどんな食事を取ればいいですか。

腸胃炎時要攝取怎樣的餐食才好呢？

♪518-02 **A** ❶ 水分補給を忘れないように。

請不要忘記多補充水分。

♪518-03 ❷ 消化しやすいものを食べることです。

吃容易消化的東西。

♪518-04 ❸ 食欲がない時には、お粥は理想的な食べ物です。

沒有食慾時，粥是很理想的食物。

♪518-05 ❹ 便を固める効果のある果物を食べることです。

吃有使大便固化效果的水果。

♪518-06 ❺ さつまいもは意外と消化しにくいので注意してください。

令人意外的是地瓜其實不好消化，請注意。

♪518-07 ❻ 繊維の多い野菜は胃腸炎の間は食べない方がいいですよ。

纖維較多的蔬菜，在腸胃炎期間不要吃比較好。

♪518-08 ❼ 大根やキャベツ、にんじんは栄養豊富でお勧めです。

我推薦營養豐富的蘿蔔、高麗菜、紅蘿蔔。

Q&A 現學現用

♪519-01 **Ⓐ** 胃腸炎の時はどんな食事を取ればいい
ですか。
腸胃炎時要攝取怎樣的餐食才好呢？

♪519-02 **Ⓑ** 消化しやすいものを食べることです。
吃容易消化的東西。

♪519-03 **Ⓐ** さつまいもとかは大丈夫ですか。
地瓜之類的話可以嗎？

♪519-04 **Ⓑ** さつまいもは意外と消化しにくいです
よ。
很意外的，地瓜其實不好消化。

Unit 5 │ 看診 ─ 運動傷害

[場合 情境]

岡本小姐覺得側腹部有些疼痛因此去看醫生，結果好像是運動傷害。因為運動傷害而去看醫生時會說到哪些日文呢？

情境會話

♪520-01 **A** 先生、脇腹のこの辺りがズキズキ痛むんです。

醫生，我側腹部這邊有些刺痛。

♪520-02 **B** おそらく①疲労骨折だろう。レントンゲンを撮ってみよう。

可能是疲勞骨折吧。我們來照一下 X 光。

♪520-03 **A** えっ、骨折ですか。どこにもぶつけて②いませんけど。

咦，骨折嗎？可是我沒有撞到哪裡啊。

♪520-04 **B** 君は大学のゴルフ部に入っているんだよね？練習のし過ぎが原因じゃないかな。

你有參加大學的高爾夫球社團吧？原因可能是練習過度喔。

［這些句型還可以這樣用］

① おそらく～ 可能是～

♪521-01
おそらく犯人は会社内の事情に詳しい人間でしょう。

犯人很可能是對公司內部資訊很清楚的人。

♪521-02
彼はおそらく九州出身だ。

他可能是九州出身。

♪521-03
おそらく明日は雪になるなあ。

明天可能會下雪。

♪521-04
この写真を撮ったのは、おそらく去年の社員旅行の時だと思う。

我在想這張照片可能是去年員工旅遊時拍的。

② （～を／～に）ぶつける 撞到～

♪521-05
中学生の時、修学旅行に行って、夜は皆で枕をぶつけ合って遊んだ。

國中時去校外教學，晚上大家玩了用枕頭互擊的遊戲。

♪521-06
雪合戦とは、雪玉を相手にぶつける遊びだ。相手にぶつけたら勝ち、ぶつけられたら負け。

所謂的打雪仗就是用雪球丟擊對方的遊戲。擊中對方就算贏，被擊中就算輸。

Q&A 你其實可以這樣回答

♪522-01 **Q** スポーツ障害はどんな種類があります
か。

運動傷害有哪些種類呢？

♪522-02 **A** ❶ よくあるのは捻挫です。

最常見的就是扭傷。

♪522-03 ❷ 骨折もスポーツ障害の一種です。

骨折也是運動傷害的一種。

♪522-04 ❸ 脱臼もよく聞くスポーツ障害です。

脫臼也是常聽到的運動傷害。

♪522-05 ❹ 肉離れはどの選手も起こす可能性があ
ります。

肌肉拉傷是每位選手都有可能會發生的。

♪522-06 ❺ アキレス腱断裂は、よく足を使う運動
選手が起こし易いです。

阿基里斯腱斷裂最常發生在經常使用腳部的運動
選手上。

♪522-07 ❻ 最近マラソンがブームになっているか
ら、ランナー膝になる人も多くなりま
した。

最近馬拉松蔚為風潮，罹患跑者膝的人也變多了。

♪522-08 ❼ 腱鞘炎もスポーツ障害の一種です。

扳機指也算是種運動傷害。

スポーツ障害はどんな種類がありますか。

肉離れはどの選手も起こす可能性があります。

Q&A 現學現用

♪523-01 Ⓐ **スポーツ障害はどんな種類がありますか。**
運動傷害有哪些種類呢？

♪523-02 Ⓑ **肉離れはどの選手も起こす可能性があります。**
肌肉拉傷是每位選手都有可能會發生的。

♪523-03 Ⓐ **一般人でも起こし易いですね。**
一般人也容易發生吧。

♪523-04 Ⓑ **ウォームアップをもっとしっかりしなくちゃいけませんね。**
不好好做暖身運動不行呢。

[場合 情境]

松田先生前陣子第一次
去醫院做健康檢查。談
論有關健康檢查相關的
話題時會說到哪些日文
呢？

情境會話

♪524-01 Ⓐ この前、大蔵病院で初めて人間ドックを受けたんだけど、すごかったよ。

前陣子我去大藏醫院做了第一次的健康檢查，很厲害喔。

♪524-02 Ⓑ 何がすごかったの？

什麼東西很厲害？

♪524-03 Ⓐ 大蔵病院の施設が豪華なんだ。一泊二日①のコースを受けたんだけど、まるで高級ホテルみたいだった。

大藏醫院的設施很豪華。我是做兩天一夜的方案，感覺很像是高級飯店。

♪524-04 Ⓑ へえ。休養もできる総合健康診断というわけ②だね。

哇，也就是說可以休養的綜合健康檢查囉。

［這些句型還可以這樣用］

① ～泊～日　～天～夜

♪525-01 **来週の金曜日、休みを取って、二泊三日で温泉旅行に行くつもりです。**

下週五請了假，預計去三天兩夜的溫泉旅行。

♪525-02 **南欧の旅ですか。いいですねえ。ところで、何泊何日の予定ですか。**

南歐之旅嗎？不錯耶。那麼，預定是幾天幾夜呢？

② ～というわけ　也就是説～

♪525-03 **彼は君を嫌いになったわけじゃないよ。実は、彼は君にダイヤの指輪をプレゼントする為に、アルバイトを掛け持ちでやっているから、会いに来る時間もないというわけなんだ。**

總之他不是討厭妳。其實他為了要買鑽戒送妳，兼兩份差。所以連來見妳的時間都沒有。

♪525-04 **つまり、ご両親があなたたちの結婚に反対しているというわけね。だから、最近、あなたたち二人とも浮かない顔をしているのね。**

也就是説雙親反對你們結婚囉。所以最近你們兩個都一臉不開心。

525

Q&A 你其實可以這樣回答

♪526-01 **Q** 健康診断にはどんな項目がありますか。
けんこうしんだん　　　　　　　こうもく

健康檢查有哪些項目呢？

♪526-02 **A** ❶ 一般的な血液検査。
いっぱんてき　けつえきけんさ

一般的血液檢查。

♪526-03 ❷ 心機能の検査。
しんきのう　けんさ

心臟功能檢查。

♪526-04 ❸ 代謝機能の検査。
たいしゃきのう　けんさ

代謝機能檢查。

♪526-05 ❹ 血糖値の検査。
けっとうち　けんさ

血糖值檢測。

♪526-06 ❺ 尿検査。
にょうけんさ

尿液檢查。

♪526-07 ❻ 肝機能の検査。
かんきのう　けんさ

肝臟機能檢查。

♪526-08 ❼ 血圧の測定。
けつあつ　そくてい

量測血壓。

♪526-09 ❽ 身体計測。
しんたいけいそく

身體量測。

♪526-10 ❾ 密度検査。
みつどけんさ

骨骼密度檢查。

健康診断にはどんな
項目がありますか。

一般的な血液検査。

Q&A 現學現用

♪527-01 Ⓐ **健康診断にはどんな項目がありますか。**
健康檢查有哪些項目呢？

♪527-02 Ⓑ **一般的な血液検査。**
一般的血液檢查。

♪527-03 Ⓐ **血糖値の検査も含まれていますか。**
包含血糖值檢查嗎？

♪527-04 Ⓑ **はい、含まれています。**
對，有包含。

♪527-05 Ⓐ **尿検査も？**
也包括尿液檢查嗎？

[**場合 情境**]

三井小姐因為發生車禍
骨折而住院了，她打電
話給鈴木先生。在住院
時會説到哪些日文呢？

情境會話

♪528-01 Ⓐ もしもし、鈴木さん？三井です。実
は、今、入院しているんです。

喂，是鈴木先生嗎？我是三井。其實我現在在
住院。

♪528-02 Ⓑ えっ。どうしたんですか。①病気か
何かですか。

咦？怎麼了嗎？是生病還是怎麼了嗎？

♪528-03 Ⓐ 昨日、ぼんやり②自転車に乗ってい
たら、バイクとぶつかって複雑骨折
してしまって。

昨天恍恍惚惚地騎上腳踏車後，跟機車對撞，
結果變成複雜性骨折。

♪528-04 Ⓑ わあ、大変ですね。どのくらいかか
りそうなんですか。どちらの病院で
すか。

哇，好慘。要住院多久呢？在哪家醫院？

［這些句型還可以這樣用］

① どうしたんですか。／どうしたの？
怎麼了？

♪529-01 ○ どうしたんですか。顔色が真っ青ですよ。
怎麼了嗎？你臉色蒼白耶。

♪529-02 ○ どうしたんですか。何かお困りですか。
お手伝いしましょうか。
怎麼了嗎？有什麼煩惱嗎？要不要我幫忙？

♪529-03 ○ この前、渡した資料はどうしたんだ？
まさか失くしたのか。
之前拿給你的資料怎麼樣了？該不會弄丟了吧？

② ぼんやり〜 恍惚／放空〜

♪529-04 ○ 金井さん、今日はずっと心ここにあらず
で、ぼんやりしているね。
金井先生今天一直心不在焉，一直恍神。

♪529-05 ○ 工事現場を見学します。ぼんやりしてい
ると、怪我をしますから、注意してくだ
さい。
要去參觀工程現場。如果恍神的話會受傷，請注意。

♪529-06 ○ 休日は、ぼんやりと海を眺めているのが
好きだ。
假日時我喜歡放空看海。

529

Q&A 你其實可以這樣回答

♪530-01 **Q** 入院_{にゅういん}する時_{とき}、何_{なに}を持_もって行_いったらいいですか。

住院時要帶什麼東西去才好呢？

♪530-02 **A** ❶ タオルとか歯_はブラシとかの洗面用具_{せんめんようぐ}。

毛巾、牙刷等盥洗用具。

♪530-03 ❷ 箸_{はし}やコップなどの食器_{しょっき}。

筷子跟杯子等餐具。

♪530-04 ❸ 意外_{いがい}とティッシュを忘_{わす}れがちです。

意外的，面紙很容易被忘記。

♪530-05 ❹ 筆記用具_{ひっきようぐ}とかあった方_{ほう}がいろいろと便利_{べんり}です。

有筆記用品的話，在各種情況都很方便。

♪530-06 ❺ 着心地_{きごこち}のいいパジャマがあった方_{ほう}がいいですよ。

要有穿起來舒服的睡衣比較好。

♪530-07 ❻ 病室_{びょうしつ}は結構寒_{けっこうさむ}いので羽織_{はお}るものは絶対_{ぜったい}に持_もった方_{ほう}がいいです。

病房裡還滿冷的，帶可以披的東西一定會比較好。

♪530-08 ❼ 本_{ほん}とか雑誌_{ざっし}があると暇_{ひま}つぶしになります。

有書跟雜誌的話可以打發時間。

Q&A 現學現用

♪531-01 **A** 入院する時、何を持って行ったらいいですか。

住院時要帶什麼東西去才好呢？

♪531-02 **B** 着心地のいいパジャマがあった方がいいですよ。

要有穿起來舒服的睡衣比較好。

♪531-03 **A** 確かに、長時間着るものだから、着心地が大事ですね。

確實，要長時間穿著，好不好穿很重要。

[場合 情境]

佐野先生昨天開刀摘除
盲腸，中野先生今天去
探病。探病時可能會説
到哪些日文呢？

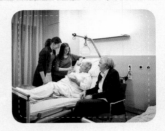

情境會話

♪532-01 Ⓐ お見舞いに来たよ。昨日、手術した
んだろう？あれ、意外と元気そうだ
ね。

我來探病了。你昨天不是開刀嗎？怎麼精神看
起來意外地很好？

♪532-02 Ⓑ まあね。盲腸だから取ってしまえ
ば、何も問題はない①からね。

是啊。因為是盲腸，所以只要摘除就沒其他問
題了。

♪532-03 Ⓐ じゃ、お前の大好きなGOGOハンバー
ガーを買ってこようか。

那麼我去買你最喜歡的 GOGO 漢堡來。

♪532-04 Ⓑ 勘弁して②くれよ。医者にまだお粥
しか食べるなと言われて、食べたい
ものを我慢しているんだから。

饒了我吧。醫生説我現在只能吃粥，我正在忍
住吃想吃的東西的衝動。

［這些句型還可以這樣用］

① 何も～ない 什麼都沒有～

♪533-01 ○ この田舎には田んぼと山以外、何もない。セブンイレブンは車で１時間以上走らないとないよ。

這個鄉下地方，除了田地跟山以外什麼都沒有。7-11 要開車一小時以上才會有。

♪533-02 ○ この箱には何も入っていないよ。空箱だよ。

這個箱子裡什麼都沒有，是空箱。

♪533-03 ○ 宿題の作文、まだ何も書いていないの？だいじょうぶ？間に合うの？

作業的作文什麼都還沒寫嗎？沒問題嗎？來得及嗎？

② 勘弁する 放一馬／饒了～

♪533-04 ○ 森さんは謝っているんだから、もう勘弁してあげたら？

森小姐已經道歉了，就放她一馬如何？

♪533-05 ○ お客さん、勘弁してください。これ以上、値引きしたら赤字になってしまいます。

這位客人請饒了我吧。再給你降價，我就要賠本了。

Q&A 你其實可以這樣回答

♪534-01 **Q** お見舞いの時のマナーには、どんな
ものがありますか。
探病時有什麼禮節呢？

♪534-02 **A** ❶ 事前に連絡しておいた方がいいかもし
れません。
事先跟對方聯繫也許會比較好。

♪534-03 ❷ 出来るだけ短時間で済ませること。
盡可能在短時間內結束。

♪534-04 ❸ 寝ていたら起こさずに帰るのも思いや
りです。
他在睡覺的話，不要叫醒他，自行離去也是一種
體貼。

♪534-05 ❹ できるだけ病人が元気になるような話
題を話すこと。
盡可能説些讓病人有精神的話題。

♪534-06 ❺ 鉢植えは持っていくべきではありませ
ん。
不應該送盆栽。

♪534-07 ❻ 花束を贈る時、匂いのきついものは避
けた方がいいです。
送花時要避開氣味重的花比較好。

お見舞いの時のマナーには、どんなものがありますか。

鉢植えは持っていくべきではありません。

Q&A 現學現用

♪535-01 **A** **お見舞いの時のマナーには、どんなものがありますか。**
探病時有什麼禮節呢？

♪535-02 **B** **鉢植えは持っていくべきではありません。**
不應該送盆栽。

♪535-03 **A** **どうしてですか。**
為什麼呢？

♪535-04 **B** **根が張っていることから「寝付く」を連想させてしまい縁起が悪いです。**
因為生根會讓人聯想到「臥床」，很不吉利。

535

Unit 9 | 出院

[場合 情境]

杉本小姐正在住院，醫生說明天早上檢查沒問題的話就可以出院了。出院時會說到哪些日文呢？

情境會話

♪536-01 Ⓐ **先生、明日退院できるんですよね。**
醫生，我明天可以出院了對吧。

♪536-02 Ⓑ **朝の検査で問題なければね。**
如果早上的檢查沒問題的話。

♪536-03 Ⓐ **まさか① 退院ができないなんて、あるんですか。**
該不會有無法出院的情況吧？

♪536-04 Ⓑ **ほとんどない② よ。**
幾乎是沒有。

♪536-05 Ⓐ **じゃ、なんか退院準備がありますか。**
那出院有什麼要做準備的嗎？

♪536-06 Ⓑ **杉本さんの回復状況からすれば特にないですね。**
從杉本小姐的復原狀況來看，應該沒有特別要準備的。

［這些句型還可以這樣用］

① まさか 沒想到／該不會～

♪537-01 ｜ <ruby>王<rt>おう</rt></ruby>さんがロトで5<ruby>億<rt>おく</rt></ruby>、<ruby>当<rt>あ</rt></ruby>てた？まさか。
うそでしょう？

王先生買樂透中了五億？不會吧。是開玩笑的吧？

♪537-02 ｜ まさか<ruby>幸田<rt>こうだ</rt></ruby>さんがニューヨークでダンサーやってるなんて。

沒想到幸田小姐竟然會在紐約當舞者。

♪537-03 ｜ <ruby>今日<rt>きょう</rt></ruby><ruby>必<rt>かなら</rt></ruby>ず<ruby>来<rt>く</rt></ruby>ると<ruby>約束<rt>やくそく</rt></ruby>したのに、まさか<ruby>来<rt>こ</rt></ruby>られなくなったなんて<ruby>言<rt>い</rt></ruby>わないでしょうね？

約好今天一定會來的，該不會要跟我說你來不了吧？

② ほとんど～ない 幾乎沒有～

♪537-04 ｜ この<ruby>地域<rt>ちいき</rt></ruby>は、<ruby>冬<rt>ふゆ</rt></ruby>は<ruby>寒<rt>さむ</rt></ruby>いけど<ruby>雪<rt>ゆき</rt></ruby>はほとんど
<ruby>降<rt>ふ</rt></ruby>らないんです。

這個地區冬天很冷，但幾乎不下雪。

♪537-05 ｜ あのレストランには、いつも<ruby>客<rt>きゃく</rt></ruby>がほとんどいない。

那間餐廳經常幾乎沒客人。

♪537-06 ｜ <ruby>孫<rt>そん</rt></ruby>さんは<ruby>健康<rt>けんこう</rt></ruby>で、<ruby>風邪<rt>かぜ</rt></ruby>もほとんど<ruby>引<rt>ひ</rt></ruby>いたことがありません。

孫先生很健康，幾乎沒有感冒過。

Q&A 你其實可以這樣回答

♪538-01 Q 昨日退院したんです。
我昨天出院了。

♪538-02 A ❶ これで治ったということですね。
這樣就是痊癒的意思吧。

♪538-03 ❷ リハビリは要らないんですか。
不需要復健嗎？

♪538-04 ❸ 昨日、一人で帰ったの？どうして連絡してくれなかったの？
昨天是一個人回家的嗎？為什麼沒有聯絡呢？

♪538-05 ❹ 退院しても薬は飲み続けるんですか。
出院後還要持續吃藥嗎？

♪538-06 ❺ これから通院する必要がありますか。
接下來有需要定期回診嗎？

♪538-07 ❻ 介護保険は申し込んだ？
申請看護保險金了嗎？

♪538-08 ❼ 介護タクシーで帰ったの？
搭看護計程車回來的嗎？

♪538-09 ❽ 検査はもう要らないんですか。
不必再檢查了嗎？

♪538-10 ❾ 手術の傷、もう治った？
手術的傷口已經好了？

昨日退院したんです。

昨日、一人で帰ったの？どうして連絡してくれなかったの？

Q&A 現學現用

♪539-01 **A** 昨日退院したんです。
我昨天出院了。

♪539-02 **B** 昨日、一人で帰ったの？どうして連絡してくれなかったの？
昨天是一個人回家的嗎？為什麼沒有聯絡呢？

♪539-03 **A** 人に迷惑かけたくないから、介護タクシーで帰ったの。
因為不想麻煩別人，所以我搭看護計程車回來的。

♪539-04 **B** なに水臭い事を言ってるんだよ。
說這什麼見外的話。

［ 想多學一點點 ］

01 人間ドック 健康檢查

「人間ドック」這個說法是日本獨創的字彙。「ドック（dock）」是船塢的意思，是修理船及檢查船的地方。其由來有諸多說法，其中一說是在 1936 年左右，某位政治家因為到醫院進行身體檢查卻被誤傳重病。當時同黨人士召開記者會解釋，這是跟船隻出航後要檢查有無損傷是一樣的意思。因此日本的健康檢查就這樣被稱為「人間ドック」了。

例句

A: この前人間ドックの 10 万円コースに入ってみました。
前陣子去做了十萬日圓方案的健檢。

B: 10 万もするんですか。
要十萬那麼多喔？

---

02 在宅ケア 居家照護

這是指在家中提供支持性照護。照顧者需要專業證照，可以提供病人每日的照顧，保障被照顧者每日的生活起居。這被區分為非醫療性照顧，提供這些照顧的都是非護士、醫生，或其他需要醫療證照的人。這亦是喘息照顧的一環。

例句

A: 退院後の生活は大丈夫ですか。
出院後的生活沒問題嗎？

B: 一応、在宅ケアを申し込んだので何とかなるよ。
已經先申請了居家照護，所以總有辦法吧。

03 ターミナルケア 臨終照護

「ターミナルケア（terminal care）」也稱為「終末医療」。以往臨終照顧最多用在末期癌症患者身上。但隨著醫療進步，許多高科技醫療儀器的發明，延長了人類的壽命及存活率，但也相對降低了臨終品質。世界各個先進國家現在都致力於善終醫療，希望可以保留人最後的尊嚴。

例句

A: うちのお爺さんは末期癌なんです、いまターミナルケアを受けています。

我爺爺是末期癌症，現在正在接受臨終照護。

B: そうなんですか。病院で受けているんですか。

這樣啊，是在醫院接受照護嗎？

---

04 氷枕 冰枕

以前的冰枕是橡膠製，開口處有一個栓，可放入冰塊及水。現在新的冰枕尺寸大約二十乘三十公分，厚度約三公分，即便冷凍也不會變硬，仍然保有一定程度的彈性。現在也有許多人直接拿食物保冷劑當冰枕用，但要注意外層一定要包裹毛巾，否則容易凍傷。

例句

A: 子供がちょっと熱っぽいよ。氷枕を持ってきてくれる？

孩子好像有點發燒，你幫我拿冰枕來好嗎？

B: どこにあるの？冷凍庫のやつ？

放在哪？冷凍庫的那個？

Chapter 11
節慶活動
フェスティバル

フェスティバル
節慶活動

Unit 1 | 正月

[**場合** 情境]

大西太太今年過年訂了高級料亭的年菜，大西先生覺得很豪華。日本人在正月過年時會説到哪些日文呢？

情境會話

♪544-01 **A** 明けまして、おめでとう①。

新年快樂。

♪544-02 **B** 明けまして、おめでとう。今年もよろしくお願いします。

新年快樂。今年也請多指教。

♪544-03 **A** 今年のお節料理は豪華だね。

今年的年菜料理很豪華耶。

♪544-04 **B** うん。今年は奮発して②高級料亭の御節を頼んでみたんだ。

嗯，今年我心一橫，訂了高級料亭的年菜。

♪544-05 **A** 見栄えもいいし、いいね。

視覺效果很好，讚唷。

♪544-06 **B** せっかく年に一度の家族団らんでいいんじゃないか。

難得一年一次的家人團聚嘛。

［這些句型還可以這樣用］

① ～おめでとう／おめでとうございます。
恭喜～

♪545-01
御結婚、おめでとうございます。
恭喜結婚。

♪545-02
御出産、おめでとうございます。
恭喜你喜獲麟兒。

♪545-03
大学合格、おめでとう。
恭喜考上大學。

♪545-04
退院、おめでとう。
恭喜出院。

② 奮発する～ 心一橫／發奮～

♪545-05
今日ボーナスが出たから、今晩は奮発してうな重の特上をごちそうするよ。
因為今天發了獎金，今晚我狠下心，請你吃特上鰻魚飯吧。

♪545-06
社長、今年は奮発したなあ。社員旅行は全員でハワイのハイアット宿泊だって。
老闆今年大手筆喔。員工旅遊時全員都是住夏威夷的君悅酒店。

Q&A 你其實可以這樣回答

♪546-01 **Q** 年末年始に何をしますか。

年末年初時會做什麼事呢？

♪546-02 **A** ❶ 家中の大掃除をします。

家中大掃除。

♪546-03 ❷ ご馳走を作ります。

做豐盛佳餚。

♪546-04 ❸ 大晦日にそばを食べます。

除夕夜吃蕎麥麵。

♪546-05 ❹ 紅白歌合戦を見ます。

除夕夜看紅白歌唱大賽。

♪546-06 ❺ 家族団欒で過ごします。

家人團圓慶祝新年。

♪546-07 ❻ お寺や神社にお参りします。

去寺廟或神社參拜。

♪546-08 ❼ 子供にお年玉をやります。

給孩子紅包。

♪546-09 ❽ 元旦から三日間、お節料理と雑煮を食べます。

元旦開始連續吃三天的年菜和年糕湯。

♪546-10 ❾ 家の前に門松を飾ります。

在家門前裝飾門松。

年末年始に何をしますか。

家族団欒で新年を祝います。

Q&A 現學現用

♪547-01 Ⓐ **年末年始に何をしますか。**
年末年初時會做什麼事呢？

♪547-02 Ⓑ **家族団欒で新年を祝います。**
家人團圓慶祝新年。

♪547-03 Ⓐ **その時は何をするんですか。**
那時候會做些什麼呢？

♪547-04 Ⓑ **お節料理や雑煮を食べて、神社やお寺にお参りに行きます。**
吃年菜和年糕湯，一起去神社或寺廟。

547

[場合 情境]

古川先生滿二十歲了，也出席過成人式典禮。談論成人式或是在成人式典禮時會説到哪些日文呢？

情境會話

♪548-01 Ⓐ 二十歳になって成人式にも出たし、さあ、これで晴れて①酒もタバコも解禁だ。

已經滿二十歲了，也出席了成人式典禮，那麼這就名正言順的，酒跟菸都解禁了。

♪548-02 Ⓑ そうだね。でも、成人年齢が 18 歳に変更されるらしいよ。

也是。不過成人年齡好像已經改為十八歲了。

♪548-03 Ⓐ えっ、そうなの？じゃ、これからは 18 歳で酒、タバコＯＫなのか。

咦，是這樣嗎？那以後十八歲就可以喝酒抽菸囉？

♪548-04 Ⓑ そう。選挙権も 18 歳からだよ。いろんな意味で②責任も出てくるよ。

對。選舉權也是從十八歲開始，從各方面來看，責任也變多了。

[這些句型還可以這樣用]

① 晴れて～ 名正言順／正式的～

♪549-01

苦労して大学を卒業して、やっと納得できる会社に入れた。これで晴れて社会人としての人生がスタートだ。

辛苦地從大學畢業，總算進入了自己認同的公司。這下作為社會人士的人生正式起航。

♪549-02

ようやく無実が証明されて、彼は晴れて自由に生活できるようになった。

總算證實了他的清白，他終於可以名正言順地過自由的生活。

♪549-03

晴れて自分の店を開くことができました。これも皆様のお蔭です。

我自己的店總算正式開幕了，這都是託各位的福。

② いろいろ／いろんな意味で～ 就許多方面來說

♪549-04

あの田中さんという人は、いろいろな意味で、すごい人ですよ。

田中先生那個人啊，就各方面來說是個很厲害的人。

♪549-05

彼女には、いろんな意味でお世話になっているんだ。

就許多方面來說，我受過她許多照顧。

549

Q&A 你其實可以這樣回答

♪550-01 **Q** 成人式はどんな服装で行きますか。
成人式要穿什麼樣的服裝參加呢？

♪550-02 **A** ❶ 男の場合、スーツを着る人が多いです。
男生的話，很多人會穿西裝。

♪550-03 ❷ 女性の場合は振袖が一番人気です。
女生的話，振袖是最受歡迎的。

♪550-04 ❸ ドレスや洋服を着る人も少なくありません。
也有不少人會穿禮服或洋裝。

♪550-05 ❹ 袴を着る男もいます。
也有穿袴的男生。

♪550-06 ❺ 最近派手な着物を着る人が多くなっています。
最近穿華麗和服的人變多了。

♪550-07 ❻ 正装であれば何でもかまわないです。
只要是正式服裝都可以。

♪550-08 ❼ 花魁風の和装が最近流行っています。
最近很流行花魁風的和服。

♪550-09 ❽ 普段着よりスーツの方がいいです。
比起一般服裝，穿西裝比較好。

成人式に、どんな服装
で行きますか。

男の場合、スーツを
着る人が多いです。

Q&A 現學現用

♪551-01 **A** **成人式に、どんな服装で行きますか。**
成人式要穿什麼樣的服裝參加呢？

♪551-02 **B** **男の場合、スーツを着る人が多いです。**
男生的話，很多人會穿西裝。

♪551-03 **A** **色は何がいいですか。**
什麼顏色好呢？

♪551-04 **B** **紺や黒、グレーの方が長く使えるから良いと思います。**
我覺得深藍色、黑色或灰色比較好，因為可以穿比較久。

Unit 3 | 節分祭

[**場合 情境**]
_{ば あい}

今天是節分，市川先生家正在準備撒豆子，然後撿豆子來吃。節分祭時會説到哪些日文呢？

情境會話

♪552-01 **A** 豆撒き？あ、そうか。明日は立春だ
_{まめ ま} _{あした} _{りっしゅん}
から、今日は節分だね。
_{きょう} _{せつ ぶん}

撒豆？啊，對了，明天是立春，所以今天是節分。

♪552-02 **B** そう。じゃ、お父さんが撒いて。先
_{とう} _ま _ま
ず家の中から外に向かって①「鬼は
_{いえ} _{なか} _{そと} _{おに}
外」と叫びながら撒いて、次に家の
_{そと} _{さけ} _ま _{いえ}
外から中に向かって「福は内」と叫
_{そと} _{なか} _む _{ふく} _{うち} _{さけ}
びながら撒くんだよ。
_ま

對，那爸爸你來撒。首先從家裡由內往外一邊喊「鬼在外」一邊撒，接著從家裡的外面朝裡面一邊喊「福在內」一邊撒喔。

♪552-03 **A** うん。じゃ、後で、豆を拾うのが大
_{あと} _{まめ} _{ひろ} _{たい}
変だけど、遠慮なく②やるよ。
_{へん} _{えん りょ}

嗯，雖然等一下撿豆子會很辛苦，那我就不客氣撒囉。

[這些句型還可以這樣用]

① 〜に向かう　朝向〜

♪553-01　この電車は大阪に向かって走っています。

這台電車朝大阪方向行駛。

♪553-02　宋さんに向かってボールを投げた。

朝宋先生丟球。

♪553-03　飛行機が東に向かって飛んで行った。

飛機朝東方飛行。

♪553-04　今、そちらに向かっているところです。

我現在朝你那裡過去。

② 遠慮なく　不要客氣〜

♪553-05　さあ、遠慮なく食べてください。

那麼，請不要客氣盡情享用。

♪553-06　では、遠慮なくいただきます。

那麼，我就不客氣開動了。

♪553-07　自分の家だと思って、遠慮なく寛いでください。

當作自己家，請不要客氣，放輕鬆吧。

Q&A 你其實可以這樣回答

♪554-01 **Q** 節分の豆まきは、どんな豆を撒くんですか。

節分的撒豆是撒什麼豆？

♪554-02 **A** ❶ お払いを行った炒った大豆を撒きます。

撒經過淨化的炒黃豆。

♪554-03 ❷ 落花生を撒く地域もあります。

也有些地區會撒落花生。

♪554-04 ❸ 神棚に供えた豆を撒きます。

撒供在神壇上的豆子。

♪554-05 ❹ 昔は麦も撒かれていました。

以前也會撒麥子。

♪554-06 ❺ お菓子を撒いたこともあります。

也會撒零食。

♪554-07 ❻ お餅も撒きます。

也會撒麻糬。

♪554-08 ❼ みかんを撒く所もあります。

也有地方會撒橘子。

♪554-09 ❽ 最近は市販の福豆を撒きます。

近來是撒市售的福豆。

Q&A 現學現用

♪555-01 **A** **節分の豆まきはどんな豆を撒くんですか。**

節分的撒豆是撒什麼豆？

♪555-02 **B** お払いを行った炒った大豆を撒きます。

撒經過淨化的炒黃豆。

♪555-03 **A** **必ず大豆なんですか。**

一定要是黃豆嗎？

♪555-04 **B** **お餅やお菓子、みかんも撒くこともあります。**

有時也會撒麻糬、零食或橘子。

Unit 4 | 女兒節

[**場合** 情境]

女兒節剛過，小松家正準備將女兒節人偶收起來。女兒節時可能會說到哪些日文呢？

情境會話

♪ 556-01 Ⓐ 雛祭りが終わったら、雛人形をすぐしまわないとお嫁にいけなくなるって本当？

女兒節結束時，如果沒有馬上把女兒節人偶收起來，就會嫁不出去，這是真的嗎？

♪ 556-02 Ⓑ 迷信だよ。本当の意味は、ちゃんと①片づけができないと一人前の女性になれないということだよ。

是迷信啦。真正的意思是沒辦法好好整理的話，沒辦法成為獨立的女性。

♪ 556-03 Ⓐ 人形をしまうのは、もったいない気がするなあ。

要把人偶收起來，覺得好可惜喔。

♪ 556-04 Ⓑ 季節や時間の変化に合わせて②生活するのが伝統なんだよ。

配合季節及時間變化來生活才是傳統喔。

［這些句型還可以這樣用］

① ちゃんと〜　好好的／仔細的〜

♪557-01 ちゃんと歯磨きをしないと虫歯になりますよ。

不好好地刷牙會變蛀牙喔。

♪557-02 ちゃんと食べて、ちゃんと運動して、ちゃんと眠る。これらが健康の基本だよ。

好好地吃、好好地運動、好好地睡覺。這些是健康的基本。

♪557-03 あのレストランは、ちゃんとした服装で行かないと入れないんだよ。

沒有穿正式服裝去那間餐廳的話，沒辦法進去。

② 〜に合わせる　配合、合適

♪557-04 このシャツに合わせてズボンを選ぶ。

選一件可以搭配這件襯衫的褲子。

♪557-05 今週は暇だから、日時は君に合わせるよ。

這禮拜有空，所以日期和時間可以配合你。

♪557-06 お婆さんのペースに合わせて歩く。

配合奶奶的步調走路。

Q&A 你其實可以這樣回答

♪558-01 **Q** 雛祭りには何をするんですか。

女兒節時會做些什麼？

♪558-02 **A** ❶ 雛人形を飾ります。

裝飾女兒節人偶。

♪558-03 ❷ 桃の花を飾ります。

裝飾桃花。

♪558-04 ❸ 散らし寿司を食べます。

吃散壽司。

♪558-05 ❹ 家族で女の子の健康や成長を祝います。

家人一起慶祝女孩的健康及成長。

♪558-06 ❺ 甘酒を飲んで家族でお祝いします。

喝甜酒，家人一起慶祝。

♪558-07 ❻ 女の子に着物を着せます。

讓女孩穿和服。

♪558-08 ❼ ひなあられを雛人形に供えます。

把雛米花供奉給女兒節人偶。

♪558-09 ❽ 菱餅や桜餅を食べます。

吃菱餅及櫻餅。

♪558-10 ❾ 蛤の吸い物を飲みます。

喝蛤蠣清湯。

雛祭りには何を
するんですか。

雛人形を飾ります。

Q&A 現學現用

♪559-01 **Ⓐ 雛祭りには何をするんですか。**
女兒節時會做些什麼？

♪559-02 **Ⓑ 雛人形を飾ります。**
裝飾女兒節人偶。

♪559-03 **Ⓐ いつ飾るんですか。**
何時裝飾呢？

♪559-04 **Ⓑ 二月四日から三月三日の間に飾ります。**
二月四日到三月三日之間裝飾。

Unit 5 │ 七夕

[場合 情境]

高野先生認為七夕一定
要過農曆的，因為國曆
七月七日在日本是梅雨
季。談論七夕時會説到
哪些日文呢？

情境會話

♪560-01 Ⓐ 七夕は絶対に旧暦でやるべきだよ。

七夕一定要過農曆的。

♪560-02 Ⓑ どうして？

為什麼？

♪560-03 Ⓐ 新暦の７月７日は日本の大部分が梅
雨だから、晴れるわけがない①んだ
よ。

國曆七月七日在日本大部分都是梅雨天，不可
能放晴的。

♪560-04 Ⓑ そうか。織姫と彦星が天の川で一年
に一度②会うこともできないね。

這樣啊。那麼織女跟牛郎也無法在銀河上進行
一年一次的會面呢。

♪560-05 Ⓐ だから旧暦の方がいいと言ってる
の。

所以才説農曆比較好啊。

[這些句型還可以這樣用]

① ～わけ（が）ない 不可能～

♪561-01 ○ 沖縄で雪が降るわけがないよ。
在沖繩不可能會下雪啦。

♪561-02 ○ あのケチな原田さんがおごってくれるわけがないですよ。
那個小氣的原田先生怎麼可能請客。

♪561-03 ○ ここは東京の都心だよ。そんな安い家賃で住めるわけないよ。
這裡是東京的都心哦。用那麼便宜的房租怎麼可能租得到。

② ～（期間）～に～（回数／時間）～
～（期間）～（次數／時間）

♪561-04 ○ 1週間に1回、塾で中国語を習っているんです。
我每週一次在補習班學中文。

♪561-05 ○ この辺では、年に4、5日しか雪は降りませんよ。
這附近每年只會下雪四、五天。

♪561-06 ○ 一日に3時間勉強しています。
每天讀書三小時。

Q&A 你其實可以這樣回答

♪562-01 **Q** 七夕はどんなことをするんですか。
七夕有哪些活動呢？

♪562-02 **A** ❶ 短冊に願い事を書いて笹に飾ります。
在紙片上寫下願望，然後裝飾在竹葉上。

♪562-03 ❷ そうめんを食べて、一年間の無病息災を祈ります。
吃細麵來祈求一年之中無病無災。

♪562-04 ❸ 折紙を折って飾ります。
摺紙來裝飾。

♪562-05 ❹ 女性は手先が器用になるように祈ります。
女性會祈禱手巧。

♪562-06 ❺ 地域によって雨乞いや虫送りの行事も行います。
依照地區不同，也會舉辦祈雨及送蟲儀式。

♪562-07 ❻ 中国では爪染めや髪の毛をキレイにする行事があります。
在中國則有染指甲及將頭髮變漂亮的儀式。

♪562-08 ❼ 台湾では男女がプレゼントを交換します。
在台灣，男女會互相交換禮物。

Q&A 現學現用

♪563-01 **A** 七夕はどんなことをするんですか。
七夕有哪些活動呢？

♪563-02 **B** 台湾では男女がプレゼントを交換します。
在台灣，男女會互相交換禮物。

♪563-03 **A** それはバレンタインデーじゃないんですか。
那不是情人節才做的事嗎？

♪563-04 **B** 七夕は中国のバレンタインデーと呼ばれているんですよ。
七夕被稱為中國的情人節喔。

Unit 6 | 盂蘭盆節

[場合 情境]
ば あい

水野家正準備過盂蘭盆節，對於日本人來説，盂蘭盆節時會迎接祖先的靈魂回家。盂蘭盆節時會説到哪些日文呢？

情境會話

♪564-01 **A** 先祖の霊を家に迎えて①もてなすのが日本のお盆だよ。

迎接祖先的靈魂回家供奉，就是日本的盂蘭盆節。

♪564-02 **B** 去年、亡くなったお爺ちゃんも帰ってくるの？

去年去世的爺爺也會回來嗎？

♪564-03 **A** そうだよ。お爺ちゃんの霊は初めてのお盆だから、新盆って言うんだよ。

對啊，因為爺爺的靈魂是第一次過盂蘭盆節，因此稱為新盆。

♪564-04 **B** じゃ、お爺ちゃんの好物を作ってあげたら②喜ぶね。

那麼，準備一些爺爺喜歡的菜，他會開心吧。

[這些句型還可以這樣用]

① 迎える〜　迎接／邀請〜

♪565-01 東都大学の伊藤教授を顧問としてわが社に迎えようと思っています。
我想邀請東都大學的伊藤教授來當本公司顧問。

♪565-02 空港へ大塚さんを迎えに行く。
去機場接大塚先生。

♪565-03 今日のディスカッションは外国の専門家をお迎えして行ないます。
今天的研討會是邀請國外專家來進行。

② 〜てあげる　給〜／幫忙〜

♪565-04 太郎、あのお婆さんの荷物を持ってあげなさい。
太郎，幫忙老婆婆拿行李。

♪565-05 鹿野さん、新入社員の鈴木さんにいろいろ教えてあげてください。
鹿野小姐，請幫忙多多教育新來的鈴木先生。

♪565-06 道に迷っている人を目的地まで連れて行ってあげた。
帶迷路的人去目的地。

♪566-01 **Q** お盆は何をするんですか。

盂蘭盆節要做什麼呢？

♪566-02 **A** ❶ ご先祖様を迎えて祭ります。

迎接祭拜祖先。

♪566-03 ❷ 神社の境内や広場で盆踊りを踊ります。

在神社院內或廣場跳盂蘭盆舞。

♪566-04 ❸ 故郷へ帰って墓参りをします。

回家鄉掃墓。

♪566-05 ❹ 墓参りに行きます。

去掃墓。

♪566-06 ❺ お寺で法要を行います。

在寺院舉行法事。

♪566-07 ❻ お花、供え物、お線香を供えて祖先を供養します。

供奉花、供品、香來祭祀祖先。

♪566-08 ❼ お供え物を用意します。

準備供品。

♪566-09 ❽ 亡者の霊を供養する施餓鬼供養を行います。

舉行祭祀未能超渡的亡魂的儀式。

お盆は何をするんですか。

故郷へ帰って墓参りをします。

Q&A 現學現用

♪567-01 **Ⓐ お盆は何をするんですか。**
盂蘭盆節要做什麼呢？

♪567-02 **Ⓑ 故郷へ帰って墓参りをします。**
回家鄉掃墓。

♪567-03 **Ⓐ 墓参りは何を準備するんですか。**
掃墓要準備什麼呢？

♪567-04 **Ⓑ お花、お供え物、お線香を準備します。**
要準備花、供品、香。

Unit 7 | 聖誕節

[**場合** 情境]
（ば あい）

今天是聖誕節，吉川小
姐送給西田先生聖誕禮
物。聖誕節時可能會說
到哪些日文呢？

情境會話

♪568-01 Ⓐ **メリークリスマス。**
聖誕節快樂。

♪568-02 Ⓑ **メリークリスマス。はい、クリスマ
スプレゼント。**
聖誕節快樂。來，聖誕禮物。

♪568-03 Ⓐ **えっ、プレゼントがもらえるなん
て、思ってもみなかった①。ありが
（おも）
とう。**
咦？我沒想到會收到什麼聖誕禮物，謝謝你。

♪568-04 Ⓑ **いつもお世話になっているからね。
（せ わ）
感謝も込めて②。**
（かん しゃ）（こ）
因為我一直受到你的照顧啊，也包含了我的謝
意。

♪568-05 Ⓐ **気遣いの人ですね。**
（き づか）
真是很用心的人耶。

［這些句型還可以這樣用］

① 〜なんて（思ってもみなかった） 沒想到〜

♪569-01 ここで君に会えるなんて思ってもみなかった。

我沒想到會在這裡遇到你。

♪569-02 このパンがこんなにおいしいなんて思ってもみなかった。

我沒想到這個麵包這麼好吃。

♪569-03 まさか林田さんがこんなに料理が上手だなんて。

萬萬想不到原來林田先生那麼會做菜。

♪569-04 このレストランがこんなに混んでいるなんて。

沒想到這間餐廳這麼多人。

② 〜込める 集中／用心〜

♪569-05 感謝を込めて手紙を書きました。

用感謝的心寫了一封信。

♪569-06 この料理は心を込めて作りました。

這道料理是精心製作的。

♪569-07 願いを込めて絵馬を奉納した。

供奉了包含心願的繪馬。

569

Q&A 你其實可以這樣回答

♪570-01 **Q** クリスマスイブは誰と過ごしますか。

聖誕夜要和誰一起度過呢？

♪570-02 **A** ❶ 残念だけど、仕事と過ごします。

可惜，我要跟工作一起過。

♪570-03 ❷ 家族と一緒に過ごしますよ。みんなで
ケーキを食べますよ。

跟家人一起度過啊。大家一起吃蛋糕。

♪570-04 ❸ 彼女がいないから、イブの夜は合コン
に参加します。

因為沒有女友，所以聖誕夜去參加聯誼。

♪570-05 ❹ もちろん彼女と一緒に過ごします。

當然跟女友一起度過。

♪570-06 ❺ 恋人と海外旅行へ行きます。

跟戀人一起去國外旅行。

♪570-07 ❻ 妻と温泉旅行へ行くつもりです。

預計和老婆來一趟溫泉之旅。

♪570-08 ❼ 友達とパーティをします。

要跟朋友開派對。

♪570-09 ❽ バーで一人で過ごします。

一個人在酒吧度過。

Q&A 現學現用

♪571-01 **Ⓐ クリスマスイブは誰と過ごしますか。**
聖誕夜要和誰一起度過呢？

♪571-02 **Ⓑ 残念だけど、仕事と過ごします。**
可惜，我要跟工作一起過。

♪571-03 **Ⓐ ええっ、仕事がそんなに大変なんですか。**
咦，工作那麼多喔？

♪571-04 **Ⓑ はい。お正月休みに支障が出ないように、今、残業しておくんです。**
嗯，為了不讓新年假期有問題，所以現在先加班。

01 初詣 (はつもうで) 新年首次參拜

日本人有在新年初始去神社或寺廟拜拜的習俗。在除夕跨完年後，有些人就會走去住家附近的神社或寺廟參拜。也有些人會選擇去具有知名度或靈驗的神社寺廟參拜。參拜的順序為：洗手漱口→投賽錢→搖鈴→合掌祈禱→求籤。參拜完直接去百貨公司排福袋的人也不少。

例句

A: 初詣(はつもうで)に行(い)って、今年一年(ことしいちねん)健康(けんこう)に過(す)ごせるように神様(かみさま)にお願(ねが)いしましょう。

我們去新年首次參拜，請神明保佑新的一年可以健康度過。

B: うん。参道(さんどう)に出(で)ている屋台(やたい)の甘酒(あまざけ)が楽(たの)しみだな。

嗯，我很期待走出參道後那些攤車的甜酒釀。

---

02 五人飾(ごにんかざ)り・七段飾(ななだんかざ)り 五人裝飾、七段裝飾

女兒節所裝飾的人偶，大致分為三種不同的裝飾。「親王裝飾」是只有一對男女人偶，也就是所謂親王人偶的裝飾；「七段裝飾」是總共有十五個人偶的裝飾，包含一對親王、三個官女、五人樂隊、兩位隨臣及三位仕丁；「五人裝飾」是除了一對親王以外，還多加了三個官女的裝飾。

例句

A: 花(はな)ちゃんの家(いえ)のお雛様(ひなさま)は五人飾(ごにんかざ)りなんだって。

聽說小花家的女兒節人偶是五人裝飾。

B: すごいなあ。じゃ、私(わたし)が将来(しょうらい)、女(おんな)の子(こ)を産(う)んだら七段飾(ななだんかざ)りを買(か)えるように貯金(ちょきん)しよう。

好厲害啊，那麼為了我將來生女兒的時候可以買七段裝飾，我要來存錢。

03 笹飾り 細竹裝飾

在日本，七月七日七夕的時候會在細竹上綁上寫著願望，五種不同顏色的紙片，這就稱為「細竹裝飾」。五種顏色分別代表了五行，其對應的顏色分別為：金為白、木為藍、水為黑或紫、火為紅、土為黃。因為天神會依附在細竹上，因此將願望綁在細竹上就可以上達天神。

例句

A: 短冊にお願い事を書いて笹飾りの枝に掛けて、織姫様に祈るんだよ。

把願望寫在紙片上，掛在細竹裝飾的枝幹上，向織女祈願。

B: 願い事が多過ぎて、何をお願いしたら良いかわからないよ。

但是願望太多了，不知道該許什麼願望才好。

---

04 花火大会 煙火大會

煙火的起源有諸多傳說，以根源來說，是從中國的狼煙所轉變而來。在江戶時代因為發生飢荒及霍亂。因此死者人數不斷攀升。當時第八代將軍吉宗為了要撫慰亡靈及驅散惡靈，因此下令在隅田川施放煙火，這就是隅田川花火大會的由來。

例句

A: 日本では花火と言えば夏の風物詩ですね。

在日本，說到煙火就是夏天的代表活動。

B: お盆の迎え火や送り火として花火大会が始まったからでしょうね。

是因為作為盂蘭盆節的迎魂火跟送魂火，所以才開始有煙火大會。

國家圖書館出版品預行編目（CIP）資料

全彩、全圖解、全實景地表最狂日語會
話王 / 不求人文化編輯群 著. -- 初版. --
臺北市：不求人文化，2018.08
面；　公分
ISBN 978-986-95195-9-5（平裝附光碟）

1.日語 2.會話

803.188　　　　　　　　　　107001359

全彩、全圖解、全實景

地表最狂 日語 會話王

書名 / 全彩、全圖解、全實景地表最狂日語會話王
作者 / 不求人文化編輯群
審訂 / 須永賢一
出版事業群總經理 / 廖晏婕
銷售暨流通事業群總經理 / 施宏
總編輯 / 劉俐伶
顧問 / 蔣敬祖
日文顧問 / 清水裕美子
主編 / 黃凱怡
校對 / 張郁萱、李東穎
視覺指導 / 姜孟傑、鍾維恩
內文排版 / 張靜怡
內文圖片 / www.shutterstock.com
法律顧問 / 北辰著作權事務所蕭雄淋律師
印製 / 金濱印刷事業有限公司
初版 / 2018年08月
出版 / 我識出版集團——不求人文化有限公司
電話 / (02) 2345-7222
傳真 / (02) 2345-5758
地址 / 台北市忠孝東路五段372巷27弄78-1號1樓
郵政劃撥 / 19793190
戶名 / 我識出版社
網路書店 / www.17buy.com.tw
網路客服Email / iam.group@17buy.com.tw
facebook網址 / www.facebook.com/ImPublishing
定價 / 新台幣299 元 / 港幣100 元

總經銷 / 我識出版社有限公司出版發行部
地址 / 新北市汐止區新台五路一段114號12樓
電話 / (02) 2696-1357　傳真 / (02) 2696-1359

地區經銷 / 易可數位行銷股份有限公司
地址 / 新北市新店區寶橋路235巷6弄3號5樓

港澳總經銷 / 和平圖書有限公司
地址 / 香港柴灣嘉業街12號百樂門大廈17樓
電話 / (852) 2804-6687　傳真 / (852) 2804-6409

2011 不求人文化

2009 懶鬼子英日語

I'm 我識出版集團
I'm Publishing Group
www.17buy.com.tw

2005 意識文化

2005 易富文化

2003 我識地球村

2001 我識出版社

2011 不求人文化

2009 懶鬼子英日語

我識出版集團
I'm Publishing Group
www.17buy.com.tw

2005 意識文化

2005 易富文化

2003 我識地球村

2001 我識出版社